Maldosas
Impecáveis
Perfeitas
Inacreditáveis
    Os segredos mais secretos
    das Pretty Little Liars
Perversas
Destruidoras
Impiedosas
Perigosas
Traiçoeiras
Implacáveis
Estonteantes
Devastadoras
    Os segredos de Ali
Arrasadoras

Letais
PRETTY LITTLE LIARS
DE

SARA SHEPARD

Tradução
FAL AZEVEDO

Título original
DEADLY
A PRETTY LITTLE LIARS NOVEL

Copyright © 2013 *by* Alloy Entertainment e Sara Shepard

Todos os direitos reservados. Nenhuma parte desta obra pode ser reproduzida ou transmitida por qualquer forma ou meio eletrônico ou mecânico, inclusive fotocópia, gravação ou sistema de armazenagem e recuperação de informação, sem a permissão escrita do editor.

"Edição brasileira publicada mediante acordo com Rights People, London."

Direitos para a língua portuguesa reservados
com exclusividade para o Brasil à
EDITORA ROCCO LTDA.
Av. Presidente Wilson, 231 – 8º andar
20030-021 – Rio de Janeiro – RJ
Tel.: (21) 3525-2000 – Fax: (21) 3525-2001
rocco@rocco.com.br | www.rocco.com.br

Printed in Brazil/Impresso no Brasil

preparação de originais
JOANA DI CONTI

CIP-Brasil. Catalogação na Fonte.
Sindicato Nacional dos Editores de Livros, RJ.

S553L Shepard, Sara, 1977-
       Letais / Sara Shepard; tradução de Fal Azevedo. Primeira edição.
       Rio de Janeiro: Rocco Jovens Leitores, 2015.
       (Pretty Little Liars; 14)

       Tradução de: Deadly: a Pretty Little Liars Novel
       ISBN 978-85-7980-256-0

       1. História de suspense. 2. Ficção infantojuvenil americana.
       I. Azevedo, Fal. II. Título. III. Série.

15-23775   CDD - 028.5   CDU - 087.5

O texto deste livro obedece às normas do
Acordo Ortográfico da Língua Portuguesa.

Para Lucy, Shay, Troian e Ashley

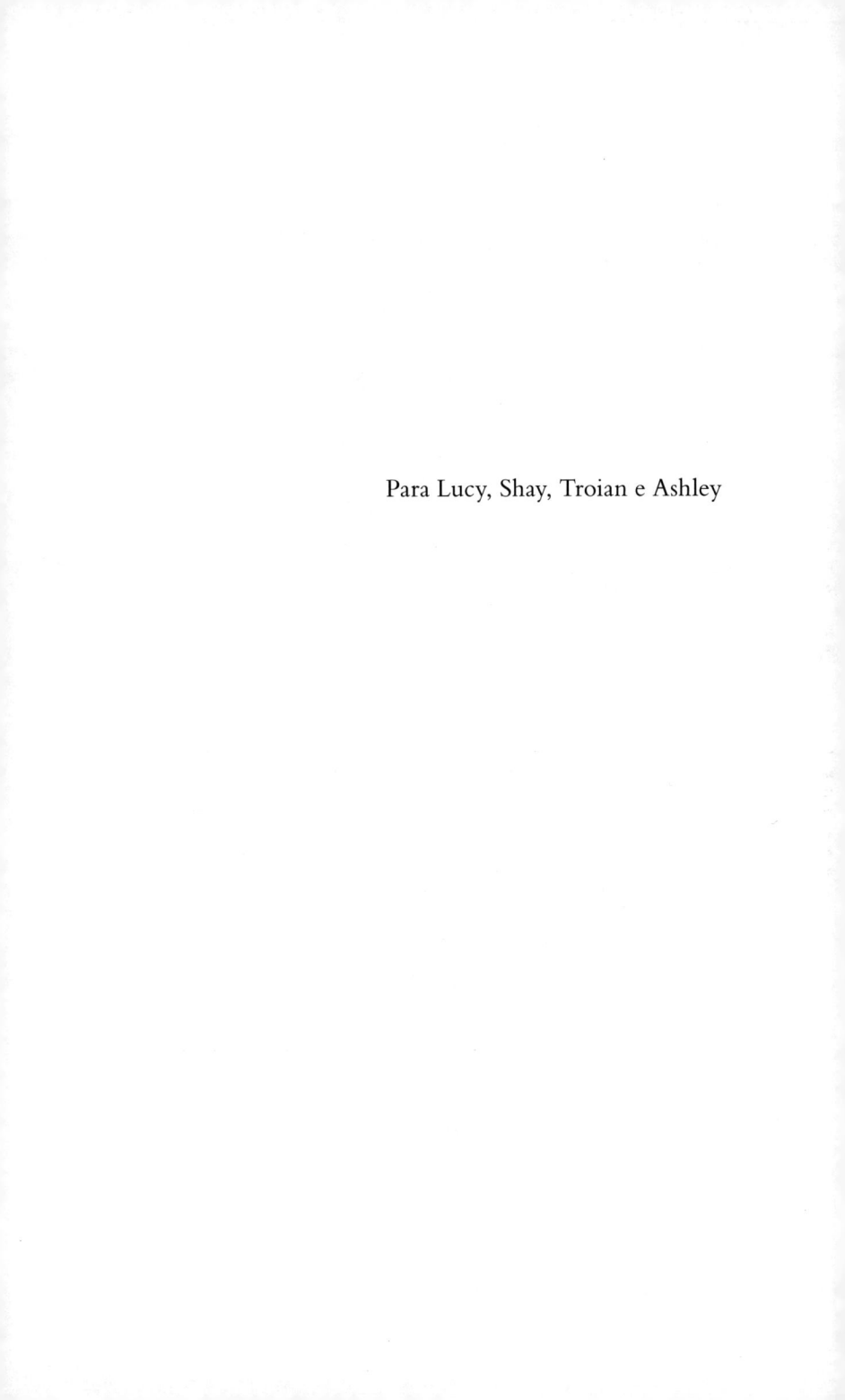

Ninguém sai dessa vivo.

— JIM MORRISON

A GRANDE E PODEROSA ALI

Você se lembra de quando aprendeu sobre *onisciência* nas aulas de Literatura? É quando um narrador sabe de tudo e pode ver e ouvir tudo o que acontece. Parece um ótimo negócio, certo? Algo como ser o Mágico de Oz. Imagine o que *você* poderia fazer se fosse onisciente. Como naquela vez em que perdeu seu diário no vestiário do colégio – você poderia ver onde ele foi parar. Ou naquela festa no mês anterior: você saberia se seu namorado deu ou não uns amassos na sua rival no quarto dos fundos. Você seria capaz de decifrar olhares secretos. Ouvir pensamentos íntimos. Ver o que é invisível... e até improvável.

Quatro belas garotas de Rosewood também gostariam de ser oniscientes. Mas há um problema com a habilidade de ver e saber tudo: algumas vezes, a ignorância é mais segura. Porque quanto mais perto as garotas chegarem da verdade sobre o que aconteceu naquela noite fatídica do incêndio na casa de Poconos – quando Alison DiLaurentis quase as matou e depois desapareceu –, mais perigosas se tornarão suas vidas.

★ ★ ★

Em uma noite fria de fevereiro, em uma rua arborizada e isolada nas montanhas Poconos, o silêncio era tão grande que seria possível ouvir um graveto se quebrando, uma risada aguda ou alguém prendendo a respiração a quilômetros de distância. Mas ninguém estava por ali naquela época do ano, e foi por isso que Alison DiLaurentis não se preocupou nem um pouco enquanto ela e quatro garotas – que ela mal conhecia – estavam enfiadas em um quarto às escuras no andar de cima da casa de campo de sua família. As paredes podiam ser finas e as janelas mal vedadas, mas não havia ninguém por perto para ouvir as garotas gritarem. Em poucos minutos Emily Fields, Spencer Hastings, Aria Montgomery e Hanna Marin estariam mortas.

Ali mal podia esperar.

As providências tinham sido tomadas. Durante a semana anterior, Ali havia arrastado o corpo há muito falecido do inocente Ian Thomas até um dos quartos no segundo andar e escondido o cadáver no armário. Mais cedo, no mesmo dia, ela havia colocado a ex-namorada de Ian, Melissa Hastings, desacordada, ao lado do corpo inchado dele. Ela havia preparado a gasolina, os fósforos, as tábuas e os pregos, e ligado para seu cúmplice para lhe dizer a hora exata e os detalhes finais. E agora, finalmente, havia atraído Spencer, Aria, Hanna e Emily para a casa, naquela noite, levando-as ao andar de cima, para o mesmo quarto onde estavam Ian e Melissa.

Ali encarava as garotas agora, com as mãos na cintura, observando-as enquanto elas a olhavam como se fosse sua velha amiga Alison, uma garota que elas haviam amado – apesar do fato de, na verdade, a "Alison" que conheciam ser sua irmã,

Courtney. Ela havia trocado de lugar com a Alison verdadeira, feito com que fosse mandada para uma clínica psiquiátrica e tomado a identidade dela.

— Deixem-me hipnotizar vocês mais uma vez, em nome dos velhos tempos, sim? – pediu ela, dando seu típico sorriso suplicante e sedutor. Ali sabia que as meninas concordariam.

E elas realmente disseram sim. Ali tentou conter seu entusiasmo enquanto as quatro fechavam os olhos. Contou em ordem decrescente a partir de cem, caminhando pelo pequeno quarto, apurando os ouvidos para qualquer som vindo do andar de baixo. Sem que as outras quatro soubessem, um garoto havia entrado na casa momentos antes. Naquele instante, ele estava despejando líquido, trancando portas e vedando janelas com tábuas. Tudo era parte do plano.

Ali continuou sua contagem regressiva, usando uma voz tranquila e calma. As garotas ficaram quietas. Quando Ali estava quase no um, deixou o quarto sem fazer barulho, trancou a porta pelo lado de fora e deslizou uma carta por baixo da porta. Depois, desceu as escadas pé ante pé e vasculhou os próprios bolsos. Seus dedos encontraram sua caixa de fósforos da sorte. Ela riscou um fósforo e o deixou cair no chão.

Vush. Cada parede, cada viga exposta, cada jogo de tabuleiro, cada livro mofado com desenhos de pássaros da Audubon Society e cada barraca de camping de nylon irrompeu em chamas. O ar foi tomado pelo cheiro pungente de gasolina, e a fumaça era tão densa que ficava difícil enxergar de um lado a outro de um cômodo. Alison ouviu os uivos de pânico das garotas espalhando-se pela casa. *É isso aí, suas vadias*, pensou ela, eufórica. *Podem gritar e chorar o quanto quiserem, não vai adiantar.*

Mas minha nossa, que cheiro forte. Ali puxou a camiseta para cima até tapar o nariz e correu escadas abaixo. Olhou em volta, procurando pelo garoto dos seus sonhos, a única pessoa em quem confiava, mas ele já devia estar a caminho do ponto de encontro combinado. Rapidamente, checou o trabalho dele nas janelas. Ele havia vedado quase tudo muito bem, deixando pouca chance de fuga para as garotas, mas Ali pegou o martelo que ele deixara no parapeito e deu mais uma martelada em uma das tábuas, só para garantir.

Então, ela parou e inclinou a cabeça. Aquilo tinha sido um... *baque*? Uma voz? Ali olhou com ódio para o teto. Parecia haver passos de alguém descendo escadas, mas que escadas? Ela olhou para o patamar. Ninguém. Ali não conhecia muito bem a planta daquela casa velha e confusa, já que seus pais a haviam comprado logo antes de Courtney fazer a troca e mandá-la embora.

Então, algo atraiu seu olhar, e ela se virou rapidamente. Através das plumas cinzentas de fumaça, cinco vultos correram na direção da porta da cozinha e escaparam, em segurança. Ali ficou boquiaberta. Ódio borbulhou em seu peito como lava incandescente.

A última garota parou e espreitou através da fumaça. Seus olhos azuis se arregalaram. Seus cabelos louro-avermelhados eram uma nuvem encaracolada em torno de seu rosto. Emily Fields. Emily avançou, seu rosto uma mistura de raiva e descrença, e agarrou Ali pelos ombros.

— Como você pôde fazer isso? — perguntou ela.

Ali se soltou das mãos de Emily.

— Eu já disse. Vocês arruinaram minha vida, suas vadias.

A expressão de Emily parecia a de alguém que tinha acabado de levar uma bofetada.

— Mas... eu *amava* você.

Ali explodiu em gargalhadas.

— Você é uma coitada, Emily.

Emily desviou o olhar, como se não acreditasse que Ali pudesse dizer algo assim. Ali queria sacudi-la. *Sério?,* pensou em dizer. *Eu nem conheço você. Vá arrumar o que fazer.*

Mas então um enorme estrondo ressoou e a pressão da explosão afastou ainda mais as duas. Os pés de Ali se ergueram do chão, e segundos depois ela caiu sobre as pernas com tanta força que quase arrancou um pedaço da própria língua com os dentes.

Quando abriu os olhos novamente, as chamas estavam dançando em torno dela ainda mais vorazmente que antes. Ali se levantou até ficar de quatro e engatinhou na direção da porta da cozinha, mas Emily havia chegado lá antes e estava com uma das mãos na maçaneta. A outra segurava uma tábua grande o bastante para vedar a porta pelo lado de fora, trancando Ali lá dentro.

Ali subitamente se sentiu encurralada e vacilante, como havia sentido no começo do sexto ano, quando sua gêmea veio para casa passar o fim de semana. Sua mãe havia subido as escadas, arrastado Ali para fora de seu quarto e dito: *Saia do quarto de sua irmã, Courtney. Está na hora de ir.*

O olhar de Emily encontrou o de Ali. Ela olhou fixamente para a tábua em suas mãos, como se não soubesse como aquilo havia ido parar ali. Lágrimas corriam pelo seu rosto. Mas em vez de fechar a porta com força, em vez de atravessar a tábua em diagonal pelo lado de fora, para que Ali não pudesse escapar, como Ali pensou que ela faria, Emily jogou a tábua na varanda. O pedaço pesado de madeira caiu fora de vista, com um *baque* surdo e pesado. Depois de mais um olhar ambíguo para Ali, Emily saiu.

Deixando a porta bem aberta atrás de si.

Ali foi mancando na direção da porta, mas, enquanto atravessava o batente, houve outro *estrondo* ensurdecedor. O que pareceram duas mãos quentes e pesadas a empurraram por trás, e ela voou novamente. Um fedor horrível de pele e cabelos queimados chamuscou suas narinas. Uma explosão de dor atingiu sua perna. Sua pele ferveu. Ali podia ouvir os próprios gritos, mas não conseguia parar. E então, de repente, foi como se alguém tivesse desligado um interruptor: a dor simplesmente... *sumiu*. Ela flutuou para fora do próprio corpo e subiu, subiu, subiu bem acima daquele inferno e para o meio das árvores.

Ela podia ver tudo. O carro estacionado. Telhados das casas vizinhas. E embaixo de uma árvore enorme na frente da casa, aquelas vadias burras. Spencer uivava. Aria se dobrava ao meio com ataques de tosse. Hanna batia nos próprios cabelos, como se estivesse em chamas. Melissa era uma forma flácida no chão. E Emily olhava preocupada para a porta pela qual elas todas haviam escapado, uma expressão atormentada no rosto, antes de cobrir os olhos com as mãos.

Então, outro vulto correu para fora do bosque. O olhar de Ali o seguiu, e seu coração ficou mais leve. Ele correu direto para onde ela havia sido lançada e caiu de joelhos ao lado de seu corpo.

– Ali – disse ele, repentinamente tão perto de seu ouvido. – *Ali!* Acorde. Você precisa acordar.

O fio invisível que a ligava ao céu se partiu e, no mesmo instante, ela estava de volta ao próprio corpo. A dor voltou imediatamente. Sua pele esturricada latejava. Sua perna pulsava de dor a cada batida de seu coração. Mas não importava o quanto gritasse, não conseguia emitir um som.

– Por favor – implorou ele, sacudindo-a com mais força. – Por favor, abra os olhos.

Ali tentou o máximo que pôde, querendo ver o garoto a quem amava havia tanto tempo. Ela queria dizer seu nome, mas sua cabeça estava muito confusa, sua garganta muito avariada. Ela conseguiu gemer.

— Você vai ficar bem — disse ele, enfaticamente, como se tentasse convencer a si mesmo. — Nós só precisamos...

Ele prendeu o fôlego. Sirenes soaram colinas abaixo.

— *Mas que droga!* — sussurrou ele.

Ali conseguiu abrir os olhos ao ouvir o som.

— Droga — ecoou ela, fracamente. Não era assim que as coisas deveriam acontecer. Eles deveriam estar bem longe agora.

O garoto puxou seu braço.

— Nós temos de sair daqui. Você consegue andar?

— Não. — Ali precisou de toda a força que tinha para sussurrar. Ela estava com tanta dor que teve medo de vomitar.

— Você *precisa*. — Ele tentou ajudá-la a se levantar, mas ela não conseguia ficar de pé. — Não é longe.

Ali olhou para as pernas inúteis. Até mover um dedo do pé doía.

— Não consigo!

Seus olhos se encontraram.

— Tudo está onde deveria estar. Você só precisa dar dois passos.

As sirenes se aproximavam. A cabeça de Ali caiu sobre a grama. Deixando escapar um gemido frustrado, ele a ergueu por sobre o ombro, como os bombeiros fazem, e a carregou pelo bosque. Eles cambaleavam e tropeçavam. Gravetos arranhavam o rosto de Ali. Folhas tocavam seus braços queimados.

Com toda a força que lhe restava, ela se virou e olhou por entre as árvores. Aquelas vadias ainda estavam amontoadas, as luzes das ambulâncias recortando suas silhuetas. *Elas* não pareciam precisar de cuidados médicos. Não eram *elas* que tinham ossos quebrados. *Elas* não haviam sofrido queimadura alguma. Mas eram elas que deviam estar sofrendo. Não ela.

Ali deixou escapar um ganido furioso. Não era justo.

O garoto a quem ela sempre amara seguiu seu olhar, e então deu palmadinhas em seu ombro.

– Nós vamos pegá-las – rosnou ele em seu ouvido enquanto a carregava para um lugar seguro. – Eu prometo. Elas vão pagar.

Ali sabia que ele estava falando sério. E na mesma hora, prometeu a si mesma também: juntos, iam pegar Spencer, Aria, Hanna e Emily, ainda que fosse a última coisa que fizessem. Não importava quem caísse junto. Não importava quem eles precisassem matar para conseguir isso.

Desta vez, eles iriam fazer tudo certo.

1

MAIS RESPOSTAS, MAIS PERGUNTAS

– Ei!

Uma voz alcançou Aria Montgomery.

– Aria. *Ei.*

Aria abriu os olhos. Uma de suas melhores amigas, Hanna Marin, estava sentada bem na sua frente, encarando o copo de papel com café fumegante nas mãos de Aria. Aria estava tão distraída que mal podia se lembrar de ter apanhado o café antes de cochilar.

– Você estava quase derramando o café quente no colo, Aria! – Hanna tirou o copo das mãos da amiga. – A última coisa de que precisamos é que você também vá parar no hospital.

Hospital. Claro. Aria olhou em volta. Ela estava na unidade de tratamento intensivo do hospital Jefferson, em uma sala de espera lotada. Era segunda-feira de manhã. As paredes tinham pinturas aquareladas de florestas invernais. Uma televisão de tela plana em um canto exibia um programa de entrevistas matutino. As outras amigas de Aria, Emily Fields e Spencer Hastings, estavam sentadas junto dela, com cópias amassadas de *Us Weekly* e *Glamour* nas mãos, além de copos de café. Os pais de Noel Kahn estavam acomodados do outro lado da sala, com os olhos turvos fixos no *The Philadelphia Inquirer*. O balcão da enfermagem, em formato de ferradura, ocupava o centro da sala, e a mulher atrás dele falava ao telefone. Três médicos, usando trajes cirúrgicos, cruzaram o corredor, com máscaras pendendo frouxas em seus pescoços.

Aria se aprumou de repente.

— Perdi alguma coisa? Noel...?

Hanna sacudiu a cabeça.

— Ele ainda não acordou.

No dia anterior, Noel tinha sido trazido inconsciente ao hospital de helicóptero, direto de Rosewood, e continuava assim. Por um lado, Aria mal podia esperar que Noel acordasse. Por outro, não fazia ideia do que diria quando ele recobrasse a consciência, porque, apesar de estarem namorando há mais de um ano, Aria tinha acabo de descobrir que Noel teve um namoro secreto com Alison DiLaurentis enquanto ela estava internada na clínica psiquiátrica. Ele sabia da verdade sobre a troca das gêmeas DiLaurentis, e não tinha dito uma palavra sobre aquilo para Aria — ou para qualquer outra pessoa. Afirmar que Aria tinha subitamente descoberto que Noel não era confiável era dizer o mínimo. Ela até mesmo se perguntara se Noel era o cúmplice de A, o namorado secreto que tinha ajudado Ali a atormentar as quatro meninas. Mas, então, um bilhete havia feito com que as amigas fossem até o galpão onde o colégio guardava equipamentos esportivos. As meninas tinham certeza de que era uma armadilha de Noel e Ali para ela e, por isso, chamaram a polícia. Chegando lá, encontraram Noel amarrado e amordaçado em uma cadeira, quase morto. Em seguida, chegou um novo bilhete de A explicando que Noel não era seu cúmplice. A – Ali – as havia manipulado mais uma vez. Noel era apenas outra vítima dela.

– Senhorita Montgomery?

Um policial alto, de cabelos eriçados parou junto de Aria.

– Ah... sim? – gaguejou Aria.

O policial, que tinha antebraços de Popeye e cabelos avermelhados em um corte militar, aproximou-se.

– Meu nome é Kevin Gates. Estou com a polícia de Rosewood. Vocês têm um minuto para falar comigo, meninas?

Aria franziu a testa.

– Falamos ontem com a polícia e dissemos tudo o que sabíamos.

Gates sorriu gentilmente, fazendo com que aparecessem ruguinhas nos cantos de seus olhos. Ele tinha um ar de ursinho de pelúcia.

– Eu sei. Mas quero ter certeza de que meus rapazes fizeram as perguntas certas.

Aria mordeu o interior da bochecha. Agora que Noel estava ferido, tinha a sensação de que deveriam mais uma vez permanecer em silêncio a respeito de A. Ela não podia se arriscar a transformar qualquer outra pessoa em uma potencial vítima.

Gates levou-as a uma parte mais isolada da sala de espera, ao lado de um vaso de lírios artificiais. Depois que todos se sentaram em um novo conjunto de sofás arranhados, ele baixou os olhos para seu bloco de notas.

– Estou certo em dizer que você recebeu uma mensagem de texto que dizia que Noel estava no galpão de materiais esportivos?

Apesar de estarem em um lugar mais privado, Aria ainda podia sentir que todos na sala as encaravam. A Sra. Kahn espiou por trás do caderno de culinária do jornal. Um garoto usando uma camiseta do colégio Episcopal espionava por baixo de seu gorro. Mason Byers, um dos amigos de Noel da equipe de lacrosse, que estava sentado a uma mesa do outro lado da sala, parou de embaralhar cartas e inclinou a cabeça em direção ao grupo.

— Eu recebi um bilhete escrito à mão, não uma mensagem de texto — interrompeu Hanna. — O bilhete dizia que deveríamos ir para o galpão. Liguei para a polícia apenas para o caso de a ameaça ser real.

Gates fez uma anotação em seu bloco de notas.

— Você fez a coisa certa. Quem enviou aquele bilhete provavelmente machucou o Sr. Kahn ou, no mínimo, viu quem fez isso. Você ainda tem o bilhete?

Hanna parecia encurralada.

— Tenho, está em casa.

Gates parou de escrever.

— Você poderia entregá-lo para nós o mais rápido possível?

— Hum, claro. — Hanna esfregou o nariz, parecendo desconfortável.

Gates se virou para Aria.

— O Sr. e a Sra. Kahn disseram que você ligou várias vezes para eles naquela mesma manhã, perguntando se Noel tinha voltado para casa. Você tinha motivos para estar preocupada com ele?

Aria lutou de verdade para não fazer contato visual com suas amigas. Tinha feito os telefonemas porque esperava denunciar Noel como o cúmplice de Ali.

— Bem, ele não estava atendendo o celular — disse Aria simplesmente. — Sou a namorada dele.

Gates desviou os olhos para Spencer e Emily.

— Vocês duas também estavam no galpão, não é mesmo?

— Sim, estávamos — respondeu Emily, nervosa, estraçalhando seu copo de papel pedacinho por pedacinho.

— É possível que vocês tenham visto alguém suspeito nos arredores do colégio naquele dia? Talvez duas pessoas que parecessem capazes de deixar Noel naquele estado?

Spencer e Emily negaram com a cabeça.

— Tudo o que eu vi foi um bando de garotos jogando futebol — disse Spencer.

— Espera aí. — Emily se inclinou. — *Duas* pessoas?

Gates assentiu.

— Nossa equipe forense inspecionou as fotografias do Sr. Kahn no galpão. A forma complexa como ele foi amarrado e amordaçado sugere que havia duas pessoas ali para fazer o serviço.

As meninas se entreolharam. Ali e um cúmplice, obviamente. Era a prova de que Noel realmente *não era* o cúmplice de Ali.

— Meninas, vocês *não têm ideia* de quem poderia ter feito tal coisa? — pressionou Gates.

Houve um longo silêncio. Aria engoliu em seco. A boca de Hanna se contraiu. Spencer e Emily desviaram os olhos para não terem de encarar o policial. Devia ser bem óbvio que estavam mentindo, mas não era como se pudessem dizer a verdade.

Finalmente, Gates agradeceu e foi embora, com as costas retas e um andar rígido. Hanna cobriu o rosto com as mãos.

— Meninas, o que devo fazer? — gemeu. — Não posso entregar aquele bilhete para a polícia!

— Se você não entregar, eles vão pensar que estamos escondendo alguma coisa. — Spencer afundou no sofá. — Talvez devêssemos contar tudo o que está acontecendo e...

Aria estreitou os olhos.

— E correr o risco de que mais alguém se machuque?

— O que precisamos fazer é descobrir quem é o cúmplice de A. — Spencer olhou cautelosamente para o policial, que agora estava falando com os pais de Noel. — E aí poderemos ser francas sobre tudo o que está acontecendo.

Hanna olhou para as palmas das mãos.

— Eu não posso acreditar que o cúmplice de A não é Noel.

Aria deu um pequeno gemido torturado.

— Eu não quis dizer isso — disse Hanna rapidamente. — Quer dizer, eu estou *contente* que não seja Noel. Mas estávamos tão perto de descobrir tudo... E agora estamos de volta à estaca zero.

— Eu sei — disse Aria, também se afundando no sofá.

Hanna olhou através da sala para o grande bebedouro.

— Sabe, antes de Graham morrer, ele disse que o nome da pessoa que colocou a bomba no navio começava com *N*. Há outros nomes que começam com *N* além de Noel.

— É verdade — concordou Aria. Hanna tinha sido voluntária na clínica de queimados com o objetivo de perguntar a Graham Pratt, um menino que elas haviam conhecido recentemente em um cruzeiro do colégio, se ele tinha visto quem plantara a bomba que quase matou ele e Aria. As amigas temiam que tal pessoa fosse o cúmplice de A. Mas Graham estava em coma, por isso Hanna teve de ficar na clínica, dia após dia, disfarçada de voluntária, esperando. Nos breves momentos em que esteve consciente, Graham contou à Hanna que o nome da pessoa responsável pela bomba começava com a letra *N*. Mas então ele começou a ter convulsões e Hanna saiu correndo em busca de uma enfermeira. No momento em que retornou, Graham estava morto e Kyla, a nova amiga de Hanna, tinha desaparecido. Isso porque Kyla não era uma vítima de queimadura como dizia ser. Era A disfarçada. O corpo da *verdadeira* Kyla foi encontrado atrás do prédio da clínica de queimados no dia anterior. Ali tinha matado uma garota inocente e desconhecida, envolvido seu próprio rosto em ataduras e tomado para si o leito da garota, para evitar que Hanna descobrisse qualquer coisa que Graham soubesse sobre o caso da bomba. Teria sido mais fácil simplesmente matar Graham logo que tivesse a chance, mas Ali provavelmente não achava isso tão emocionante. Tudo era apenas um jogo para ela.

– Graham realmente não sabia o nome do responsável pela bomba – disse Spencer em tom melancólico. – E se o cúmplice de A lhe deu um nome falso?

Hanna ergueu um dedo.

– Por que outro motivo Ali teria matado Graham? Ele obviamente sabia de *alguma coisa* importante.

A porta da sala de espera se abriu, e uma nova enfermeira entrou. Ela sussurrou algo para a mulher no balcão e, em seguida, as duas olharam para Aria, parecendo aflitas. O coração de Aria disparou. Será que havia acontecido alguma coisa com Noel? Será que ele estava... *morto*?

A enfermeira caminhou até Aria.

– Srta. Montgomery? – Aria só conseguiu assentir. – Noel está acordado. Ele está pedindo para falar com a senhorita.

Aria olhou em volta, procurando os pais de Noel, imaginando que eles gostariam de vê-lo antes dela, mas o Sr. e a

Sra. Kahn deviam ter saído. A enfermeira deu um tapinha no braço de Aria.

— Eu estarei esperando junto da porta.

A enfermeira virou-se e caminhou até a entrada. Aria encarou as amigas.

— O que eu faço?

— *Fale* com ele! — insistiu Hanna.

— Ali não poderia ter feito aquilo tudo sozinha — disse Spencer, ansiosa. — O tal cúmplice dela deve ter estado lá também. Veja se Noel se lembra de alguma coisa.

Aria tentou respirar fundo, mas seus pulmões pareciam ter sido amarrados com um barbante. Noel *poderia* explicar a coisa toda. Mas, depois de tudo que tinha descoberto sobre ele, e de tudo o que tinham passado, sentia-se magoada e inquieta.

Spencer tocou a mão dela.

— Se as coisas ficarem muito estranhas, saia de lá. Nós entenderemos.

Aria assentiu e se levantou. As amigas tinham razão: ela *tinha* de fazer aquilo.

Aria respirou fundo enquanto seguia a enfermeira pelo corredor brilhante e esterilizado, na direção de portas duplas com fechadura eletrônica que levavam à unidade de cuidados intensivos. Quando estava prestes a passar por ali, foi abordada por uma mulher de calça jeans e malha preta que foi em sua direção.

— Srta. Montgomery? Sou Alyssa Gaden do *Philadelphia Sentinel*.

Aria ficou tensa. Na noite anterior, a sala de espera ficara cheia de repórteres fazendo perguntas sobre Noel, mas a equipe do hospital havia expulsado todos eles. *Quase* todos.

– Ah... sem comentários – disse Aria. Felizmente, as portas duplas se trancaram atrás dela.

Na metade do corredor, a enfermeira entrou em um pequeno e claro quarto particular. Aria olhou para dentro e engasgou. O rosto de Noel estava coberto de hematomas. Pontos iam de seu queixo até suas orelhas. Havia agulhas intravenosas em suas mãos e ele estava branco como giz. Seus pés se projetavam para fora das cobertas. Noel parecia menor e mais fraco do que Aria jamais tinha visto.

– Noel – foi tudo o que ela conseguiu dizer.

– Aria. – A voz de Noel soou grave, como se não fosse dele.

A enfermeira verificou o soro de Noel, e depois saiu. Aria se sentou em uma cadeira ao lado da cama, observando o piso quadriculado. Uma máquina media o pulso de Noel. Pelo número de bipes, parecia que o coração dele estava batendo muito rápido.

– Obrigado por vir me ver – disse ele finalmente em voz baixa.

O queixo de Aria se contraiu. Ela quase disse *de nada*, mas depois se lembrou do que havia acontecido. Noel tinha mentido para ela. Tinha sido apaixonado por uma menina que tentara *matá-la*.

Ela fechou os olhos e se virou.

– Tudo o que você sabe sobre Ali poderia colocá-lo em uma tremenda encrenca.

– Eu sei. – Noel piscou para ela. – Mas até agora, você é a única que sabe o que eu sei. Então, se alguém me entregasse, seria você. – Ele limpou a garganta. – Você pode fazer isso se quiser, eu entendo. Mesmo.

Aria imaginou Noel em um uniforme da prisão. Dividindo a cela com um possivelmente violento estranho. Pegando emprestados os livros da biblioteca da prisão. Ela não tinha certeza se queria que aquilo acontecesse, ou se seria o pior resultado possível.

– O que aconteceu com você no cemitério? – perguntou ela.

– Alguém veio por trás de mim – disse Noel, falando devagar. – Quem quer que fosse, acabou me dando uma pancada na cabeça. No início, pensei que fosse Spencer, mas não era.

Aria assentiu.

Ele olhou para os joelhos ossudos sob os lençóis.

– Eu ouvi uma voz profunda, mas não vi o rosto dele.

Uma voz profunda. O cúmplice de A.

– E depois?

– Fui jogado dentro de um caixão. Depois, alguém me arrastou pela grama molhada. Ouvi um trinco sendo aberto e, então, ouvi duas pessoas sussurrando.

Duas pessoas.

– Uma delas... era *ela*?

Noel pareceu envergonhado. Estava claro que ele sabia exatamente sobre quem Aria estava falando – no cemitério durante o baile, ela havia explicado de um jeito breve e histérico, que Ali estava atrás delas.

– Acho que não.

Aria se irritou.

– Por quê? Porque você a ama tanto que não consegue ver como ela é má?

Noel se encolheu.

– Eu *não* amo Ali, Aria.

Aria olhou para ele, esperando. Ele *tinha dito* que a amava.

— Olha, eu amava alguém que não existia — afirmou Noel. — Deixei de amá-la quando me apaixonei por você. — Ele sufocou um soluço. — Sinto muito. Sei que isso não é desculpa para nada. Sei que não podemos continuar juntos. Mas quero que você saiba que sempre vou me arrepender do que fiz.

A voz dele soava tão baixinha e amedrontada que o coração de Aria estremeceu.

— Olha, eu quero que você me conte tudo — disse ela com a voz mais dura que pôde. — Quantas vezes você viu Ali na clínica psiquiátrica. Quem mais você viu lá. O que ela disse para você. Se ela lhe contou... — Aria respirou fundo, tentando não chorar. — Se ela lhe contou o que ia fazer conosco.

— Eu não tinha ideia do que ia acontecer com vocês, juro — disse Noel com fervor.

— Tudo bem. Então me diga, pelo menos, por que você começou a vê-la.

Noel suspirou.

— Eu não sei. Senti pena dela.

— Como você sabia que ela estava na clínica psiquiátrica?

Noel se mexeu debaixo dos lençóis.

— Meus pais me obrigaram a conversar com alguém depois que meu irmão cometeu suicídio. Meu terapeuta trabalhava em uma ala da clínica psiquiátrica que atendia pacientes externos. Um dia, eu estava entrando e dei de cara com uma menina que estava saindo — era Alison. Ela parecia muito cautelosa, e eu pensei que era, você sabe, a garota que eu conhecia do colégio. Da próxima vez em que eu fui lá, encontrei com a menina de novo — e eu fiquei realmente confuso, porque o time de hóquei do sexto ano tinha um jogo naquele dia, e Mason, que estava assistindo ao jogo, tinha acabado de me mandar uma mensagem dizendo que Ali tinha marcado um gol.

Aria assentiu.

— Entendi.

Noel fez uma pausa para tomar fôlego.

— Eu meio que juntei todas as peças em minha cabeça enquanto observava Ali deixando o consultório do terapeuta. Ela percebeu, porque esperou por mim depois da minha consulta e confessou quem realmente era. Ela me disse que era gêmea de Ali, que estava presa naquela clínica, blá-blá-blá.

— E você *acreditou* nela?

— Bem, claro. Ela não parecia louca. Ela se parecia... com uma vítima.

Aria massageou a área entre seus olhos.

— Então era assim que vocês se encontravam? Do lado de fora do consultório do terapeuta?

Noel parecia constrangido.

— Não. Depois disso, eu... Eu a visitava na clínica.

A dor que Aria sentiu foi quase física.

— Com que frequência?

— Regularmente.

— *Por quê?*

Noel fez uma careta.

— Ela me escutava, me fazia sentir como se minha opinião fosse importante.

Otário. Ali — as *duas* Alis — tinha um jeito de fazer com que você se sentisse muito, muito especial. Mas isso servia apenas às suas próprias necessidades egoístas.

— E deixe-me adivinhar, ela deu um jeito de lhe contar que Courtney é que era a maluca? — perguntou Aria com desprezo na voz.

Noel assentiu.

— Isso mesmo.

— Mas você não via nenhum problema em sair com Courtney, não é? — perguntou Aria, lembrando-se de como Noel ia a todas as festas que a Ali Delas organizava. De como ele se sentava à mesa do almoço na escola e jogava Cheetos na cabeça de Ali. Noel e Ali tinham participado juntos de uma corrida de três pernas no sexto ano, rindo histericamente quando tropeçaram na linha de chegada.

— Na verdade, no sétimo ano você teve um encontro com ela!

Noel inclinou a cabeça.

— Não, não tive.

— Ora, teve sim! Eu sei disso porque Ali — *Courtney* — lhe contou que *eu* gostei de você primeiro, e você disse que era dela que você gostava. Ela gostava de você também, mas terminou depois de alguns encontros.

Aquela era uma coisa sobre a qual ela e Noel nunca tinham conversado, mas Aria se lembrava do incidente como se tivesse acabado de acontecer. Ali tinha quebrado o coração de Aria quando contara que Noel estava apaixonado por ela.

Noel se mexeu na cama, estremecendo quando se voltou para ela.

— Courtney nunca me falou de você. Eu nunca gostei dela. Provavelmente disse que eu gostava dela só para chatear você.

Bem, *era* a cara de Ali fazer uma coisa como aquela, mas Aria não queria dar a Noel a satisfação de estar certo.

— Se você realmente pensou que Courtney era perigosa, por que não avisou alguém?

Por um momento, ouviu-se os sinais sonoros dos monitores de Noel.

– Porque ela não parecia realmente perigosa. Eu não percebi nada. Além disso, Ali me disse para não contar a verdade a ninguém. Eu mantive minha promessa.

– E foi por isso que você não me disse? Não contou a mim, que era sua *namorada*?

Noel desviou o olhar.

– Eu quis fazer isso tantas vezes. Mas... – Noel suspirou. – Me desculpe.

Ela fechou um punho em seu colo. *Me desculpe?*

– Então, no final do sétimo ano, você sabia que a verdadeira Ali passou alguns dias fora da clínica?

Noel tomou um gole do copo de plástico na bandeja ao lado de sua cama.

– Eu fui até a casa da família DiLaurentis um dia antes da formatura. Mas eu só vi Ali. Não vi Courtney.

Aria se perguntou se a Ali Delas estava em casa naquele momento. Se não estava, ela provavelmente estaria com Aria e as outras... Ou então com suas novas amigas, as meninas mais velhas do time de hóquei. Será que ela estava fazendo algo completamente inocente, como compras no shopping King James ou um passeio com Spencer? Ela nem imaginava que ia morrer no dia seguinte.

– Quando Courtney desapareceu, você suspeitou de Ali? – perguntou Aria.

– De jeito nenhum – afirmou Noel enfaticamente. – Ela parecia muito feliz naquele fim de semana, não era como se ela estivesse planejando fazer alguma coisa maluca. Eu realmente pensei que Courtney tinha fugido. E quando todo mundo descobriu sobre Ian, a coisa toda fez sentido. Eu vi Courtney flertando com ele. Aquele cara podia ser um verdadeiro babaca.

— Ali entrou em contato com você quando voltou para a clínica?

Uma das máquinas fez um *ding* bem alto e Noel olhou para o monitor ao lado de sua cama. Um coração brilhou vermelho, depois desapareceu.

— Ela escreveu uma carta dizendo que mandá-la de volta para a clínica foi um grande erro — disse ele. — Ela parecia tão preocupada com a irmã desaparecida e tão chocada por ninguém conseguir encontrá-la. Eu caí na conversa dela.

— E, então, você a visitou de novo, por anos.

— Sim. Foi isso. — Noel parecia envergonhado. — Até que Ian Thomas foi condenado e Ali voltou.

— Em suas visitas à clínica, você conheceu Tabitha Clark?

Noel engoliu em seco.

— Eu via Tabitha por lá, mas não andávamos juntos, a não ser na ocasião em que Ali foi liberada para um fim de semana. Os pais dela não queriam vê-la, então ela ficou com Tabitha, em Nova Jersey. Peguei o trem para lá e fui ao cinema com elas.

Aria fechou os olhos. Na semana anterior, tinha encontrado o canhoto de um ingresso para o filme *Homem-Aranha* em um cinema em Maplewood, Nova Jersey, onde Tabitha vivia. No verso do canhoto estava escrito: *Obrigada por acreditar em mim*. Então, aquilo tinha sido *mesmo* escrito por Ali.

— Você conheceu mais alguém na clínica psiquiátrica?

Noel levantou os olhos para o teto.

— Uma garota chamada Iris. Supermagrinha, bem loura.

Aquilo fazia sentido. Na semana anterior, Emily tinha ajudado Iris a sair da clínica por alguns dias para tentar tirar alguma informação dela. Iris contara às meninas que Ali tinha um namorado secreto. E quando viu uma foto de Noel, disse ter certeza de que era ele.

— E meninos? Amigos de Ali? — perguntou Aria.

Noel pensou por um momento.

— Não me ocorre ninguém. Por quê?

— Ali tinha um namorado.

Ela esperou pelo impacto, na expectativa de que Noel fosse parecer arrasado e traído. Mas ele apenas piscou.

— Eu nunca o conheci.

— Ali chegou a *falar* sobre ele?

— Não. — Noel balançou a cabeça.

Ela baixou os olhos.

— Então, no ano passado, quando Ian foi preso e eles deixaram Ali sair da clínica, ela entrou em contato com você de novo, certo?

— Nós nos encontramos uma vez antes da coletiva de imprensa que a família dela deu.

— No parque Keppler Creek? — Iris tinha dito a Emily que, enquanto ainda estava na clínica, Ali falava sem parar sobre um tal encontro secreto que teria em um parque perto de Delaware.

Noel inclinou a cabeça.

— Não. Na minha casa. Ela disse que todo mundo ia saber sobre ela em breve. E então vocês ficaram sabendo. Vocês pareciam tão amigáveis umas com os outras, e eu achei aquilo ótimo. Ela parecia muito feliz também. Um final feliz.

Aria estreitou os olhos.

— Ela lhe disse que mentiu para nós? Ela lhe contou que era a *nossa* Ali?

— Claro que não. — Noel se sentou na cama com muito cuidado, seu rosto se contorcendo em uma careta de dor. — Como eu disse, não soube de nada até depois do incêndio.

— E o beijo?

Ali e Noel tinham se beijado no baile do Dia dos Namorados na noite do incêndio da casa em Poconos. Ali havia se comportado como se Noel tivesse se apaixonado por ela, e não o contrário. Aria estava tão brava com Noel que se juntou à Ali e às outras meninas para a viagem para a casa em Poconos.

— Eu não estava participando do plano de vingança de Ali, eu juro — disse Noel. — *Ela* me beijou.

— E sobre aquele negócio de você dizer à agente Fuji que eu estava mentindo?

Noel a encarou.

— Do que você está falando?

— Eu vi a troca de e-mails entre você e a agente Fuji.

— Ela permitiu que você lesse os e-mails dela?

— Não, eu li os *seus* e-mails. — Aria odiava admitir isso. — Você disse à agente Fuji que achava que alguém tinha mentido para ela sobre o assassinato de Tabitha. Por que disse isso? Você estava tentando fazer com que ela investigasse a minha vida?

Noel olhou para Aria como se uma terceira orelha tivesse brotado na testa da namorada.

— Eu tive exatamente uma conversa com a agente Fuji, durante a qual disse que não conhecia Tabitha e que não sabia de nada. Era *eu* que estava mentindo. E por que eu iria querer que ela investigasse *você*?

Aria fingiu que alisava as pregas de sua calça. Será que Noel realmente não sabia sobre Tabitha?

– Devo acreditar que alguém invadiu sua conta de e-mail e escreveu mensagens falsas para Fuji?

Noel ergueu as mãos.

– Eu não sei. E já que estamos falando sobre isso, quem é que está invadindo contas de e-mail, perseguindo vocês e me enchendo de porrada? Você realmente acha que Ali ainda está viva? Por que você não me disse isso antes?

Aria suspirou.

– Eu não disse a você porque estava tentando mantê-lo seguro.

– Mas... – Noel parecia prestes a dizer alguma coisa mas, em seguida, fechou a boca.

– Mas *o quê*? – perguntou Aria.

Noel balançou a cabeça.

– Nada. Esqueça.

Ele estava respirando com dificuldade, e uma das máquinas começou a apitar. Aria olhou para ela, grata por ter alguma coisa para olhar em vez do rosto de Noel.

Uma enfermeira entrou no quarto e verificou o monitor.

– Eu acho que é melhor você ir – disse ela para Aria.

A enfermeira empurrou Aria porta afora. Aria deu uma última olhada na expressão triste de Noel, mas não acenou para se despedir.

Sentia-se desorientada e tonta. Por muito tempo, Noel tinha sido a única coisa em Rosewood que a fazia seguir em frente... Mas agora ele era um estranho. Como ela poderia permanecer ali? Como iria viver em Rosewood, ir para o colégio Rosewood Day ou mesmo circular entre os cômodos de sua casa sem as lembranças de Noel tomando sua mente e seu coração?

Ela precisava sair daquele lugar, de uma vez por todas. Deixar Rosewood para trás e nunca mais voltar. Mas quando Aria deu alguns passos vacilantes, seus joelhos fraquejaram e ela sentiu suas pernas pesadas. No momento, atravessar o corredor e voltar para junto das amigas já parecia um enorme desafio.

2

UMA SALA VAZIA

Spencer, Hanna e Emily se levantaram assim que Aria voltou para a sala de espera. Aria evitou seus olhares e andou direto para a máquina de bebidas, com os ombros curvados.

– O que Noel disse? – perguntou Spencer, ofegante, seguindo a amiga de perto. – Ele viu quem o atacou?

– Não – murmurou Aria, apanhando um copo descartável.

– Você tem certeza? – perguntou Hanna. – Ele conhecia a Verdadeira Ali, afinal? Eles eram amigos... Talvez mais do que amigos?

Aria se ocupou com a máquina de café. Seus olhos estavam vermelhos e sua respiração, entrecortada por pequenos soluços e suspiros, como se tivesse chorado. Spencer odiava pressioná-la por respostas, mas precisava saber.

Relutante, Aria contou às amigas o que Noel tinha dito a ela, incluindo as visitas que fazia à Ali na clínica. Quando chegou à parte sobre ele não ter se encontrado com mais ninguém por lá, exceto Tabitha e Iris, Spencer resmungou:

– Ele não viu um único garoto? Ali *nunca* mencionou a ele alguém de quem ela gostava?

Aria deu de ombros.

– Acho que Ali queria que Noel acreditasse que ela gostava *dele*.

Emily gemeu.

– Isso faz sentido. Era sua maneira de mantê-lo ao lado dela.

Aria tomou um gole de café.

– Noel mencionou ter ouvido a voz de um cara quando foi atacado. Mas foi só isso.

– Eu gostaria de acabar com Ali e seu cúmplice de uma vez por todas – declarou Spencer enquanto se sentava em uma poltrona.

– Talvez pudéssemos ir mais uma vez à clínica – sugeriu Hanna. – Poderíamos perguntar a eles se tinham pacientes homens cujo nome começava com *N*.

Emily parecia insegura.

– Parece tão arriscado.

Hanna franziu as sobrancelhas.

– Você quer desistir?

– Talvez devêssemos desistir – disse Spencer. Na semana anterior, em uma tentativa de capturar Ali e seu cúmplice, elas tinham feito o que podiam, desligando seus celulares, que A tinha monitorado dezenas de vezes no passado, e usando celulares descartáveis. Então, tinham se reunido no quarto do pânico em uma casa-modelo do padrasto de Spencer e, juntas, tinham colocado suas mentes para funcionar na tentativa de descobrir quem era A. As meninas tinham feito uma lista de pessoas que poderiam ter ajudado Ali. Conforme eliminavam os suspeitos, riscavam os nomes da lista, até que, finalmente, tinha restado apenas Noel... Elas acreditavam estar um passo à frente de A, mas no dia anterior, A tinha enviado uma mensagem de texto a todas, com uma foto da lista de suspeitos. Spencer não fazia ideia de como Ali *tinha encontrado* a cartolina com a lista, que ela mantinha escondida debaixo da cama. *Não é Noel*, dizia a mensagem.

– E os policiais? – perguntou Hanna arrumando seu rabo de cavalo castanho-avermelhado. – Devo entregar o bilhete que recebi de Ali na clínica de queimados?

Spencer pensou um pouco. Se mostrassem o bilhete aos policiais, Ali e seu cúmplice poderiam ir atrás delas. Se não o fizessem, a polícia poderia acusá-las de obstruírem a investigação.

– E se você entregasse o bilhete à polícia, mas não lhes dissesse nada sobre A? – sugeriu. – Está assinado em nome de Kyla, não Ali. Os policiais não precisam saber que são a mesma pessoa. Para ser honesta, nem *nós mesmas* sabemos ao certo.

– Isso poderia funcionar – murmurou Hanna.

– O que fazemos a respeito de nossos celulares descartáveis? – perguntou Aria. – A grampeou todos. Vamos continuar a usá-los?

– Bem, podemos usar nossos celulares antigos – sugeriu Emily. – Não importa o que fazemos, A sempre descobre. Não vamos fazer chamadas ou enviar mensagens de texto, a menos que seja estritamente necessário.

– Se mudarmos a senha de nossos e-mails diariamente, talvez possamos usá-los – disse Spencer. – Mas não devemos discutir nada sobre Ali ou seu cúmplice.

– E se recebermos mais mensagens de A? – sussurrou Hanna. – Ainda podemos falar sobre isso?

Spencer olhou pela sala, quase temendo que A estivesse ouvindo.

— Sim — sussurrou ela. — Talvez pudéssemos ter um código para o caso de querermos falar sobre Ali. Que tal... — seu olhar recaiu sobre um homem bonito e grisalho na tela da televisão. — Anderson Cooper.

— Combinado — disse Aria.

Hanna se inclinou.

— Qual vocês acham que será o próximo passo de A?

O coração de Spencer pareceu afundar. Quantas vezes elas haviam se perguntado *a mesma coisa*?

— Pode ser qualquer coisa. A ainda está nos observando. Só precisamos manter nossos olhos e ouvidos alertas.

Todas elas concordaram, parecendo ainda mais apavoradas do que antes. Mas não havia mais nada a dizer, então Spencer pegou sua bolsa, apanhou as chaves, e se dirigiu para os elevadores, ansiosa para ir para casa e tomar um banho longo e quente.

Ela atravessou a lanchonete e se arrastou na direção da manhã brilhante. A rua estava repleta de pessoas, incluindo um bando de manifestantes segurando cartazes na esquina. ROSEWOOD, estava escrito em um deles. ASSASSINO EM SÉRIE estava escrito em outro, com grandes letras vermelhas.

— Mantenham nossas crianças seguras! — gritavam os manifestantes. Um deles usava a camiseta do colégio Rosewood Day.

Spencer os observou por algum tempo, sentindo-se dividida. Era estranho ver pessoas dando sua opinião de forma tão apaixonada sobre um assunto ao qual ela estava tão direta e intimamente ligada.

Então, ela notou a van de um noticiário estacionada do outro lado da rua, com uma repórter sentada no banco do passageiro. Spencer baixou a cabeça e dirigiu-se rapidamente para seu próprio carro, com medo de que, em segundos, a repórter a reconhecesse.

— Spencer?

Ela trincou os dentes e deu meia-volta. Mas era Chase, uma espécie de novo amigo. Ele estava de pé sob a marquise do hospital vestindo um casaco de nylon preto e um boné cinza.

Spencer relutantemente foi até Chase, puxando-o para um canto mais isolado, perto de uma entrada de serviço.

— O que você está fazendo aqui? — sussurrou ela.

Chase puxou a orelha mutilada, um ferimento causado pelo cara que o perseguia no colégio interno.

— Nós não deveríamos nos encontrar hoje? Procurei por você em todo canto. Até que, finalmente, sua mãe me disse onde estava.

— Ela contou *o motivo* de eu estar aqui?

Chase fez que não com a cabeça.

— Tudo bem... — disse Spencer, e contou-lhe toda a história. Ela sabia que podia confiar em Chase. Ele tinha um blog sobre crimes não solucionados, e eles se conheceram quando Spencer estava tentando descobrir o paradeiro de Ali. Houve certa confusão de identidade no começo: Chase tentou enganar Spencer fazendo com que seu irmão, Curtis, se passasse por ele porque tinha vergonha de sua orelha mutilada. Por um tempo, Spencer temeu que ele fosse A. Porém, mais tarde, Chase contou a verdade e tudo se esclareceu.

Quando Spencer finalmente terminou de contar a ele sobre Noel amarrado no galpão de materiais esportivos, Chase estreitou os olhos verdes.

– Então... Noel *não é* o namorado de Ali?

Spencer balançou a cabeça em negativa.

– Não. Estamos de volta à estaca zero.

– Bem, então é melhor irmos andando – disse Chase, oferecendo o braço a Spencer.

Spencer não se mexeu.

– Para onde?

Chase piscou.

– Vamos dar uma olhada naquela casa que aparece no vídeo de segurança.

Quando Chase a visitara no dia anterior, tinha exibido um vídeo de segurança com a imagem difusa, que mostrava o lado de fora de uma casa em Rosewood. Era possível ver uma garota que se parecia muito com Ali em alguns momentos. Eles haviam feito planos para investigar o lugar naquele dia, mas depois de tudo que acontecera com Noel, Spencer tinha esquecido.

Um ônibus passou roncando por eles, despejando fumaça pelo escapamento.

– O namorado de alguém acabou em um galpão de materiais esportivos por nossa causa – disse Spencer, nervosa. – Ali sabe que estamos atrás dela. Não posso permitir que outra pessoa se machuque.

– Mas e se esse for o lugar onde ela *está morando*? – perguntou Chase. – Se pudéssemos encontrar a prova de que ela ainda está viva, poderíamos finalmente colocar a polícia nessa história e dar um fim a isso tudo, de uma vez por todas. E então *ninguém* mais se machucaria.

Spencer torceu os lábios. Uma sombra tremeluziu através da janela de um carro estacionado do outro lado da rua, por um momento parecendo ser de uma pessoa.

Chase *tinha* certa razão. E se eles encontrassem alguma coisa na casa que aparecia no vídeo? E se eles pudessem acabar com todo aquele pesadelo hoje mesmo?

Spencer encarou Chase e assentiu levemente.

– Tudo bem. Vamos lá.

Vinte minutos depois, com o céu tomado por nuvens baixas, Spencer e Chase entraram em um condomínio em West Rosewood, a região de baixa renda da cidade. É claro que o termo "baixa renda" era relativo: uma grande placa de VENDE-SE na entrada do condomínio anunciava pisos e bancadas de mármore em cada unidade. A novíssima piscina do condomínio faiscava a distância. E o supermercado da vizinhança era o Fresh Fields, onde você não conseguiria comprar um litro de leite por menos de cinco dólares.

– É aqui – disse Chase, apontando para um conjunto de casas. Cada unidade parecia idêntica à outra, com um lampião falso no jardim da frente, uma janela de mansarda também falsa, e beirais entalhados ao redor de cada janela. Nas imagens da câmera de segurança, Ali podia ser vista andando bem em frente à unidade da esquina.

Spencer estacionou o carro e observou a casa com atenção, estremecendo sob o ar subitamente frio. A porta era vermelha e a varanda estava coberta de folhas secas. Não havia persianas nas janelas – Spencer imaginava que Ali teria insistido em privacidade absoluta. Será que aquela casa poderia mesmo ser o esconderijo secreto de Ali?

Então ela olhou para as casas vizinhas. A grama dos quintais não era cortada há algum tempo, e havia uma pilha de jornais velhos nos degraus de cada varanda. Não havia uma única luz acesa em qualquer uma das janelas, e nem cães latindo lá dentro. Antes de Spencer e Chase saírem da Filadélfia, eles verificaram os registros do condado em busca de informações sobre o condomínio e descobriram que a maioria das unidades ainda não tinha sido vendida. A casa em que Ali parecia entrar nas imagens da câmera estava disponível no mercado desde a sua construção no ano anterior. Um casal na casa dos setenta anos, Joseph e Harriet Maxwell, havia comprado a casa ao lado daquela há dois anos, no mês de novembro, bem na época em que Ian Thomas foi acusado pelo assassinato de Courtney DiLaurentis; mas a planta na varanda estava murcha, e havia um monte de folhetos de propaganda enfiados entre a porta da frente e a porta de tela.

– Este parece ser o lugar perfeito para Ali se esconder, Chase – murmurou Spencer. – É bem deserto. Ninguém a veria indo e vindo.

– Exatamente. – Chase fez menção de deixar o carro, mas interrompeu o movimento e se virou para ela. – Spencer... Tem certeza de que está pronta para isso?

O coração de Spencer apertou. Será que *estava*? Olhou ao redor do estacionamento. Embora estivesse vazio, ela ainda se sentia como se estivesse sendo vigiada. Observou atentamente uma moita densa de arbustos do outro lado do terreno, em seguida, olhou preocupada para o escritório vazio de uma imobiliária do outro lado da rua. Poderia haver alguém escondido lá dentro?

– Sim – disse ela, saindo do carro e batendo a porta com força. Ela precisava fazer aquilo.

O céu estava ameaçadoramente cinza, e o ar, espesso e cheio de eletricidade. Alguma coisa pareceu ter sido raspada atrás dela, e Spencer ficou arrepiada.

– Você ouviu isso?

Chase parou e tentou escutar.

— Não...

Então, houve uma agitação no bosque que fazia limite com o terreno. Spencer estreitou os olhos, tentando focar-se em um vulto entre as árvores.

— Ah... Olá? — gaguejou ela. Nada.

O barulho de Chase engolindo em seco foi audível, tamanho era o silêncio que os cercava.

— Devia ser um coelho. Ou um cervo.

Spencer assentiu, trêmula. Ela se dirigiu pé ante pé até a frente da casa da esquina e espiou pela janela, mas estava escuro demais para dizer o que — ou quem — estava lá dentro. Spencer inspecionou a porta da frente. Não havia arranhões, pegadas e nem um capacho de boas-vindas. Em seguida, calçando as luvas que Chase lhe dera — eles não queriam deixar impressões digitais no lugar —, tocou na maçaneta com todo o cuidado do mundo, como se aquilo estivesse ligado ao detonador de uma bomba. Spencer estremeceu e olhou por cima do ombro de novo em direção ao escritório da imobiliária. Um trovão retumbou. O vento os açoitava. Alguns pingos de chuva caíram na cabeça de Spencer.

— Com licença...

Spencer deu um gritinho e se virou. Um homem que andava com seu cão pela calçada se aproximou deles. Ele parecia velho, um pouco encurvado. A língua do collie pendia para fora de sua boca. Spencer não sabia dizer se o cachorro estava na coleira ou não.

O homem encarou Spencer, depois Chase.

— O que vocês querem aqui? — perguntou ele, de modo rude.

A mente de Spencer estava paralisada.

— Ah... Achamos que essa fosse a casa da nossa amiga.

— Ninguém mora aí — disse o homem, olhando para a casa. — Esse lugar está vazio desde a construção.

O velho não parecia estar mentindo. Ele também não parecia ter qualquer ideia de quem eles eram — era apenas um cara velho passeando com o cachorro.

— O senhor já viu alguém entrando ou saindo deste lugar? — Spencer se atreveu a perguntar. — Qualquer pessoa.

— Não, sequer vejo luzes acesas nessa casa — disse o homem. — Mas é propriedade privada. Vocês deveriam dar o fora — afirmou ele, dando outra boa olhada nos dois. Por um momento, Spencer se perguntou se havia confiado nele rápido demais. Mas, então, o velhote assobiou, e o cão se levantou. Enquanto se afastavam, o cão se empertigou e ficou com o olhar fixo na direção do escritório da imobiliária. O coração de Spencer deu um salto. Será que o cão percebeu que havia alguém lá? Mas, então, o bicho se afastou e ergueu uma perninha sobre um canteiro de dentes-de-leão. O homem e o cão desapareceram, seus passos ecoando, a coleira tilintando.

Spencer esperou até que o homem estivesse a uma distância segura antes de se virar para Chase.

— Esta era, definitivamente, a casa nas imagens da câmera de segurança.

— Você acha que Ali sabia que nós a encontramos? — sussurrou Chase, com os olhos arregalados. E então, de repente, um olhar apavorado cruzou seu rosto. — Você acha que é possível que Ali tenha *plantado* esse vídeo? Talvez ela nunca tenha morado aqui. Talvez ela tenha nos enviado aqui para nos machucar.

Spencer não podia acreditar que aquilo não tivesse ocorrido a ela. Saiu correndo da varanda, certa de que algo horrível estava prestes a ocorrer. Nada aconteceu, mas, por uma fração de segundo, podia jurar ter ouvido alguém rindo. Desviou os olhos para o bosque, então olhou preocupada, mais uma vez, para o escritório da imobiliária, desesperadamente tentando vislumbrar a silhueta de Ali na janela. E se ela estivesse ali perto? E se tivesse percebido que eles a descobriram e estivesse furiosa?

Spencer pegou Chase pela mão.

— Vem, vamos sair daqui — disse apressada, correndo de volta para o carro. De repente, Spencer começou a rezar para que não tivessem cometido um erro terrível.

3

HANNA PERDE O CONTROLE

Uma hora mais tarde, Hanna Marin e seu namorado, Mike Montgomery, estavam sentados no Prius de Hanna, em um trânsito intenso, voltando do hospital de Rosewood. Mike mexia no rádio, primeiro escolhendo uma estação de rap, depois trocando para uma de esportes. Ele olhou pela janela e soltou um suspiro, parecendo tão cansado quanto Hanna. Mike tinha ficado no hospital por um longo tempo na noite passada, em parte por Noel, em parte por Hanna. Hanna não sabia ao certo quando Mike tinha ido embora, mas tinha certeza de que tinha sido depois da meia-noite. E lembrava que ele havia reaparecido pela manhã, logo depois de Noel acordar.

O celular de Hanna, que estava conectado ao sistema bluetooth do carro, tocou alto. Ela apertou o botão de atender no console sem olhar o número de quem ligava.

– Hanna? – perguntou uma voz conhecida. – Aqui é a Kelly Crosby, da clínica de queimados.

— Ah. — Seus dedos pairaram sobre o botão de finalizar a ligação no volante do carro e Hanna sentiu o olhar fixo de Mike sobre ela. — Sim, oi...

— Só estou ligando para avisá-la que você não precisa vir na próxima semana. A clínica está fechada por tempo indeterminado, por causa do assassinato. — *O assassinato*... Hanna engoliu em seco. — Também queria avisá-la que o enterro de Graham Pratt será na terça-feira — continuou Kelly. — Vocês eram tão amigos, pensei que você gostaria de ir.

— Hummm... ah, certo — disse Hanna, falando um pouco alto demais. — Preciso deligar agora!

Hanna desligou o celular e olhou direto pelo vidro do carro, como se não houvesse nada de errado. O único som era o *vup-vup-vup* que o veículo fazia ao percorrer o piso desnivelado da rampa de acesso. Mike finalmente limpou a garganta.

— Pensei que você tinha dito que Graham era o responsável pela bomba, Hanna.

Hanna agarrou com força o volante. Mike vinha suspeitando de seu trabalho voluntário na clínica de queimados. No início, certo de que ela queria se reconciliar com o ex-namorado, Sean Ackard, o que *era* uma ideia ridícula. Mas ela também não podia dizer toda a verdade a Mike, porque teria de explicar sobre A. Ela já havia, finalmente, admitido que Aria e Graham estavam na sala de máquinas do navio quando a bomba explodiu, e que estava espionando Graham para descobrir o que ele sabia. Mas existiam muitos buracos na sua história, e Mike sabia disso.

— Eu *tinha* de dizer para as pessoas na clínica que eu e Graham éramos amigos. Era o único modo de me deixarem chegar perto dele. — Hanna encolheu os ombros.

— E que história é essa de assassinato?

Hanna olhou fixamente para a placa do carro à frente, de Delaware.

– Não faço ideia.

– Mentira!

– Eu não sei – protestou Hanna.

Mas ela sabia. No dia anterior, haviam descoberto o corpo de uma moça no bosque atrás da clínica, e em sua pulseira hospitalar lia-se KYLA KENNEDY. A moça estava morta fazia dias. Porém, Hanna tinha falado com Kyla (ou alguém se passando por ela) na noite anterior. A cama de Kyla ficava do lado de fora do nicho onde Graham estava instalado, e só existia uma pessoa que não desejaria que Graham acordasse e dissesse quem realmente havia detonado a bomba.

Ali.

Hanna simplesmente não a tinha reconhecido debaixo daquelas ataduras.

Hanna subiu a entrada da casa de sua mãe e estacionou atrás do carro dela. Já tinha quase alcançado a porta lateral da casa quando percebeu que Mike não estava com ela, e sim, parado, em pé na entrada da casa, com uma expressão estranha no rosto.

– Eu estou tão de saco cheio disso – disse ele baixinho.

– Saco cheio de quê? – perguntou Hanna.

– Eu sei que você está mentindo.

Hanna desviou o olhar.

– Mike, para...

– Primeiro você brinca de detetive, abandonando a festa de formatura onde seria *a rainha* para ir para a clínica de queimados e conversar com o homem-bomba em potencial em vez de deixar a polícia cuidar do caso. – Mike ia enumerando os itens nos dedos. – Então, depois de me dizer que o cara está *morto*, você some com Spencer e as outras garotas, sem me dizer nada. Aí, quando finalmente eu a encontro, você está coberta de lama.

Com a ponta do pé, Hanna tocou uma pedra decorativa à direita do capacho da porta de entrada. A lama em seu vestido era de quando tinha ido com as amigas ao cemitério para salvar Aria da fúria de Noel.

– E *aí*... – disse Mike, subindo o tom de voz –, você me diz que estava lá *por acaso*, quando a polícia achou o corpo de Noel no galpão. E eu ouvi você dizendo para um policial hoje de manhã que havia recebido um bilhete com ameaças mandando-a ir até lá.

Subitamente, a garganta de Hanna parecia uma lixa. Ela também havia maquiado a história sobre como tinha achado Noel e *ainda* não sabia o que fazer sobre a entrega do bilhete de Kyla à polícia.

– E você não está agindo feito louca só comigo, não – disse Mike. – Eu conversei com Naomi sobre você, vocês eram melhores amigas antes do cruzeiro e de repente não são mais.

A fúria subiu pelo corpo de Hanna.

– Você conversou com Naomi sobre mim?

Hanna e Naomi Zeigler eram inimigas há anos e, para piorar as coisas, ela havia descoberto que Naomi era da mesma família de Madison, uma garota que Hanna tinha ferido no verão anterior.

– Eu estava desesperado! – Mike agitou os braços. – Naomi disse que você aprontou muita confusão naquele cruzeiro, que você mexeu no computador dela e leu os e-mails, que houve horas em que você fugia dela como se estivesse com medo. – Ele trincou a mandíbula. – Algo me diz que *isso tudo* se relaciona com todas essas maluquices que andam acontecendo, está tudo conectado. – Mike olhou para ela com um semblante sério. – É A, não é? *Ali*. Ela está de volta.

Hanna congelou.

– Não sei do que você está falando.

Mike chegou mais perto.

– É a única coisa que encaixa. Apenas me responda isso. Você não confia em mim?

O queixo de Hanna tremeu.

– Talvez eu tenha uma boa razão para não ter contado nada a você – disse Hanna. – É porque não quero que você se *machuque*, seu idiota! Eu não quero que você termine como Noel.

Eles estavam cara a cara. A respiração mentolada de Mike tocava as bochechas de Hanna. Ele segurou as mãos dela.

– Eu quero ajudar. Eu amo você. Não me importo com os riscos.

Hanna fechou os olhos, sentindo-se esgotada. Não havia escapatória para a situação. Mike sabia que estava certo, e a fisionomia de Hanna também confirmava isso. A única maneira de impedi-lo de descobrir ainda mais era terminar com ele. Ela não apenas detestava pensar nessa ideia, como, no fim das contas, isso não ia mantê-lo seguro. Mike já sabia demais.

Hanna respirou trêmula e profundamente e, de repente, se viu contando toda a história. Contou para Mike como as novas mensagens de A começaram a chegar, como haviam se tornado mais e mais sinistras e como, no cruzeiro, as mensagens faziam menção ao modo como Hanna havia fugido da cena de um acidente de carro, deixando Madison Zeigler, a prima de Naomi, para morrer.

– Por um tempinho, tive medo de que Naomi fosse A – disse ela. – Foi por isso que mexi no computador dela: achei que poderia encontrar alguma coisa que provasse minha suspeita. Mas no fim, Naomi me disse que o acidente não foi minha culpa, já que fui jogada para fora da estrada. Eu *lembro* de alguém fazendo isso, mas não vi o rosto da pessoa. Era a pessoa que ela e Madison estavam tentando pegar.

Mike se encolheu.

— Você sofreu um acidente de carro no verão passado e não me contou?

Hanna sacudiu a cabeça.

— Eu não podia arriscar contar para *ninguém*. Peço desculpas por isso.

Hanna continuou com a história. Quando chegou na parte em que ela e as amigas concluíram que A era Ali, Mike pareceu confuso.

— Você tem certeza? Pensei que ela não tivesse sobrevivido àquele incêndio.

— Emily deixou a porta aberta para ela, e Ali saiu da casa em chamas.

Então, Hanna baixou os olhos e contou tudo sobre Tabitha, como elas temeram que Ali as tivesse seguido até a Jamaica e fosse machucá-las.

— Tabitha nos seguiu até a cobertura do hotel — disse Hanna. — E então ela foi atrás de Aria. Depois disso, tudo aconteceu tão rápido, Aria correu na frente, houve um tumulto e de repente Tabitha estava despencando por cima da barreira de proteção. Ela estava viva depois da queda, disso nós tínhamos certeza. Mas quando descemos correndo para a praia, o corpo tinha sumido. Nós não a matamos, mas alguém está fazendo tudo para que *pareça* que o fizemos.

— Meu Deus — sussurrou Mike de olhos arregalados. — Eu estava nessa viagem com você, eu vi aquela garota, como você pôde esconder isso de mim?

– Eu peço desculpas, Mike – disse Hanna em voz baixa.
– Eu estava com muito medo. Queria fingir que aquilo nunca havia acontecido, mas quando nós começamos a receber novas mensagens... – Hanna cobriu o rosto com as mãos.

Mike se sentou no muro de pedra que cercava a casa de Hanna e olhou ao longe. Depois de um tempo, disse:

– Deixa eu entender isso direito. Foi a Ali, ou um cúmplice dela, quem matou aquela mulher, a Gayle, também?

Hanna assentiu, pensando em Gayle Riggs, a mulher rica que queria o bebê de Emily. E que A havia matado.

– E foi A quem detonou aquela bomba na sala de máquinas do navio? – A voz de Mike fraquejou. Hanna assentiu mais uma vez e Mike pigarreou. – E foi A quem realmente matou Tabitha?

– Sim, nós temos quase certeza.

– Então, basicamente, Ali tentou matar você e a minha irmã, assim, tipo, seis vezes até agora. E está tentando incriminá-la pelas sacanagens que fez. Nós precisamos achar essa vadia. *E já.*

Hanna correu os olhos pelo pátio, preocupada.

– Spencer e Emily acham que essa é uma má ideia, Mike. Da última vez em que procuramos por Ali, Noel terminou no hospital.

Mike chutou o cascalho solto no canteiro de flores.

– Então, temos que ficar parados, sem fazer nada?

Hanna deu uma olhada através das árvores, odiando a maneira como a casa de sua mãe era isolada. Qualquer um podia espioná-los de perto e eles nunca saberiam.

– Só tenho medo de que se estivermos próximos de descobrir o paradeiro de Ali ou a identidade de seu cúmplice, mais alguém vai ser machucado. Você, talvez, ou talvez *eu*.

Os olhos azuis glaciais de Mike se apertaram.

— Prometo a você, Hanna, que ela *nunca* vai lhe fazer mal. Nunca. Ela teria de passar por mim primeiro. Vou ficar de guarda na porta do seu quarto se for necessário, vou ficar do seu lado em todas as aulas, posso até entrar com você no provador quando você for fazer compras na Otter, se quiser.

Hanna deu um empurrão brincalhão em Mike.

— Você *adoraria* entrar no meu provador na Otter.

— Lógico. — Mike se inclinou e deu um beijo leve no nariz de Hanna.

Hanna inclinou a cabeça e o beijou nos lábios. Alguma coisa se quebrou dentro dela. Lágrimas rolaram por seu rosto.

— Estou tão feliz por você ter descoberto tudo... — sussurrou ela no ouvido de Mike.

— Eu também estou feliz — disse Mike.

Eles se beijaram de novo, um beijo longo e intenso. Mike moveu suas mãos para cima e para baixo nas costas de Hanna. Ela deu pequenos passos em direção à porta lateral, e, em segundos, estavam deitados no sofá. Agarrando-se furiosamente. A única coisa em que Hanna queria pensar era na sensação dos lábios de Mike nos dela, o calor de suas mãos, o peso do corpo dele. Agarrou-se a ele como se Mike fosse sua única salvação. E quando deu por si, estava puxando a blusa pela cabeça.

A pele de Hanna se arrepiou. E Mike também tirou a camisa, revelando seu peito forte e abdômen tonificado por praticar lacrosse. Ele hesitou. De repente, Hanna se deu conta do que iria acontecer em seguida. Era aquilo que eles tinham ensaiado, sobre o que tinham feito brincadeiras um com o outro e planejado por semanas, mas onde ainda não haviam chegado, exatamente. Eles seriam o primeiro um do outro, afinal, e ambos entendiam que o momento precisava ser especial. Talvez ali, naquela casa vazia, naquele dia terrível, fosse a hora certa.

Hanna abriu os botões do seu jeans. O olhar de Mike deslizou para observar.

— Tudo bem? — sussurrou ele, com a voz grave e tensa.

— Sim — disse Hanna, uma onda arrebentando por dentro. E o agarrou com força e o puxou para perto como nunca havia feito antes.

4

GAROTA DESAPARECIDA

No momento em que Emily Fields deixou o colégio Rosewood Day, no dia seguinte, foi abordada por uma porção de jornalistas e as perguntas indesejáveis começaram.

– Srta. Fields! Sou Alyssa Gaden, do *Philadelphia Sentinel*! Você tem um momento?

– Emily! Aqui! Olhe para cá!

Flashes explodiam diante dos olhos dela. Repórteres empurravam microfones em seu rosto. Emily tentou serpentear por eles e fugir, mas foi seguida.

– É verdade que foram você e suas amigas que encontraram Noel Kahn no galpão de materiais esportivos do colégio? – gritou a repórter do *Sentinel*.

– Você pode nos dizer o que as levou até lá? – gritou um homem.

– Você e as suas amigas têm um pacto de suicídio? – intrometeu-se outra voz. – Foi por isso que deixaram o navio em um bote inflável?

Emily fez uma careta. Depois que a bomba explodiu dentro do navio, garotos e garotas tinham evacuado em botes salva-vidas. Emily e as amigas pegaram um bote inflável só para elas e navegaram no sentido oposto da costa, para enterrar o velho medalhão de Tabitha – A tinha dado um jeito de fazê-lo chegar às mãos de Aria, e as meninas não queriam ser associadas a ele. Mas o bote salva-vidas furou, deixando-as presas na enseada onde tinham ido para se livrar do medalhão. Foram resgatadas pela tripulação de um barco de salvamento e, assim, começaram os rumores de que elas haviam se afastado da costa para cumprir um pacto suicida.

Alguém colocou a mão em seu ombro, formando uma barricada entre Emily e os jornalistas.

– Sem comentários, sem comentários, sem comentários.

Era o diretor do colégio, o Sr. Appleton. Ele passou o braço em torno de Emily e a acompanhou até a rampa que dava acesso ao estacionamento dos alunos.

– Sinto muito, querida – disse ele gentilmente.

– Obrigada – disse Emily.

Appleton deixou Emily junto ao carro dela com um aceno de cabeça e algumas palavras de incentivo para consolá-la. Emily despencou no banco do motorista do Volvo da família. Nos últimos anos, ela e as amigas tinham estado na mira da mídia. Até um filme sobre elas tinha sido feito. Chamava-se *Pretty Little Killer*. Aquilo tudo era tão, tão, *tão* cansativo!

Se esses corvos pousados nos fios do poste de telefone voarem nos próximos dez segundos, tudo ficará bem, pensou Emily, olhando para os fios escondidos por entre as árvores. As aves não se mexeram. Mais corvos se juntaram aos outros, curvados, manchas pretas contra o céu cinzento.

Suspirando, ela pegou o celular para checar seu e-mail. Só havia um, de Hanna: *Vocês iriam ao funeral de Graham comigo na terça-feira? Preciso de apoio moral.*

Aria havia concordado. Emily respondeu dizendo que também iria. Ela fechou o e-mail e observou o papel de parede do celular. Era uma foto dela com a namorada, Jordan Richards, no convés do navio que se afastava de San Juan, em Porto Rico.

Emily fechou os olhos, revivendo aquele momento em silêncio. Ela e Jordan tinham se conectado uma à outra de forma rápida e intensa. Emily desejava falar com Jordan agora, mas a garota era procurada pelo FBI e estava foragida. Na verdade, elas tinham feito planos para fugir juntas, mas A denunciara Jordan para a polícia, e agora ela vivia escondida em algum lugar do Caribe. Ah, se Emily pudesse entrar em contato com ela e marcar um encontro... O que ela perderia se fosse embora de Rosewood, afinal? Seria uma forma perfeita de escapar da perseguição de A. Mas não havia qualquer maneira de entrar em contato com Jordan.

Ou havia?

Ela abriu o aplicativo do Twitter. *Precisamos conversar*, escreveu em uma mensagem direta ao apelido secreto de Jordan no Twitter. *É importante.*

Ela enviou a mensagem e esperou, dizendo a si mesma que Jordan provavelmente não responderia. Ela tinha entrado em contato com Emily algumas vezes, mas sempre avisara que era muito perigoso que conversassem. Porém, para surpresa de Emily, uma mensagem privada apareceu em sua caixa de entrada em pouco mais de um minuto. *Está tudo bem?*, escreveu Jordan. *Acabei de assistir a uma matéria sobre aquele garoto de Rosewood no noticiário. Ele era o namorado de sua amiga, certo?*

Emily engoliu em seco. *Ele era*, escreveu ela. *Mas eu estou bem, e minhas amigas também.*

Que bom, disse Jordan. *Fico feliz.*

Sinto sua falta, digitou Emily rapidamente. *Estou desesperada para ir embora desse lugar. As coisas andam sinistras por aqui. Onde você está?*

Uma nova mensagem apareceu depois de um momento. *Queria poder contar, mas você sabe que não dá. É muito arriscado.*

Emily se ajeitou no banco enquanto observava, através do para-brisa, os garotos que subiam a rampa para pegar seus carros. Tinha sido um tiro no escuro, mas ela esperava que Jordan dissesse que sim. *Eu vou esperar por você*, prometeu ela.

Que bom. Eu também vou esperar por você.

Jordan assinou a mensagem com "bjs". Emily fechou o Twitter e colocou o celular de volta na mochila. Ela se sentia como quando dava a primeira garfada no macarrão com queijo de sua mãe: era impossível se contentar com um pouquinho. Se ao menos ela e Jordan pudessem falar por horas em vez de segundos. Se ela soubesse onde Jordan estava...

O celular de Emily tocou. Era um alerta do Google avisando que havia notícias recentes da clínica psiquiátrica Preserve Addison-Stevens. Há algum tempo, Emily tinha programado um alerta para a clínica, apenas para o caso de haver qualquer notícia pertinente sobre pacientes fugitivos... alguém que pudesse ser o namorado secreto de Ali. A notícia que recebeu foi um comunicado da clínica à imprensa sobre a nova piscina terapêutica que havia sido construída no local. O comunicado contava com uma imagem. Emily estudou os pacientes em torno e dentro da piscina, com os rostos borrados. Nenhum deles tinha os cabelos louros bem claros de Iris

Taylor, a menina que ela havia tirado da clínica na semana anterior e a quem havia carregado para lá e para cá em Rosewood, fazendo perguntas sobre Ali. Iris tinha sido colega de quarto de Ali na clínica. Até onde Emily sabia, Iris tinha voltado para a clínica após o baile de formatura, na semana anterior. A clínica não permitia que os pacientes usassem computadores ou que dessem telefonemas, por isso, Emily não sabia como ela estava.

Emily parou para pensar. Hanna tinha conhecido Iris durante uma curta temporada na clínica, e dissera que ela parecia incrivelmente esquisita – podendo até mesmo ser parte da equipe de Ali. Mas Emily tinha conhecido um lado diferente de Iris. Era apenas uma menina insegura e triste que precisava de alguém que se importasse com ela. Em um mundo onde quase todo mundo acabava se revelando diferente do que aparentava, era um alívio ver que Iris não era uma pessoa tão má assim. E, de repente, Emily percebeu que sentia falta dela.

Um pensamento tomou forma em sua mente. *Talvez pudéssemos ir até a clínica, como Hanna havia sugerido no hospital. Poderíamos tentar descobrir se havia um paciente cujo nome começasse com* N. Talvez a própria Iris soubesse quem era. Entrar naquela investigação novamente deixava Emily apavorada, mas e se houvesse uma pista importantíssima bem debaixo do nariz dela?

Emily deixou o estacionamento, cheia de motivação. Em vez de virar à direita, na direção de sua casa, entrou à esquerda, tomando uma estrada sinuosa, passando por antigas casas de fazenda e pela sorveteria, colina acima. O trânsito estava tranquilo, e ela chegou à clínica mais cedo do que esperava.

Enquanto seu carro subia a rampa íngreme que levava ao prédio principal da clínica, todo de pedra, tijolo e torres pontiagudas, uma ambulância passou a toda velocidade na direção oposta. Emily estremeceu, perguntando quem estaria lá dentro — e por quê.

Emily estacionou o carro e entrou no saguão, observando os vasos e as fontes familiares. O funcionário da recepção sorriu para ela.

— Boa tarde.

Trêmula, Emily acenou com a cabeça.

— Estou aqui para ver Iris Taylor. Sou amiga dela. Emily Fields.

O homem olhou para algo em sua tela e, em seguida, franziu a testa.

— Iris não é mais uma paciente aqui.

Emily ergueu a cabeça.

— Como assim?

Será que os pais cruéis de Iris a haviam tirado da clínica? Será que ela havia sido transferida para outra clínica?

O homem olhou de um lado para outro, então se inclinou na direção de Emily.

— Já que você é amiga dela, vou contar o que aconteceu. Ela está desaparecida. Ontem de manhã a cama de Iris foi encontrada vazia.

Emily piscou com força. Desaparecida? Iris era muito infeliz na clínica, por isso era possível que tivesse fugido, assim como havia escapulido com Emily na semana anterior. Mas havia tensão no rosto do homem, como se houvesse mais alguma coisa a ser dita.

— Ela... Ela está bem?

Uma enfermeira apareceu atrás do balcão da recepção naquele momento, e o funcionário mudou o tom.

— Essas informações são confidenciais, senhorita — disse ele, olhando torto na direção da enfermeira. — Sinto muito.

Emily resolveu não insistir.

— Você pode me dizer se havia um paciente do sexo masculino na ala adolescente, há alguns anos, cujo nome começava com a letra *N*? Ele era amigo de... bem, ele era amigo de Courtney DiLaurentis.

Os lábios do homem se contorceram. Ele olhou para Emily por uma fração de segundo e, em seguida, para a enfermeira, que estava por perto.

— Desculpe-me — sussurrou ele.

— Você não poderia me deixar dar uma olhada na lista de pacientes só por um segundo? — implorou Emily. — É muito, muito importante.

A enfermeira pigarreou alto. O homem deu de ombros, impotente.

Emily deu meia-volta, com a cabeça a mil. Iris parecia tão otimista sobre sua volta para a clínica, sua recuperação e como tudo ficaria bem... Por que ela teria ido embora tão cedo?

Um pensamento horrível lhe ocorreu. Iris tinha contado à Emily e às amigas informações essenciais sobre Ali. Será que Ali *sabia*?

As portas automáticas se abriram, e Emily atravessou o pátio que levava ao estacionamento, com a cabeça a mil por hora. Assim que passou pelo banco com a placa que dizia EM MEMÓRIA DE TABITHA CLARK, seu celular tocou. Ela pegou o aparelho do bolso, rezando para que fosse Iris contando que estava tudo bem com ela. Mas o nome do remetente era de um amontoado de letras e números. O coração de Emily afundou.

> Já acabou de farejar por aí, Scooby-Doo? Todo mundo que você envolver nessa confusão vai sair machucado, é uma promessa. Incluindo VOCÊ.
> — A

5

UM SEGREDO DESENTERRADO

Na tarde de terça-feira, Aria caminhou cabisbaixa para a última aula do dia, jornalismo. Uma rajada de vento varria pedaços de grama recém-aparada, embalagens de chiclete e a faixa de cabelo de uma garota através do pátio que unia os prédios. Por um segundo, quando ergueu a cabeça, Aria pôde jurar que viu a silhueta de Noel atravessando o gramado.

Mas é claro que não era ele. Naquele dia, no almoço, ela entreouvira alguns jogadores de lacrosse comentarem que Noel tivera alta do hospital e que estava descansando em casa. Será que ele se sentia sozinho? O que ele estaria assistindo na televisão? Não que Aria fosse admitir para as amigas, mas conferia o perfil de Noel no Twitter sem parar. Ele não tinha postado nada desde a noite do baile.

Aquilo doía nela. Sentia uma falta louca dele. E se odiava por isso.

Aria também odiava a forma estranha como as pessoas vinham olhando para ela durante todo o dia. Como o jeito que

Sean Ackard a encarava naquele momento: metade pena, metade medo. Depois de uma pausa, Sean apressou o passo até ela.

— Aqui, Aria... — disse ele, colocando um panfleto nas mãos dela.

Aria olhou fixamente para o panfleto. *Grupo jovem de aconselhamento para adolescentes problemáticos da Igreja Episcopal de Rosewood.*

— Ouvi dizer... — começou Sean, preocupado. — Eu só achei que talvez pudesse ajudar. — Ele fez menção de dizer mais alguma coisa, então pareceu pensar melhor e se virou, afastando-se.

Aria fechou os olhos. Os rumores sobre o pacto suicida dela e das amigas estavam circulando de novo. Os boatos surgiram no colégio logo após o cruzeiro ecológico — todos pensaram que as garotas queriam morrer por terem deixado o navio em um bote salva-vidas sem estarem acompanhadas de um adulto responsável. E agora, por alguma razão, os boatos tinham voltado, como uma vingança.

Aria amassou o panfleto no formato de uma bola e se virou para o edifício. Assim que tocou a maçaneta de bronze, alguém a agarrou por trás e a puxou para o canto. Ela gritou em protesto, mas era apenas seu irmão.

— Estava procurando por você — disse Mike, de forma rude.

Aria abaixou seus olhos. Na noite anterior, ao chegar em casa da livraria Wordsmith, onde tinha passado horas olhando fixamente para o mesmo parágrafo da *Bíblia dos rompimentos*, Aria achou, sobre a cama, um bilhete escrito à mão por Mike: *Hanna me contou tudo. Precisamos conversar.*

Aria ligara para Hanna, furiosa. Como ela pôde comprometer a segurança de Mike, especialmente depois que as amigas concordaram em ficar caladas? Mas Hanna não atendeu a ligação. Poucos minutos depois, Mike bateu na porta do quarto de Aria, mas ela jogou as cobertas sobre a cabeça e fingiu estar dormindo.

Naquela manhã, tinha saído de casa bem cedo para uma aula de ioga antes de Mike acordar. Mas nem mesmo o *Om* e a posição do cachorro olhando para baixo conseguiram acalmar seus pensamentos acelerados.

– Entendo por que você não me disse nada – disse Mike em voz baixa. – Mas eu posso ajudar. Quer dizer, se o Noel se encontrava tanto com Ali como vocês dizem que aconteceu, talvez eu tenha visto ou ouvido alguma coisa importante sem saber. – Ele fez uma careta. – Não acredito que ele fez isso com você. Esse cara está morto para mim.

Aria hesitou, subitamente sentindo-se na defensiva. Ela se sentia grata pela lealdade do irmão, mas não tinha pensado em como as ações de Noel também impactariam as outras relações dele.

– Olhe, você precisa ficar fora disso. Se *for* Ali, nós não sabemos do que ela é capaz.

Mike franziu a testa.

– Eu não tenho medo de Ali. Ela pode vir com tudo.

Se Aria estivesse em um estado de espírito diferente, poderia rir daquilo. O comportamento de Mike a fez lembrar-se de quando eles eram pequenos e frequentavam a piscina da faculdade Hollis. Mike, aos cinco anos, ficava na beirada do trampolim mais alto com as mãos nos quadris, proclamando a todos que aquilo não o assustava. No entanto, ele nunca *pulou* do trampolim. Descia pela escada, argumentando que não queria se molhar e estragar seu calção de banho.

Aria desviou o olhar para um cortador de grama ao longe que percorria em zigue-zague o campo de futebol. Normalmente, o cheiro de grama recém-cortada a animava, mas não hoje.

– Você sabe o que eu quero de verdade? Fugir. Ser completamente anônima.

– Você realmente acha que Ali permitiria que você fizesse isso?

– Não. E além disso, todo mundo nesta droga de país sabe quem eu sou. – Aria deu uma olhada ao mesmo tempo em que, como um sinal, uma van do noticiário do Canal 4 embicava no estacionamento dos alunos. Provavelmente havia uma câmera apontada para ela naquele exato momento.

Mike enfiou as mãos nos bolsos.

– Bem, mas as pessoas em *outros* países provavelmente não devem saber.

– E daí?

Os olhos azuis dele encontraram os dela.

– Olha, não estou dizendo que você deveria ir embora. Mas quando estive em seu quarto na noite passada, vi o panfleto em sua mesa. Aquele sobre Amsterdam.

Aria levou alguns segundos para relembrar a que o irmão se referia. Parecia que tinha sido há eras que ela recebera a carta dizendo que tinha sido escolhida como finalista para uma vaga em um curso de artes em Amsterdam. Aria tinha afastado a ideia da cabeça no mesmo instante, porque não queria ficar longe de Noel.

– Eu não sei – balbuciou Aria. – Eu provavelmente não seria aceita, de qualquer jeito. E viajar me parece muito assustador agora.

Mike fungou.

— Disse a garota que estava morrendo de vontade de voltar à Europa. Parece ser uma oportunidade incrível, e você sabe disso. E talvez eu esteja sendo meio egoísta. Há muito menos chance de Alison voar até a Holanda para pegar você. Você estará segura lá.

Ah, é mesmo?, pensou Aria. Ali a seguira até a Islândia no último verão. Mas Aria considerou a ideia por um momento. *Seria* uma ótima forma de escapar — não apenas de Ali e de seu cúmplice, mas dos lembretes constantes de Noel e da imprensa implacável. Se Aria lembrava corretamente, o curso envolvia estudos interativos com um grupo de artistas talentosos. Ela os ajudaria em seus estúdios e compareceria às suas mostras, e haveria tempo para trabalhar em sua própria arte. Aria estivera em Amsterdam apenas uma vez, por alguns dias, mas não havia se esquecido das ruas estreitas, do jeito descontraído dos habitantes, do enorme parque nos limites da cidade. Na verdade, aquilo soava como o paraíso.

Ela puxou Mike para um abraço apertado.

— Tudo bem. Vou tentar.

Mike contraiu o rosto, parecendo dividido.

— Se você for, leve-me junto! Aposto que a maconha de Amsterdam é muito melhor que a do Colorado.

Aria bagunçou o cabelo dele. Desde que o Colorado havia legalizado a maconha, Mike estava fascinado com o lugar.

— Prometo pelo menos levar você para uma visita — provocou Aria. Então, ela passou por ele e entrou no edifício de jornalismo, onde o sinal para celular era melhor. Aria tinha uma ligação importante para fazer.

Algumas horas depois, Aria saltou do trem em Henley, uma cidade a mais de dezesseis quilômetros da Filadélfia, famosa por sua faculdade de artes e seu festival de cinema anual. Ela virou à direita na antiga loja de ferragens na rua principal e seguiu pela calçada, passando por um hospital até o Edifício de Letras de Henley. Os alunos passavam por ela com seus livros e iPads embaixo do braço. Alguns jovens conversavam embaixo de uma árvore. Um garoto de cabelos compridos dedilhava uma música dos Beatles em seu violão, próximo a um quiosque de café.

A empolgação de Aria aumentou. Quando ligou do colégio, Ella tinha dado a ela o número do contato americano para o curso. O contato havia respondido, avisando que aquele era o penúltimo dia para entrevistas, e que a pessoa com quem ela deveria conversar, uma moça chamada Agatha Janssen, no Departamento de Línguas Germânicas, tinha um horário livre naquela tarde. Parecia que o universo estava conspirando a favor de Aria.

O edifício de Letras cheirava a mofo e tinha um belo eco, e o revestimento das paredes se parecia muito com aquele que havia no prédio em que Aria e Noel fizeram um curso de culinária. Ela sentiu uma pontada. Será que ela devia ligar para ele?

Claro que não. Ele mentiu para você. Aria cerrou o maxilar e afastou o pensamento de sua mente. No lugar disso, deveria estar pensando em Amsterdam, e em sua nova vida. Aria *tecnicamente* ainda não tinha sido aceita no curso, mas queria pensar de forma positiva. Ela mal podia esperar para criar vários novos hábitos na Holanda, os quais Noel nunca teria aceitado, ver o sol nascer todas as manhãs; assistir a longos filmes estrangeiros sem enredo nos quais as pessoas só fumavam muito e faziam muito amor; ir a cafés para discutir filosofia. Pronto.

O escritório da Sra. Janssen ficava no final do corredor. Quando Aria bateu na porta, uma mulher mais velha com cabelos pretos e cheios e óculos com armação de metal, vestindo o que parecia ser um monte de echarpes de seda costuradas como um vestido em forma de saco, abriu a porta.

– Olá, Srta. Montgomery! – disse ela, em um sotaque holandês. – Entre, entre!

O interior do escritório cheirava a torta de maçã. Nas paredes havia desenhos dos diques de Amsterdam e uma foto de uma garotinha usando imensos tamancos amarelos de madeira.

– Obrigada por aceitar me receber tão em cima da hora – disse Aria, tirando sua jaqueta xadrez.

– Sem problema. – A Sra. Janssen digitou alguma coisa, com suas pulseiras de madeira batendo umas nas outras. – Como você sabe, tenho o poder de recomendar um candidato. Entrevistei alunos de Nova York, Boston e Baltimore, mas seu portfólio é realmente impressionante. E você sabe um pouco de holandês, o que é útil.

– Aprendi enquanto estava na Islândia – gabou-se Aria. – Morei lá por alguns anos.

A Sra. Janssen puxou uma mecha de cabelo para trás das orelhas.

– Bem, o curso tem dois anos de duração. Você ajudaria diversos artistas e aprenderia muito com eles. Todos que fizeram este curso amadureceram e se deram bem em suas carreiras no mundo das artes.

– Eu sei. É uma oportunidade extraordinária. – Aria pensou em todas as informações sobre o curso que tinha relido naquela tarde. Os aprendizes deveriam viajar por toda a Europa com os artistas.

A professora fez mais algumas perguntas a Aria a respeito de suas influências, seus pontos fortes e fracos e seus conhecimentos de história da arte. A cada pergunta que Aria respondia, a Sra. Janssen parecia mais satisfeita, as linhas de expressão no canto de seus olhos foram ficando mais profundas. Em nenhuma vez ela trouxe à tona o fato de Aria ser uma personagem do filme *Pretty Little Killer*. Ela não parecia saber nada sobre o filme idiota baseado na vida de Aria, sobre como Aria estivera em um navio que pegou fogo, que tinha testemunhado o assassinato de Gayle Riggs ou que tinha encontrado o namorado amarrado em um galpão há apenas alguns dias. Naquele pequeno escritório, Aria era apenas uma artista cujo talento florescia, nada mais. A Aria que ela *costumava* ser, antes de tudo dar errado.

– Serei honesta com você – disse a Sra. Janssen depois de um momento. – Você parece muito promissora. Gostaria de recomendá-la.

– Verdade? – guinchou Aria, pressionando a mão sobre o peito. – Isso é ótimo!

– Fico feliz que você pense assim. Agora, deixe-me dar início à sua candidatura formal, que está bem... – Ela se distraiu enquanto olhava pela janela. – *Oh*.

Aria seguiu seu olhar. Do lado de fora da grande moldura da janela, ela podia ver três carros de polícia no meio-fio, com as luzes das sirenes piscando. Dois policiais uniformizados saltaram e entraram no prédio. Logo, passos ecoaram pelo corredor. Walkie-talkies gritavam. Enquanto as vozes ficavam cada vez mais próximas, Aria podia jurar que ouviu uma delas dizer *Montgomery*.

Uma sensação de pânico percorreu o corpo de Aria.

A porta se abriu e dois homens entraram no escritório, os olhos estreitados, a musculatura tensa. A Sra. Janssen se encolheu contra a parede.

— Posso ajudá-los?

O homem mais à frente apontou para Aria. Sua jaqueta tinha FBI escrito no bolso sobre o peito. Ele tinha os olhos cansados e um bolo de chiclete com cheiro de frutas enfiado na boca.

— É ela.

A professora olhou para Aria como se ela tivesse se transformado em um sapo gigante.

— O que significa isso tudo?

— Ela precisa ser interrogada sobre um incidente internacional — disse o agente, de forma dura.

A garganta da Aria secou.

— O-o que você quer dizer?

Como se fosse uma resposta, algo fez *ping* dentro de sua bolsa. Aria alcançou o celular, seu coração afundando. *Uma nova mensagem,* dizia a tela, e em seguida vinha uma confusão de letras e números.

Sabe a sua roupa suja, Aria? É hora de lavá-la a seco.
— A

6

SPENCER SE DÁ MAL

Na mesma hora daquele dia, Spencer tinha acabado de correr oito suaves quilômetros na trilha Marwyn, uma velha linha de trem transformada em trilha natural. Enquanto ela andava de volta para o carro, puxando o cabelo para cima em um rabo de cavalo alto, o vento parou. A trilha não tinha corredores ou ciclistas, mas Spencer jurou ter visto uma silhueta humana nos arbustos. *Ali?*

Uma mulher e três cachorros apareceram além da curva. Um patinador passou acelerando por ela, e um esquilo emergiu dos arbustos. Spencer beliscou a palma da mão. *Ali não está em todos os lugares.* Mas será que ela realmente acreditava nisso?

Entrou no carro, esvaziou uma garrafa de água de coco e girou o botão para ligar o rádio. A primeira coisa que ouviu foi o nome de Noel Kahn. Ela girou o botão de volume para aumentá-lo.

...Embora o Sr. Kahn tenha sobrevivido ao ataque, ele faz parte de um número crescente de vítimas em Rosewood, junto à socialite

Gayle Riggs, que foi assassinada na entrada de sua nova casa em Rosewood, e à Kyla Kennedy, uma paciente que foi encontrada morta no hospital em que estava internada por conta de queimaduras graves na pele, disse uma voz grave de barítono. *Novas perguntas estão surgindo a respeito de um assassino em série à solta. As autoridades estão investigando uma possível conexão com a explosão do navio Esplendor do Mar, em um cruzeiro, algumas semanas atrás. Alunos do colégio Rosewood Day e de outros colégios das redondezas estavam a bordo.*

Spencer deu marcha à ré bruscamente, quase atropelando um ganso. Se pelo menos elas pudessem entregar para a polícia as mensagens de texto de A... As mensagens esclareceriam aquela confusão sobre assassino em série na mesma hora.

Ela virou na rua de sua casa, encantada em testemunhar o último esplendor da primavera. Um monte de flores tinha desabrochado, e flores de cerejeira flutuavam vindas do céu. Mas quando Spencer viu as vans dos noticiários em frente à sua casa, pisou no freio. Estava prestes a retornar pela rua e dirigir para algum outro lugar – *qualquer outro lugar!* – quando os repórteres se jogaram sobre o carro.

– Srta. Hastings, por favor! – chamavam os repórteres batendo em sua janela. – Apenas algumas perguntas! Qual pista a levou ao corpo de Noel Kahn?

– Essa história toda é pressão demais para vocês? – berrou outro repórter. – Você e suas amigas estão pensando em se matar?

Spencer abaixou a cabeça e forçou a passagem para entrar na propriedade. Os repórteres tiveram o bom senso de não a seguirem, mas permaneceram gritando. O Range Rover do Sr. Pennythistle emergiu em sua frente. Aquilo era estranho: era pouco mais de quatro horas, e ele normalmente não voltava do trabalho antes das seis da tarde. E lá estava o Sr. Pennythistle em pessoa, parado na varanda, encarando Spencer enquanto ela dirigia. A mãe de Spencer, que usava bermudas cáqui na altura do joelho e uma camiseta polo velha do hotel Four Seasons de St. Barts, estava parada perto dele, com uma expressão grave. A irmã postiça de Spencer, Amelia, estava sentada nos degraus, usando o colete e a saia xadrez do colégio St. Agnes – ela era a única garota que Spencer conhecia que continuava com o uniforme do colégio depois da aula. Havia um sorriso afetado e satisfeito em seu rosto.

Spencer virou o carro para estacionar e passou os olhos por todos os três, sentindo que algo tinha acontecido.

– Ah, oi? – saudou ela, cautelosamente, enquanto caminhava em direção à família.

A Sra. Hastings a conduziu até a porta.

– Que bom, você está em casa – disse a mãe, rangendo os dentes.

O coração de Spencer deu um salto-mortal.

– Mas... o que está acontecendo?

A Sra. Hastings a puxou para dentro de casa. Os dois labradoodles da família, Rufus e Beatrice, correram para fazer festinha, mas a Sra. Hastings não lhes deu atenção... O que significava que alguma coisa *realmente* devia estar errada. A Sra. Hastings olhou para o noivo.

– *Você* diz a ela.

O Sr. Pennythistle, ainda de terno, suspirou profundamente e mostrou a Spencer uma foto no celular. Era de uma sala de estar destruída. Depois de um momento, Spencer reconheceu as cortinas pesadas em tom de cobre e a mesa de centro com tampo de marfim.

— Sua casa-modelo? — grasnou ela. A casa-modelo tinha o quarto do pânico que ela e as amigas usaram para discutir sobre A.

— Um vizinho ligou ontem à noite — disse o Sr. Pennythistle em um tom sério. — Ele passeava com o cachorro e viu manchas por toda a janela e vidro quebrado no chão. E Amelia disse que viu você roubando as chaves da casa-modelo do meu escritório na semana passada. Você fez isso?

Spencer olhou para Amelia, que agora estava praticamente pulando para cima e para baixo com alegria. *Nojentinha.*

— É claro que não. Quero dizer, sim, eu entrei na casa-modelo algumas vezes. Mas não a destruí na noite passada. Eu estava *em casa*. — Ela olhou suplicante para todos eles, mas então lembrou que tinha sido *a única* em casa. Sua mãe e o Sr. Pennythistle tinham ido à apresentação de Amelia na orquestra.

O Sr. Pennythistle limpou a garganta, então deslizou o dedo na tela, mudando para a próxima foto. Nesta, uma garota alta e loura estava parada no canto da sala de estar, seu olhar na porta da frente. Era *Spencer*.

— Isso é impossível! — grasnou Spencer. — Alguém me colocou na foto com o Photoshop.

O Sr. Pennythistle balançou a cabeça.

— Quem faria isso?

— A pessoa que é realmente responsável por essa coisa toda, eu acho. — Spencer afundou na otomana da sala de estar. E aquela pessoa, é claro, seria Ali ou o cúmplice de A. Mas por quê? Para enviar uma mensagem, alta e clara, de que eles sempre souberam sobre o que as meninas estavam falando no quarto do pânico? Para causar problemas a ela? Spencer pensou novamente sobre a presença que sentiu no complexo de casas que tinha investigado com Chase. Talvez Ali *tivesse* sabido que eles estiveram ali.

Ela devolveu o celular para o Sr. Pennythistle.

— Eu sei o que isso parece. Mas não fui eu. Estou dizendo a verdade. Chame a polícia e faça com que procurem por digitais em todas as coisas que foram quebradas.

— Isso não será necessário — disse o Sr. Pennythistle de forma áspera.

— Por favor? — implorou Spencer. Ela *precisava* que ele fizesse isso. Talvez as digitais de Ali aparecessem.

A Sra. Hastings pressionou as costas da mão contra a testa.

— Spencer, teremos de agendar outra consulta para você com a Dra. Evans?

— Não! — engasgou Spencer. Ela e Melissa tinham visitado a Dra. Evans, uma psicóloga, no ano anterior, e embora Spencer fosse amar uma sessão de terapia naquele momento, ir até lá e ser forçada a mentir sobre a maior parte de sua vida lhe parecia estressante. — Eu não destruí a casa-modelo, mas posso limpar e arrumar tudo, se isso o fizer feliz. — disse ela, exausta.

— Limpar a casa-modelo é um bom começo — disse o Sr. Pennythistle rigidamente.

Toc-toc.

Todos se viraram para olhar. Duas sombras se desenharam por trás das cortinas das janelas. A Sra. Hastings arremeteu contra a porta, seu rosto contorcido de fúria.

— Eu vou matar esses repórteres.

— Tem alguém aí? — gritou uma voz grave e severa. — É a polícia.

A Sra. Hastings congelou. Spencer encarou o Sr. Pennythistle.

— Pensei que você tinha dito que não ia chamar a polícia — sussurrou ela.

O Sr. Pennythistle piscou.

— Eu não chamei.

Ele passou pela mãe de Spencer e abriu a porta com cautela. Dois policiais uniformizados estavam parados na varanda.

— Sou o policial Gates — disse o mais alto dos dois, mostrando o distintivo. Spencer o reconheceu: era o mesmo que tinha feito perguntas a ela sobre Noel no hospital. O coração dela disparou.

O policial Gates gesticulou para o homem próximo a ele.

— Este é meu parceiro, o policial Mulvaney. Precisamos levar Spencer para a delegacia para fazer algumas perguntas sobre um crime que estamos investigando.

Todos encararam Spencer. Ela se encolheu contra a otomana. Eles tinham ido até a casa dela porque sabiam que ela havia *mentido*?

— De qual crime ela é acusada? — A Sra. Hastings agora estava parada perto da mesa lateral do sofá, tocando a grande estátua de urso de jade que ela e o pai de Spencer tinham comprado anos atrás no Japão.

O policial Mulvaney, que tinha olhos de um cinza-férreo e lábios finos, enfiou o distintivo no bolso.

— Recebemos uma denúncia anônima de que a Srta. Hastings teria armado para que outra garota fosse presa por posse de drogas no último verão.

Os ouvidos de Spencer começaram a apitar. *O quê?*

A Sra. Hastings explodiu em risadas.

— Minha filha não usa drogas. E ela estava na Universidade da Pensilvânia fazendo um programa superintensivo antes da faculdade no último verão.

O policial deu um sorriso afetado.

— O crime aconteceu no campus da Penn.

As bochechas da Sra. Hastings se contraíram. Ela olhou para Spencer, cuja cabeça estava a mil. *Denúncia anônima. Acusação envolvendo drogas.*

Ali.

Algo em seu rosto a denunciou, porque a expressão da Sra. Hastings mudou.

— Spencer?

Parecia que um caroço do tamanho de um disco de hóquei tinha se materializado na garganta de Spencer. Tudo o que ela pôde visualizar, subitamente, foi uma sessão de estudo durante o programa pré-faculdade. Spencer e a amiga Kelsey Pierce tinham ficado estudando em sua cama no dormitório, tentando encher suas mentes de informação de uma só vez, e então houve uma batida na porta.

— Ah, graças a *Deus* — disse Spencer, pulando da cama.

Era Phineas O'Connell, outro aluno do programa pré-faculdade e seu traficante. Ela jogou os braços ao redor do corpo magro de Phineas, bagunçando as camadas de seu cabelo emo, e fez graça a respeito da camiseta do Def Leppard com cara de vintage que ele usava, que provavelmente tinha custado oitenta dólares na Saks. E então disse, em um tom sério:

— Certo, passa pra cá.

Phineas deixou cair dois Easy As na palma da mão de Spencer, um para ela, outro para Kelsey. Spencer pagou e então Phineas deslizou para fora do quarto. Kelsey fez uma reverência e Spencer soprou beijos para Phineas. Então elas tomaram as pílulas, estudaram como loucas e arrasaram nas provas no dia seguinte.

Não é de admirar que Spencer tenha procurado um traficante fora do campus depois que Phineas foi embora, embora tenha sido isso que a levou, juntamente com Kelsey, direto para os braços da polícia e à prisão. É claro que Phineas não tinha dito nada aos policiais, pois era tão culpado quanto elas. Será que tinha sido Kelsey? Será que a polícia realmente acreditaria em uma pessoa internada em uma clínica psiquiátrica?

– Tenho certeza de que tudo isso não passa de um engano – disse Spencer, com uma voz trêmula, enquanto caminhava até os guardas. – Mas, ah... Acho que vou à delegacia, apenas responder às perguntas deles, certo? – Ela já tinha dezoito anos, o que significava que poderia ir sozinha à delegacia de polícia. Não havia possibilidade de ela ter aquela discussão com a família agora. Quanto mais Spencer pudesse manter a mãe longe de descobrir a verdade, melhor.

Enquanto os policiais a escoltavam para a viatura, os repórteres do lado de fora do portão tiravam fotos e imploravam por comentários. Acima de toda aquela barulheira, Spencer ouviu o toque de seu celular. Ela o alcançou no bolso e deu uma olhada na tela. Tão logo viu que a nova mensagem era anônima, teve vontade de se estapear. *Claro.*

> É como se eu tivesse tomado uma pílula para facilitar minha vida, Spence. Você não achou que eu ia guardar seu segredo para sempre, achou?
> – A

7

NEM OS MORTOS PODEM DESCANSAR EM PAZ

Hanna não conhecia a Igreja de St. Bonaventure, em Old City, Filadélfia, mas ela lhe trazia lembranças da Abadia de Rosewood, onde tinha acontecido o funeral de Ali. O ar também cheirava a incenso, a flores secas, e a Bíblias úmidas e mofadas. As mesmas imagens com expressões tristonhas a encaravam maliciosamente de suas altas vitrines. Havia um órgão junto do altar, com os tubos em formatos fálicos protuberantes na parede dos fundos, e havia os mesmos hinários nos pequenos espaços na parte de trás dos bancos. O caixão fechado de Graham estava na parte da frente. Hanna mordeu o lábio inferior e evitou olhar para ele.

Inúmeras pessoas se enfileiravam silenciosamente pelas portas imponentes e pelos corredores. Hanna espiou para fora da janela novamente, registrando os policiais, os repórteres e os pedestres curiosos que obstruíam a rua movimentada da cidade. Atrás deles, uma multidão de homens e mulheres de meia-idade marchava para cima e para baixo da calçada da frente, segurando cartazes.

Hanna piscou antes de entrar no saguão. Aqueles eram... *manifestantes*? Seus cartazes tinham figuras de navios e de bombas.

— O Sr. Clark. O Sr. Clark?

Hanna deu uma boa olhada. Uma mulher morena de cabelos compridos segurando um microfone perseguia um senhor pelo saguão. Quando ela o alcançou, o homem ergueu o rosto, e Hanna quase se engasgou.

Era o Sr. Clark, o pai de Tabitha e marido de Gayle Riggs. Havia bolsas embaixo de seus olhos. Sua papada estava pronunciada e flácida, e seu cabelo grisalho estava desgrenhado. Fazia sentido ele estar ali: Graham e Tabitha tinham sido namorados.

Hanna ofegou, querendo se fundir às paredes. Instantaneamente, flashes de Aria atirando Tabitha telhado abaixo do hotel na Jamaica apareceram em sua mente. Elas podiam não tê-la matado, mas mesmo assim a machucaram feio.

— Sr. Clark, o senhor poderia comentar sobre o caso do assassinato de sua filha? — perguntou a morena, enfiando o microfone na cara dele.

O Sr. Clark balançou a cabeça.

— Não há um caso no momento. Não há pistas.

— As autoridades estão checando com outros hotéis próximos ao local onde ocorreu a fatalidade naquela noite, certo? — pressionou a repórter. — Não encontraram *pista alguma*?

O Sr. Clark fez que não com a cabeça.

— E sobre a morte do Sr. Pratt? — perguntou a mulher. — O senhor tem comentários a fazer a respeito?

O Sr. Clark deu de ombros.

– Foi claramente negligência médica. Foi encontrado um excesso do medicamento Roxanol no organismo de Graham. Fim da história.

– Mas... – a repórter se atrapalhou com o microfone quando dois caras musculosos em ternos surgiram do nada, agarraram-na, e a conduziram para fora do saguão. Ela ainda gritava perguntas enquanto era afastada. O Sr. Clark esfregou as pálpebras, parecendo que ia explodir em lágrimas.

Roxanol? Hanna puxou o celular e rapidamente fez uma busca no Google. Aparentemente, Roxanol era outro nome para a morfina. Teria sido fácil para Ali subir a dosagem dele e fazer parecer negligência.

Ela sentiu a mão de alguém em seu braço.

– Oi.

Emily estava vestida com uma calça de lã preta larga e um suéter preto com gola em V, e seus cabelos vermelho-dourados estavam penteados para trás, evidenciando seu rosto sem maquiagem, o que fazia com que ela parecesse limpa e jovem. Ela olhou em volta no salão.

– Onde estão Aria e Spencer?

– Não sei. – Hanna enfiou o celular de volta no bolso. – Não soube delas.

A música do órgão começou a tocar, e dois clérigos acenderam velas no altar. Hanna e Emily deram de ombros uma para a outra, então andaram pela igreja e sentaram-se em bancos a meio caminho do final do corredor. Depois de tirar a jaqueta, Emily se virou para Hanna.

– A fez algum tipo de contato?

Hanna balançou a cabeça em negativa.

— Mas eu contei a Mike.

Emily arregalou os olhos.

— O quê? *Por quê?*

Uma senhora idosa na frente delas se virou e lhes deu um olhar severo.

— Porque ele descobriu tudo, certo? — sussurrou Hanna. — E, honestamente, acho que não fazer nada é ridículo.

— Você acha isso mesmo, ou é Mike quem acha?

— Bem, nós dois achamos. Conversamos muito sobre isso.

— O que não era exatamente verdade — Hanna e Mike conversaram *muito pouco* no dia em que ele descobriu tudo sobre A. Hanna se permitiu um momento para saborear as lembranças deliciosas daquele dia.

Então, ela se virou para Emily.

— Seria mais fácil se colocássemos alvos em nossas costas para que Ali e seu cúmplice nos matassem. Queria que pudéssemos investigar isso.

Emily cruzou os braços sobre o peito.

— Tenha cuidado com o que você deseja.

— O que isso quer dizer?

As pessoas que participavam do funeral murmuraram uma resposta para uma prece em grupo. Emily deslizou para perto de Hanna.

— Eu fui à clínica na segunda-feira.

Hanna ergueu os olhos.

— Você perguntou sobre N?

— Eu tentei. Eles não disseram nada. Tentei falar com Iris, também, mas ela desapareceu.

Hanna franziu o rosto.

— Ela fugiu?

Emily deu de ombros.

— Não foi o que pareceu. Tenho medo de que Ali tenha descoberto que Iris nos ajudou e tenha feito algo de ruim com ela. Especialmente depois que eu consegui isto.

Ela entregou seu celular. Hanna leu o texto. *Todo mundo que você envolver nessa confusão vai sair machucado, é uma promessa. Incluindo VOCÊ.*

— Droga — sussurrou Hanna.

— Precisamos parar de ir atrás de pistas — disse Emily. — Chega de fazer perguntas por aí.

— Mas e se for tarde demais? Ali sabe o quanto nós sabemos. Tínhamos aquela lista de suspeitos. E eu fui obrigada a entregar o bilhete de Kyla para os policiais. — Hanna tinha feito isso no dia anterior, embora duvidasse que eles o ligariam a Ali.

— Bem, não diremos mais nada. Desistimos.

Hanna travou o maxilar.

— Não quero viver com medo para o resto da vida! Não podemos deixar Ali nos controlar para sempre!

Emily cerrou o punho.

— Você não viu a mensagem? Ali virá atrás de nós!

— *Garotas!* — A senhora idosa virou-se e as encarou. Seus olhos eram de um azul-reumático, e ela usava um broche de gato na lapela do vestido preto. — Tenham um pouco de respeito!

Hanna abaixou a cabeça e revirou os olhos.

O organista começou a tocar a "Ave-Maria", e Emily olhou para Hanna de novo.

— Eu realmente não acho que deveríamos falar disso agora. — Ela olhou em volta, nervosa. — E se Ali estiver *aqui*?

Quando a mão de alguém tocou seu ombro, Hanna deu um pulo. Um policial que ela conhecia parou bem ao seu lado. Era Gates, o policial para quem ela tinha entregado o bilhete de Kyla. Por um momento, Hanna pensou que ele estivesse lá por causa do funeral, mas ele a olhava intensamente.

– Hanna. – Gates disse aquilo como uma constatação, não uma pergunta.

– Ah... sim? – sussurrou Hanna.

Gates ofereceu o braço.

– Você precisa vir comigo.

No mesmo momento, um homem magro e de cabelos escuros com uma jaqueta do FBI apareceu atrás dele. Ele olhava para Emily.

– E você também, Srta. Fields.

As pessoas nos corredores próximos acompanhavam a cena com interesse. Emily cutucou Hanna, e ela cambaleou. Era possível ouvir sussurros enquanto Hanna e Emily andavam pela nave. *O filme* Pretty Little Killer *é sobre elas. Noel Kahn. Alison DiLaurentis. Pacto de suicídio.*

Uma vez que as portas da igreja se fecharam, Hanna encarou Gates.

– O que está acontecendo? Isto tem a ver com o bilhete sobre o Noel?

Gates conduzia Hanna.

– Não, Hanna. Não é sobre aquilo. – Ele quase parecia triste.

Eles saíram e pararam na calçada. Os carros na Market Street reduziram a velocidade. Os repórteres pareceram surpresos, e então correram até as garotas.

– O que está acontecendo? – gritaram eles. – Isto é por causa da morte de Graham?

– Vocês são assassinas em série?

— Policial, o que estas garotas fizeram?

— Sem comentários — resmungou Gates, segurando o braço de Hanna com força.

Eles pararam junto a um sedan preto estacionado próximo ao meio-fio. Ele tinha uma sirene removível na frente, e as luzes azuis estavam girando. O veículo da polícia de Rosewood estava estacionado mais adiante, com o motor ainda funcionando.

O agente do FBI abriu a porta para Emily e a empurrou para dentro. Gates estava a ponto de fazer o mesmo quando percebeu que uma caminhonete o bloqueava.

— Maldição — resmungou ele, procurando ao redor pelo motorista. Ninguém se apresentou.

— Venha conosco. — O agente do FBI andou apressado até o banco do motorista do sedan. — Vamos para o mesmo lugar, de qualquer maneira.

Gates concordou, então gesticulou para Hanna entrar na parte de trás com Emily. Ela deslizou pelo banco de couro. Gates se jogou no banco do passageiro, e então bateu a porta enquanto o carro forçava passagem pela rua. Os repórteres os seguiram por quase um quarteirão, gritando perguntas. Hanna fixou o olhar à frente, com medo de cair em lágrimas.

Bipe.

Hanna se atrapalhou com a bolsa, era difícil mexer nela usando algemas. Era seu celular. Ela o ergueu de maneira desajeitada e olhou para a tela. *Um novo e-mail.*

Toma essa, vadia!
— A

O arquivo anexo continha uma série de imagens. A primeira era a foto de uma BMW amassada contra uma árvore.

Embora embaçada pela chuva, Hanna podia distinguir facilmente seu rosto no assento do motorista. A segunda imagem era da mesma noite, só que Hanna estava fora do carro e falando ao celular. Na terceira imagem, Hanna estava movendo o corpo de Madison Zeigler para o banco do motorista, bem onde tinha acabado de estar. De alguma maneira, as outras garotas não estavam na foto – parecia que Hanna estava fazendo tudo sozinha. E, é claro, a foto não mostrava o carro que invadiu sua pista, forçando-a para fora da estrada.

Hanna colocou a mão contra a boca.

Ao lado dela, Emily ofegou silenciosamente. Ela também olhava algo no celular. Hanna a encarou, erguendo uma sobrancelha.

Emily mostrou a tela. Nela, uma foto de Emily beijando uma garota bonita de cabelos escuros no convés de um navio de cruzeiro.

– Jordan? – sussurrou Hanna. Emily concordou, horrorizada.

O agente do FBI deu uma olhada rápida para elas através do retrovisor.

– Sabemos que você tem mantido contato com Katherine DeLong. Ser cúmplice é crime.

– Mas eu não fiz nada! – gritou Emily.

Seus celulares tocaram mais uma vez. Hanna baixou os olhos para as telas, ambas piscando alegremente UMA NOVA MENSAGEM DE TEXTO.

As duas abriram a mensagem ao mesmo tempo. Emily deixou escapar um pequeno resmungo. Hanna leu o texto e estremeceu.

Hora de pagar por seus pecados.
–A

8

LIMPANDO A BARRA

Spencer tinha passado as últimas três horas sentada em uma cela na filial do FBI da Filadélfia. A sala era pequena e estava na penumbra, havia uma mesa estruturada e absolutamente nada para ela fazer – os agentes tinham levado seu celular e sua bolsa –, a não ser se balançar para a frente e para trás. O único objeto ali era um copo de plástico que tinha estado cheio de água. Um aquecedor matraqueava no teto. O lugar todo cheirava vagamente a picolé de uva.

Ela deu outra volta pela sala, com a mente acelerada. Não tinha entendido por que o policial Gates a levara para o FBI. Seu crime não deveria ser investigado pela polícia local? E se fosse encaminhada para a prisão federal? Spencer fechou os olhos, vendo seu futuro em Princeton ser levado ralo abaixo. *Claro* que aquela era a próxima jogada de Ali. Ela foi uma idiota em não pensar naquilo.

A porta se abriu e Spencer se levantou no mesmo instante. Aria apareceu. O policial Gates e um homem com uma jaqueta com FBI bordado em azul empurrou Hanna e Emily para dentro também.

A também tinha armado para as amigas de Spencer.

Gates olhou para Emily e Hanna.

— Esvaziem os bolsos e me deem suas bolsas. Quero suas chaves, seus celulares e quaisquer outros itens pessoais.

Hanna e Emily fizeram o que o policial pediu. Aria deu de ombros, aparentemente já despida de seus pertences. Então, os agentes entregaram-lhes copos de água e se retiraram da sala. A porta de metal se fechou com um *clanc*.

Todas se jogaram na mesa. Spencer tocou a mão de Emily.

— Jordan? Ou Gayle? — perguntou ela em voz baixa.

Emily abaixou a cabeça.

— O FBI sabe que eu estava em contato com... — A voz dela falhou. — E se eles me perguntarem onde ela está?

— Você *sabe* onde ela está? — sussurrou Spencer.

Emily estava prestes a responder, mas então Spencer pegou seu braço e olhou em volta. *Eles podem estar ouvindo*, disse, apenas movendo os lábios. Havia um espelho em uma parede distante. Pela experiência que tinha, os agentes estavam observando-as do outro lado.

Emily moveu a cadeira em que estava para perto de Spencer e sussurrou em seu ouvido:

— Eu não sei onde ela está.

Aria tapou a boca com as mãos em concha e também falou baixo.

— Bem, pelo menos você não será extraditada. Eu posso passar os próximos vinte anos em uma prisão islandesa por arrombamento, invasão e conivência, ainda que a pintura fosse falsa.

Hanna puxou os cabelos em volta do rosto e disse em uma voz baixa:

— Meninas, e se a imprensa descobrir por que estamos aqui? — Seus olhos se encheram de lágrimas. — Vai arruinar a campanha do meu pai.

— Minha mãe estava lá quando os policiais vieram me pegar. — Spencer pensou na cena horrível em sua casa. — Você devia ter visto a expressão no rosto dela.

Emily olhou ao redor, para a frente e para trás.

— Por que agora?

Aria deitou a cabeça na mesa.

— Talvez eu esteja sendo punida por tentar conseguir respostas de Noel.

— Não, foi porque eu fui à clínica psiquiátrica — insistiu Emily. Spencer olhou para ela, surpresa. Emily deixou Spencer a par dos fatos.

— Talvez seja porque eu contei a história toda ao Mike — murmurou Hanna.

Spencer sentiu um bolo na garganta.

— Eu também sou culpada. Fui procurar a casa que aparece naquele vídeo de segurança. Aquele em que Ali aparecia.

A cabeça de Hanna deu um pulo.

— Você *fez* isso? O que aconteceu? — Sua voz aumentou de volume, e então ela fechou a boca.

— Por que você não falou nada? — disse Aria, perdendo o fôlego.

Spencer encurvou os ombros e olhou para as outras.

— Ali não estava lá. Acho que ela nunca *esteve* lá na vida. Acho que foi uma armadilha o tempo todo.

— Nunca deveríamos ter seguido nenhuma dessas pistas — silvou Emily. — Noel não foi punição suficiente, Ali precisava *nos* fazer pagar. E tinha toda a munição de que precisava.

— Acho que perdemos de vista tudo o que A sabe sobre nós — disse Aria mansamente.

Spencer olhou em volta.

— Mas por que estamos *aqui*, no FBI? Quer dizer, sim, Emily e Aria, faz sentido para vocês. Mas por que eles trouxeram *todas* nós aqui? Por que estamos na mesma sala?

Emily mexeu na unha.

— Bem, vocês sabem quem trabalha para o FBI. Fuji.

Spencer pressionou a língua com força contra o céu da boca. Jasmine Fuji era uma agente do FBI que andara fazendo perguntas às garotas a respeito da morte de Tabitha Clark. *Jamaica?*, disse ela apenas movendo os lábios.

Aria olhou em volta, nervosa.

— Talvez eles tenham descoberto sobre... vocês sabem. — Ela desenhou um T com o dedo na mesa. *T* de Tabitha.

— Talvez *Ali* tenha contado tudo a eles — disse Emily.

— Mas nós temos provas de que não fizemos isso — disse Hanna. — Ali nos enviou mensagens e disse que *ela* a matou. Vamos apenas mostrar as mensagens a eles.

— Como podemos fazer isso? — perguntou Emily, com os olhos cheios de medo. Ela desenhou algo na mesa com o dedo, também. A letra *A*.

Spencer sabia ao que ela se referia. Se elas contassem sobre A, ela poderia machucar mais alguém.

Aria se recostou na cadeira, fazendo-a estalar.

— Queria que houvesse um jeito de falar, e ainda assim permanecer em segurança. *Além* do programa de proteção à testemunha.

Spencer lambeu seus lábios.

— Poderíamos pedir imunidade — sussurrou ela. — Fazer com que eles prometam nos proteger se revelarmos tudo sobre A.

Emily parecia nervosa.

– Mas e se eles não aceitarem... E mesmo assim tirarem a informação de nós?

– Ou se eles *disserem* que vão nos proteger, mas não mantiverem a palavra? – perguntou Aria.

– É, não acho que esse seja um bom plano – disse Hanna, roendo uma unha.

– É um bom plano – insistiu Spencer. – Vejo isso em *Law and Order* o tempo todo.

Passos soaram pelo corredor, se aproximando cada vez mais. Então, a porta se abriu, e uma mulher entrou. Todas se sobressaltaram.

– Olá, meninas – disse uma voz familiar, cheia de energia.

Era a agente Fuji. Ela fechou a porta atrás de si e se sentou. Spencer engoliu em seco. Aquilo tudo *era* sobre Tabitha.

Os cabelos pretos de Fuji estavam arrumados elegantemente como sempre, mas havia uma aparência de cansaço em seu rosto. Quando ela tirou um molho de chaves do bolso para liberar as garotas de suas algemas, uma de suas unhas se quebrou.

– Vamos conversar – disse ela.

Ninguém disse uma palavra. O cabelo de Hanna caía em seu rosto. Aria secava as lágrimas com a manga. Spencer tinha arrancado toda a pele na lateral da unha. Ela se perguntou se Fuji tinha ouvido tudo.

A agente Fuji se acomodou em uma cadeira e chacoalhou as chaves. Seu chaveiro tinha uma foto de um west highland terrier com laços cor-de-rosa no pelo. Spencer não tinha imaginado Fuji como o tipo de pessoa que gosta de cães.

Do lado de fora, outra porta bateu. Um telefone tocou. Um aquecedor fez barulho.

– Certo – disse Fuji finalmente. – Atropelamento e fuga. Conivência. Namorar uma fugitiva. E roubo de arte internacional. E tudo de uma só vez? Parece ser uma coincidência terrível. Vocês podem ter de encarar um longo tempo na cadeia. Isto vai arruinar a campanha de seu pai, Hanna. Se vocês foram aceitas na faculdade, elas provavelmente vão retirar seus convites. Vocês estão destruindo suas vidas. Vocês sequer pensaram nisso?

Ninguém ousou olhar para Fuji. O coração de Spencer batia alto no peito.

– Tenho trabalhado com a polícia estadual e as forças policiais locais neste caso Clark, e acho que há coisas que vocês têm escondido de mim. – Fuji juntou as mãos. – É melhor que comecem a falar *alguma coisa*.

Hanna se virou. Aria limpou outra lágrima de sua bochecha. Spencer pigarreou e olhou em volta da mesa.

– Anderson Cooper – disse ela, em uma voz calma e equilibrada. O código secreto delas para Ali.

– Spence, eu não sei. – Aria parecia em dúvida.

Hanna engoliu em seco.

– Sim, talvez devêssemos...

– Nós *precisamos* – interrompeu Spencer. – É a única maneira. Apenas confiem em mim nisso.

Todas se fecharam. Fuji encarou-as, esperando. Então Aria suspirou.

– Tudo bem. Vamos lá.

Depois de um momento, Hanna concordou, prestes a desmaiar. Emily também assentiu. Spencer olhou em volta da sala, vendo as coisas pela última vez antes que finalmente abrissem o jogo sobre Tabitha. Antes que suas vidas, possivelmente, mudassem para sempre. Mas ela sabia que era a coisa certa a fazer. Elas estavam se afogando sozinhas. Precisavam de ajuda.

Ela se inclinou para a frente e fitou Fuji.

— Olhe, não estamos dizendo que o que fizemos foi certo. Estragamos tudo, e sentimos muito sobre isso. Mas há razões pelas quais nós não revelamos tudo o que sabíamos. *Temos mais informações sobre Tabitha*, mas não podíamos contá-las a você.

— Por que não? — perguntou Fuji bruscamente.

— Porque não era nada seguro — explicou Spencer. — Temos sido ameaçadas. O que sabemos é muito, muito perigoso. Então, se dissermos algo, queremos algo em troca.

— Prossiga. — Fuji juntou as mãos. — Estou ouvindo.

— Precisamos ter certeza de que você vai nos manter seguras — disse Spencer firmemente. — Não queremos que algo aconteça conosco ou com nossas famílias.

Fuji concordou.

— Certo. Podemos conseguir isso.

— E também queremos que nossas acusações sejam retiradas. Tudo o que fizemos, as drogas, o roubo, a comunicação secreta com o fugitivo e o acidente, tem de ser retirado das nossas fichas criminais.

— *Spencer!* — gritou Emily.

Aria cobriu os olhos.

Mas Spencer não se desculpou ou voltou atrás. Ela adotou a tática que usava quando costumava jogar como atacante no time de hóquei: olhar fixamente para o oponente durante o confronto. Não os deixe ver você transpirando. Não recue.

— É isso que queremos. Você pode fazer isso pela gente?

Fuji foi a primeira a piscar.

— Certo. Mas seja lá o que vocês tiverem, é melhor que seja bom.

Spencer respirou fundo. Ela não tinha pensado que Fuji realmente fosse topar aquilo.

Então, explicou o que elas sabiam, incluindo como acidentalmente empurraram Tabitha para fora da sacada, mas não a mataram. Elas não puderam contar a verdade para ninguém, entretanto, por conta da maneira como aquilo tudo pareceu. E porque alguém as estava ameaçando.

A agente Fuji juntou os dedos.

— Então há uma outra A?

Emily olhou as outras.

— Acreditamos que há mais do que uma.

Fuji dobrou as mãos.

— E quem vocês pensam que seu perseguidor pode ser?

Novamente, todas se olharam. Aria limpou a garganta.

— Alison — disse ela, em voz alta.

Fuji arregalou os olhos.

— *Entendo.*

Spencer disparou uma explicação de como exatamente elas tinham chegado à conclusão de que A era Ali e como todas as peças se encaixavam.

— Espere um minuto — interrompeu a agente Fuji, quando elas chegaram à parte sobre o bebê de Emily. — Vocês acham que Alison matou Gayle Riggs?

Spencer assentiu.

Fuji piscou com força.

— Mas nos registros da polícia, vocês disseram que parecia que A falava com a pessoa que atirou em Gayle.

— Correto — disse Emily. — Nós ouvimos Gayle falando com alguém. Alguma coisa como, *O que você está fazendo aqui?*. E então aconteceu o tiro.

A testa de Fuji se franziu.

— Então talvez Gayle conhecesse Alison.

— Talvez — disse Spencer. — Ou talvez ela conhecesse seu cúmplice.

— Vocês têm alguma ideia de quem o cúmplice de Ali poderia ser?

As garotas olharam uma para a outra.

— Tínhamos várias teorias — disse Spencer. — Por um tempo, Graham Pratt. E então Noel Kahn.

— Noel? — Fuji balançou a cabeça. — O que ele tem a ver com isso?

Spencer abriu a boca para explicar, mas Aria segurou seu braço.

— Era uma pista falsa — disse ela rapidamente. Um olhar passou por seu rosto, e dizia, *Não vamos entregar Noel agora*. Spencer apenas deu de ombros.

— Isso é muito, muito sério, meninas — disse Fuji. — Estamos falando de um assassino em série. Fico feliz que vocês finalmente tenham falado comigo sobre isso. Não há qualquer possibilidade de vocês lidarem com isso sozinhas, e vocês não deveriam nem tentar.

Ninguém falou. Spencer segurou o fôlego.

— Com sua permissão, eu gostaria de pegar seus celulares. Quero dar uma olhada nessas mensagens que A mandou. Há maneiras de rastrear de qual telefone elas foram enviadas, até mesmo de qual área da Filadélfia. Me deem quaisquer outras evidências de que vocês possam se lembrar, também. Coisas que essas pessoas tocaram. Lugares onde podem ter estado. Precisamos de todas as dicas que vocês possam dar.

Spencer se animou.

— Acho que a Ali e o cúmplice dela destruíram a casa--modelo do meu padrasto.

Fuji concordou.

— Talvez haja impressões digitais.

— Também estou preocupada que Ali possa ter machucado uma garota chamada Iris Taylor — acrescentou Emily, explicando como Ali tinha conhecido Iris e que ela havia desaparecido depois que Emily havia feito perguntas a ela a respeito de Ali.

Fuji escreveu o nome de Iris em um caderno.

— Vamos procurá-la.

Hanna ergueu a mão, apreensiva.

— Temos mais um monte de mensagens de texto, mas precisamos pegá-las em nossos celulares velhos em casa. Trocamos os aparelhos quando descobrimos que A estava nos rastreando.

— Muitos recados não estão em nossos celulares — acrescentou Spencer, pensando na primeira carta que elas tinham recebido desta A. Foi um cartão-postal dentro da caixa de correio de Ali: *A Jamaica é linda nesta época do ano! Que pena que você nunca mais pode voltar.*

— Isto é bom — disse Fuji. — Peguem tudo e tragam para mim tão logo consigam. E quanto à sua segurança, vocês têm minha promessa pessoal de que uma equipe de proteção permanente estará à disposição de vocês *e* de seus familiares até que nós tenhamos resolvido o caso. A não vai mais conseguir pegar vocês.

Aria piscou com força.

— Então... vocês estão realmente nos deixando *ir embora*?

Fuji concordou.

— Vou conversar com meus parceiros e com a polícia estadual e fazer com que saibam que suas acusações foram retiradas.

– Então meu pai não vai saber disso? – lamuriou-se Hanna.

As mãos de Emily tremiam.

– Não estou encrencada com o FBI?

– O que vocês me deram foi muito importante. Preciso comunicar o final desta negociação – disse Fuji enquanto se levantava. – Entretanto, se vocês receberem outra mensagem de A, quero que encaminhem para mim imediatamente. Mas peço que vocês não digam a ninguém sobre o que estamos fazendo *ou* por que vocês têm segurança. Quanto menos pessoas souberem, melhor. Está claro?

– Sim – disseram todas em uníssono, embora Hanna tenha levantado uma das mãos.

– O meu namorado sabe – ela admitiu. – Ele meio que descobriu.

Fuji se encolheu.

– Bem, ele vai estar sob vigilância porque é irmão de Aria. – Ela olhou em volta. – A, Alison, quem quer que seja, é a assassina de Tabitha. A assassina de Gayle. A assassina de Graham e Kyla. Obviamente, ela é perigosa. Vou liderar esta equipe pessoalmente e, acreditem em mim, haverá uma *equipe* nisto. Vamos trabalhar dia e noite para descobrir o que está acontecendo. Quem quer que seja, ela não é mais esperta do que todos nós. Vamos pegá-los.

Todas trocaram outro olhar.

– Ah, meu Deus – choramingou Hanna. – Isto soa...

– *Incrível*. – Emily respirou fundo.

Elas se olharam quase que sem acreditar. Spencer olhou para Fuji e a agente lhe deu um pequeno e genuíno sorriso, o primeiro sorriso que Spencer realmente viu nela. Uma sensação deliciosa correu pelas costas de Spencer. Será que realmente, *realmente* estava acabado? Será que alguém estava ajudando-as de verdade?

As garotas se levantaram e se abraçaram com força. Elas não precisavam mais lidar com aquilo sozinhas. Não precisavam mais olhar por cima dos ombros ou congelarem quando ouviam um passo ou um galho quebrar ou se encolherem quando seus celulares tocavam. Não teriam mais que conspirar pelos cantos, tendo conversas secretas em lugares escuros, sentindo a todo momento que Ali estava ali, escutando-as.

Spencer jogou a cabeça para trás e riu. Sentia-se incrível, subitamente, por ter poder. Se apenas Spencer pudesse saber como contatar Ali agora, ela mesma enviaria uma mensagem anônima: *Toma essa, vadia!*

9

BOAS-VINDAS

Quase uma hora mais tarde, um agente do FBI levou Emily de volta para a igreja onde ela havia estacionado o carro para o enterro de Graham, deixando-a dirigir de volta para Rosewood sozinha.

Acontece que ela *não estava* sozinha. Quando retornava para a via expressa em direção ao subúrbio, deu uma espiada pelo retrovisor e viu um grande Cadillac Escalade preto trocar de pista ao mesmo tempo que ela. Fuji imediatamente havia colocado equipes de segurança atrás delas, instruindo os guarda-costas a vigiarem as garotas o tempo todo, vinte e quatro horas por dia. O guarda de Emily havia se apresentado como Clarence, cumprimentado-a com um firme aperto de mão, entregando-lhe em seguida um cartão de visitas com seu número de telefone.

– Eu ou o meu parceiro vamos estar do lado de fora dia e noite – disse com um sotaque de Nova Jersey. – Mas se ficar com medo, você pode nos ligar.

Um sorriso largo se abriu no rosto de Emily e ela batucou feliz no volante do carro. *Se você ficar com medo*. Quantas vezes ela já tinha ficado apavorada e sem ter ideia de como consertar uma situação? Talvez agora conseguisse dormir por uma noite inteira, talvez pudesse dar uma corrida pela vizinhança sem temer o ataque de um agressor misterioso.

É claro que ela ainda sentia uma pontada de apreensão com tudo o que havia acontecido. O segredo tinha sido revelado, e Ali logo descobriria. Seu potencial de fúria era assustador, especialmente considerando seu histórico. Remexer no passado trouxera de volta memórias de quando viu o corpo de Gayle na entrada de sua casa. E se Ali *tivesse* feito algo contra Iris? Ao menos agora o FBI estava investigando o caso... Mas e se Iris aparecesse morta?

Emily pegou a saída 76 para Rosewood e acelerou colina acima, na direção de sua casa. Quando embicou na entrada de casa, dez minutos depois, seu coração pareceu afundar no peito repetidas vezes. E se seus pais tivessem descoberto, de algum modo, que ela havia sido algemada e retirada do enterro pelo FBI? A agente Fuji tinha garantido que tudo seria mantido no mais absoluto sigilo, mas e todos aqueles repórteres do lado de fora da igreja? Eles poderiam ter vazado a história. Ela realmente não se sentia pronta para dar mais explicações.

Nervosa, Emily mudou de estação de rádio, sintonizando a KYW, a rede de notícias local. Por cima dos barulhos de teclados, o repórter lia as manchetes do momento: um assalto na Zona Norte da cidade, o prefeito discutindo o orçamento, um acidente na Linha Azul. Nada sobre as atividades da polícia. Ela suspirou aliviada.

Emily saiu do carro, andou pé ante pé pelo caminho da entrada, com cuidado para não pisar nas azaleias recentemente plantadas pela mãe. O interior da casa estava quieto. Havia marcas no tapete indicando que ele tinha sido recentemente aspirado e não havia sinal de poeira na mesa da sala de jantar. Quando Emily inspirou, sentiu o cheiro de macarrão gratinado, o prato favorito de sua irmã, Carolyn. Mas a família não comia aquele prato desde que a irmã tinha ido para a faculdade.

– Emily, olha quem está aqui.

A mãe de Emily entrou na sala. Atrás dela, vestindo uma camiseta de mangas compridas da Universidade de Stanford e jeans escuro, estava Carolyn.

Emily piscou. A última vez em que vira a irmã mais velha tinha sido um dia antes de ir para o hospital fazer sua cesariana. Emily estava curvada sobre o vaso sanitário do quarto de Carolyn no dormitório (seus enjoos matinais duraram nove meses), enquanto a irmã a encarava com desdém, parada na porta. Emily havia contado aos pais sobre o bebê não fazia muito tempo, e eles a haviam perdoado. Apesar de terem afirmado que Carolyn iria ligar e pedir desculpas, ela nunca o fez. A julgar pela fisionomia ambivalente em seu rosto, também não parecia que ela o faria naquele momento.

A Sra. Fields empurrou Carolyn mais para perto.

– Carolyn veio para casa para vê-la, querida.

Emily colocou a mochila cuidadosamente no chão de madeira.

– É mesmo?

Carolyn deu de ombros, um cacho dos cabelos ruivos caindo sobre o rosto dela.

– Bem, as minhas provas todas acabaram... e eu tinha um vale-passagem, então...

– Então, surpresa! – disse a Sra. Fields apressadamente. – As famílias precisam ficar unidas, você não concorda,

Carolyn? — e a cutucou de novo. — Entregue para a Emily o que você trouxe.

Os lábios de Carolyn se contorceram. Ela agarrou uma sacola plástica e empurrou na direção de Emily. A mão de Emily se fechou em alguma coisa que parecia algodão, era a mesma camiseta da Universidade de Stanford que Carolyn estava usando.

— Obrigada — murmurou Emily enquanto segurava a camiseta aberta contra o peito.

Carolyn balançou a cabeça, rigidamente.

— Essa cor fica bem em você e eu achei que ia servir, agora que... — ela se interrompeu.

Mas Emily sabia o que ela ia dizer: *Agora que você não está mais grávida.*

— Bem... — a Sra. Fields bateu as mãos. — Vou deixar vocês duas sozinhas para colocarem as novidades em dia. — Deu um olhar encorajador e um sorriso esperançoso para Carolyn, e em seguida se dirigiu à cozinha, desaparecendo.

Emily afundou em uma poltrona na sala de estar, seus nervos à flor da pele. Carolyn continuou de pé, com os lábios torcidos, o olhar vazio fixado na pintura de um celeiro que ficava pendurada no vestíbulo, como se ela nunca a tivesse visto, apesar do quadro estar pendurado ali havia uns quinze anos.

— Gostei da lembrança — disse Emily, dando tapinhas na camiseta de Stanford em seu colo. — Obrigada mais uma vez.

Carolyn lançou um olhar em sua direção.

— De nada.

Ela parecia extremamente desconfortável. Emily cruzou e descruzou as pernas. Toda aquela situação era um desastre, sobre o que elas iriam falar? Por que sua mãe havia forçado aquela situação? E, pelo amor de Deus, Carolyn *ainda* estava com raiva? Ela precisava superar aquilo.

— Você pode subir se quiser — disse Emily, as palavras saindo mais amargas do que pretendia. — Você não precisa ficar aqui comigo.

Carolyn franziu os lábios.

— Estou fazendo um esforço, Emily, e você não precisa ficar com tanta raiva.

— *Eu* estou com raiva? — Emily apertou os braços da poltrona. Então suspirou. — Tudo bem, talvez eu esteja um pouco brava com você. Pela milésima vez, me desculpe por ter empurrado meu segredo para cima de você, mas eu esperava que você tivesse lidado com o assunto de modo diferente.

Os olhos de Carolyn faiscaram.

— Eu abriguei você — disse ela, com a voz abafada. — Eu dei a você todos aqueles vales para o refeitório, não contei nada para a mamãe, o que mais você queria?

O coração de Emily batia cada vez mais rápido.

— Eu detestava ter de voltar para o seu quarto. E eu estava *grávida*. Aquela cama inflável era muito desconfortável.

— Você nunca reclamou — disse Carolyn de forma brusca.

— Eu não sentia que *podia*! — exclamou Emily. — Você me fez sentir tão indesejável! — E de repente se sentiu exausta. Então parou e se virou em direção às escadas. — Esqueça isso tudo, *eu* vou subir.

Emily pousou a mão sobre o corrimão, segurando as lágrimas. Assim que pisou no primeiro degrau da escada, Carolyn agarrou-a pelo braço.

— Não vá, certo? Você está sendo ridícula.

A espinha de Emily se enrijeceu. Ela não se *achava* ridícula. *Mais cinco minutos*, decidiu, mas se a irmã continuasse sendo irritante, ela iria, definitivamente, trancar-se no quarto. Definitivamente.

Emily se sentou de novo na mesma poltrona. Carolyn se sentou em frente. Panelas bateram na cozinha, talheres retiniram.

— Você está certa, eu não soube lidar com o que aconteceu no verão passado — disse Carolyn finalmente. — Eu estava com medo, por você e pelo bebê. E nem conseguia pensar nele *como* um bebê, também, pois não podia me apegar. Tudo parecia tão complicado.

Emily mordeu os lábios.

— Tudo bem, mas isso não soa como uma boa desculpa.

Carolyn abaixou a cabeça.

— Ouvi você chorando no meio da noite tantas vezes...

Emily encarou com o olhar ausente as peças de porcelana Hummel que sua mãe colecionava no armário de bibelôs. Ela se lembrava muito bem do choro. Pelo menos, tinha Derrick, o amigo que trabalhava com ela no restaurante de frutos do mar em Penn's Landing. Ele serviu como um substituto de Carolyn.

"Ela é a única família que tenho no momento", choramingou Emily com ele certa vez. "Mas ela sequer consegue me *olhar*. Na outra noite, ela ficou no telefone até bem depois de uma e meia da manhã, comigo no chão, ao lado dela. Eu estava tão cansada. E ela sabia disso, mas não desligou."

"Por que você não fica comigo?", Derrick tinha oferecido. "Eu durmo no sofá, sem problemas."

Emily havia olhado para ele. Derrick era tão alto, que quando se sentou no banco, seus longos membros se dobraram de um modo desajeitado, feito um inseto. E estava olhando de modo amável e atento para ela por trás dos óculos de armação de metal.

Ela havia considerado aceitar a oferta, mas então deu de ombros.

"Não. Provavelmente já estou incomodando o suficiente jogando tudo isso em cima de você." Ela o beijara na bochecha. "Mas você é um doce."

Agora, Carolyn suspirava.

– As coisas pelas quais você estava passando eram demais para a minha cabeça.

Emily balançou a cabeça. Não havia como argumentar com aquilo.

– Então... por que você está aqui, agora? Por que você não continuou longe?

Carolyn desviou o olhar.

– Recebi uma carta, e estava com medo de que se eu não viesse pra casa dessa vez, pudesse ser muito tarde.

Um arrepio subiu pela espinha de Emily.

– Do que você está falando? Quem escreveu uma carta para você?

– Não sei, estava assinado apenas como *Um amigo preocupado*. – A voz de Carolyn falhou. – A carta dizia que você parecia muito transtornada e que poderia fazer alguma coisa... irracional. – Seus cílios estremeceram rápido. – Eu estava com medo de nunca mais vê-la de novo.

A pele de Emily formigou. Não era a primeira vez que ela ouvia rumores de sua suposta intenção de suicídio, mas uma carta, francamente, era um absurdo.

– Muitas coisas desagradáveis têm me acontecido. Mas eu estou bem, de verdade – garantiu.

A irmã não parecia convencida.

– Você tem certeza?

– É claro que eu tenho certeza. – Emily respirou fundo, sabendo que tinha de escolher as próximas palavras com muito cuidado. – Mas eu gostaria de ver essa carta, você ainda está com ela?

As sobrancelhas de Carolyn franziram.

– Eu joguei fora. Não podia suportar aquilo no meu quarto.

– Ela era escrita à mão? Tinha carimbo do correio?

– Não, ela foi digitada. Eu não me lembro de onde foi postada. – Carolyn a encarou com curiosidade. – Você sabe quem poderia tê-la escrito?

Emily passou a língua pelos dentes. *Um amigo preocupado.* Ali? O cúmplice dela? Quem mais poderia ter sido?

A cabeça da Sra. Fields surgiu no corredor.

– O jantar está pronto! – cantarolou.

Emily e Carolyn se voltaram na direção da cozinha. O coração de Emily ainda estava acelerado por conta da discussão, mas pelo menos as coisas finalmente estavam claras. Deu uma olhadela furtiva para Carolyn enquanto andavam pela sala. Carolyn devolveu um sorriso hesitante. Quando Emily se moveu em sua direção e abriu os braços para um abraço, Carolyn não se afastou. O abraço foi rígido e desconfortável, mas entendido como um passo na direção certa.

A Sra. Fields passou os pratos. Então, alguma coisa na janela chamou a atenção do olhar de Emily. O utilitário preto estava parado ao lado do meio-fio, e Clarence estava sentado lendo o jornal. Um carro passou e ele abaixou o jornal, olhando concentrado até que o carro fizesse a curva. Ninguém da família de Emily o notou lá. Mas em algum momento eles iriam notar. Ela teria de pedir para ele estacionar em um local mais afastado. Mas naquele momento ela agradecia sua presença tão perto. *Fique longe*, Clarence estava dizendo para Ali, que com certeza estava espreitando. *De agora em diante ela está fora de seu alcance.*

E isso também pareceu a Emily um passo na direção certa.

10

UM NOVO DIA

Quando a viatura estacionou na frente da casa da mãe de Aria, o serviço de jardinagem estava praticamente terminado. Dois caras musculosos, com idade para estar na universidade, colocavam os cortadores de grama na carreta presa à caminhonete deles. Os garotos acenaram para Aria como se fosse completamente normal que ela estivesse saindo de um carro da polícia em plena terça-feira à noite.

– Você quer uma escolta até a porta, Srta. Montgomery? – perguntou o policial que a levara até lá, olhando cautelosamente para os lados.

– Não, obrigada, estou bem – respondeu Aria.

– Bem, se precisar de alguma coisa, é só nos chamar – disse o policial, apontando para uma minivan estacionada na rua. Apesar de ter um adesivo que dizia MEU FILHO ESTÁ NO QUADRO DE HONRA DO COLÉGIO ROSEWOOD colado em um dos para-choques, e orelhinhas do Mickey grudadas à antena, o carro ostentava ao volante um sujeito enorme, musculoso, usando óculos escuros e que parecia dublê do ator The Rock.

— Ah, entendi! — Aria sorriu. Sentia-se quase zonza enquanto caminhava pelo gramado em frente à casa.

— Aria?

Ella estava na varanda. A mãe de Aria usava uma túnica amarela com estampa em zigue-zague que tinha desde seus dias na faculdade de artes, e seus cabelos pretos com alguns fios prateados estava preso no alto da cabeça em um coque. Havia uma expressão de horror no rosto dela.

— Por que a polícia acaba de deixá-la em casa? — perguntou Ella, sem tirar os olhos da viatura que desapareceu no fim da rua.

— Ah... isso. — Aria fez um gesto vago. — Não é nada. Não estou em apuros.

Ella piscou com força.

— Você foi à entrevista hoje, não foi? Aconteceu alguma coisa na faculdade?

— Ei, a casa está com um cheiro maravilhoso! — disse Aria ao entrar no vestíbulo, na esperança de que ela e a mãe mudassem de assunto. — Você assou um pão?

Ella fechou a porta.

— Aria, explique o que está acontecendo. *Agora.*

Aria deixou escapar um suspiro profundo.

— É uma longa história, mas eu não me meti em encrenca nenhuma. Palavra de honra. E, sim, eu tive a entrevista... mas estraguei tudo.

Ella a encarou.

— O que aconteceu?

Aria deu de ombros.

– Eu não era exatamente o que eles estavam procurando – disse, jogando-se no sofá. – Eu realmente queria aquela vaga.

Ella sentou-se ao lado de Aria e pegou Polo, o gato da família, no colo.

– *Por que* você queria aquela vaga, exatamente?

Aria revirou os olhos, como se a resposta fosse óbvia.

– Porque eu quero trabalhar com arte. Porque eu teria a oportunidade de conhecer pessoas incríveis e participar de projetos realmente interessantes. Porque...

Ella colocou a mão sobre o joelho de Aria.

– Mas você não poderia fazer essas coisas em Nova York? Na Filadélfia? Até mesmo em Rosewood? Por que você precisa ir para a Holanda, para tão longe de casa?

Aria analisou os olhos azuis da mãe, impressionantes e inquisidores.

– Isso tem alguma coisa a ver com Noel? – continuou Ella. – Mike me disse que vocês dois terminaram o namoro. Que Noel mentiu para você.

Aria trincou os dentes. Dito daquela forma parecia tão... sórdido. E horrível. Mas, bem, talvez fosse, tipo... verdade. Ainda que Noel não fosse cúmplice de Ali, ele tinha mentido.

Aria fechou os olhos, pensando mais uma vez em Noel. Em algum momento entre a ida dela para a delegacia e a sua liberação, ele tinha enviado uma mensagem de texto que dizia: *Como você está?* Aria duvidou que Noel tivesse alguma ideia do que estava acontecendo com ela; o fato de ele ter enviado a mensagem justo naquele instante era apenas uma coincidência. Na volta para casa, Aria escreveu uma resposta.

Mas não tinha enviado. Ela precisava seguir em frente, certo?

Aria desviou o olhar para o outro lado da sala, para um aparador repleto de porta-retratos com fotografias da família. Há algum tempo, Ella havia dado sumiço nas fotos em que Byron estava presente. Agora, as imagens eram na maioria de Aria e Mike, e havia também uma foto aleatória da bisavó de Aria, Hilda.

— Como você se sentiu quando descobriu sobre a história de papai com Meredith? — perguntou Aria.

Ella gemeu e se recostou contra as almofadas.

— Péssima. Eu também queria fugir. Mas não foi o que fiz.

— É claro que não. Você tinha Mike e a mim em sua vida.

— *Você* também tem Mike e a mim — disse Ella com firmeza. — E seu pai e Lola. Nós ainda precisamos de você. — A mãe de Aria limpou a garganta. — Querida, eu andei escutando outras coisas, você sabe... — Ela tomou as mãos de Aria nas dela. — Você não está pensando em... em se *machucar*, não é?

Havia lágrimas nos olhos de Ella. Sua voz era tão suave. Aria se encolheu, odiando os boatos idiotas de suicídio.

— Claro que não — garantiu com veemência. — Eu sou mais forte do que isso.

— Ah, sim, você é — disse Ella com a voz ligeiramente trêmula. — Eu só queria me certificar.

Aria se aconchegou no ombro da mãe. A túnica diáfana de Ella cheirava a óleo de patchuli. Ela acariciou os cabelos da filha, da mesma forma que costumava fazer quando Aria era criança e tinha medo de ir dormir porque achava que uma enguia gigante vivia em seu armário.

— Sinto muito sobre Noel, meu amor — disse Ella suavemente. — E sei que não poder ir à Holanda é um baque. Mas você é durona. *E* não precisa ir para algum país distante para ser feliz. Você pode encontrar trabalhos incríveis ligados à arte, aqui mesmo, em Rosewood.

Aria fungou.

– Ah, *sei*.

Em Rosewood, a ideia que se fazia de arte de vanguarda era pintar as maçãs de uma natureza-morta com um vermelho *ligeiramente* alaranjado e as peras com um verde um pouco puxado para o marrom.

– Acho que sei de uma coisa que pode animá-la, Aria. A galeria está procurando um assistente para trabalhar meio período. Se você estiver interessada o trabalho é seu.

Aria resistiu ao impulso de rir. Ella trabalhava em uma galeria de arte na Hollis onde eram vendidas paisagens campestres monótonas e mornas da Pensilvânia, repletas de celeiros velhos e tediosos e pinturas detalhadas das aves locais. Aria tinha dor de cabeça cada vez que ia lá porque o lugar tinha o cheiro pungente da loja de velas Yankee Candle que ficava logo ao lado.

– Vai ser bom para você trabalhar cercada por pessoas – disse Ella. – E traga seu portfólio. É possível que Jim mande emoldurar um de seus trabalhos e permita que você o exiba na galeria.

Talvez Ella tivesse razão. Um trabalho lhe daria algo para fazer à tarde, depois do colégio... Aria tinha tantas horas a preencher agora que ela e Noel não estavam mais juntos. E ainda que detestasse a ideia de que alguém fosse comprar uma de suas pinturas e pendurá-la ao lado de alguma arte amish cafona, ela *adorava* a ideia de vender seu trabalho.

– Tudo bem, eu acho que poderia fazer isso – concordou Aria.

— Que ótimo! — exclamou Ella, começando a se levantar. Então, ela fez uma pausa e olhou para Aria novamente. — E tem certeza de que eu não preciso me preocupar com o carro da polícia?

Aria fingiu estar interessada nos redemoinhos psicodélicos do sofá.

— Claro que não — murmurou.

— Bom! — Ella fingiu enxugar a testa. — Já tenho cabelos brancos demais.

Aria conseguiu dar uma risada. Ella já fazia essa piadinha com os filhos sobre os cabelos brancos muito antes de Aria começar a ser perseguida por A. Mas desta vez, tinha certeza de que a mãe realmente não precisaria se preocupar. A partir de agora, não haveria nenhum drama. Sem problemas. Sem mentiras.

E, agora que A não era mais problema das quatro amigas, talvez Ella finalmente tivesse uma folga.

11

O LIXO DE UM...

Na tarde de quarta-feira, Spencer e Chase estavam no gramado da casa-modelo do Sr. Pennythistle. A casa tinha cercas vivas cuidadosamente aparadas e um caminho na frente livre de ervas daninhas. Narcisos explodiam de vasos de cerâmica próximos à porta. Pássaros cantavam dos galhos do grande carvalho no jardim da frente. A única mancha na paisagem era a fita amarela da polícia atravessada na porta da frente.

Spencer andou até ela e a moveu para o lado. Então, ela olhou para Chase.

– Você tem certeza de que quer ajudar? Está uma bagunça enorme lá dentro.

– Claro – insistiu Chase, andando até a casa e passando com cuidado pela fita da polícia. – É por isso que estou *aqui*, Spencer. – Chase tinha ligado para ela naquela manhã, querendo saber das novidades, e a história completa da prisão escapou dos lábios de Spencer antes que ela pudesse se controlar. Ele insistiu em dirigir até Rosewood para confortá-la, o que Spencer teve de admitir que a fez se sentir bastante... bem, reconfortada.

Spencer alcançou as chaves que o Sr. Pennythistle havia deixado para ela mais cedo naquele dia, mas quando estava pronta para colocá-las na fechadura, a porta se abriu. Ela congelou, tentando escutar o que quer que pudesse haver lá dentro. Então, relanceou os olhos por cima dos ombros para o cara da segurança com aparência de durão atrás do volante do utilitário. Ele estava olhando fixamente para a frente, impassível atrás dos óculos escuros que usava.

– Olá? – chamou Spencer para dentro da casa, com o coração disparado.

– Olá? – chamou de volta uma voz.

Houve passos, e o policial Gates adentrou a sala de estar, desviando das quatro almofadas de sofá que estavam caídas no chão e da mobília revirada. Ele piscou para Spencer.

– O que você está fazendo aqui?

– Eu preciso limpar essa bagunça – respondeu Spencer. – O que *você* está fazendo aqui?

– Procurando por impressões digitais – Gates mostrou as palmas de suas mãos; ele usava luvas plásticas. – A equipe forense acabou de sair. Eu também estou saindo.

O coração de Spencer deu um pulo. Fuji a estava levando a sério. Gates estava procurando por Ali.

– Vocês encontraram alguma coisa? – perguntou ela, ansiosa.

Gates passou a mão pelos cabelos ruivos arrepiados.

– Algumas impressões aqui e ali, mas nada conclusivo. – Um toque de celular que lembrava uma música em ritmo de calipso pôde ser ouvido, e Gates ergueu um dedo para Spencer, atendendo a ligação.

— Alô — disse ele para o aparelho. — Estou a caminho — acrescentou ele, depois de um momento.

Ele se voltou para Spencer.

— Emergência de família, desculpe. Ensaquei algumas coisas como provas, mas não estou certo de que elas vão nos dizer muita coisa... — Gates deu um olhar incerto para Chase. — De qualquer maneira, já terminamos aqui. Você pode começar a limpar o lugar. — Ele acenou com a cabeça para Spencer e saiu da casa.

Spencer fechou a porta atrás dele, encostou-se à parede, e deu um imenso suspiro.

— Bem, isso foi decepcionante. — Spencer olhou ao redor. Apesar de ter ido e vindo daquele lugar diversas vezes enquanto as garotas investigavam Ali, tudo parecia tão diferente agora. As gavetas das mesas estavam abertas e havia riscos de giz de cera por todos os lados nas paredes. Havia uma grande rachadura no vidro do relógio antigo. Uma das luminárias tinha sido puxada para fora do gesso do teto, e estava com os fios pendurados.

— Como é possível que não tenham encontrado *algum* rastro de Ali por aqui?

Chase olhou para dentro da cozinha, que tinha cacos de vidro pelo chão e lixo espalhado por toda a parte. O ambiente cheirava a leite estragado.

— Ali é muito esperta. Tenho certeza de que ela pensou em tudo antes de bagunçar este lugar. — Chase limpou a garganta. — Aquele policial estava olhando para mim como se pensasse que *eu* sou o responsável.

— Não, ele apenas não queria discutir o caso conosco — garantiu Spencer a ele, pegando uma lata de Coca-Cola amassada e jogando-a no lixo. — Eles não querem que contemos a ninguém. – Ela fez uma pausa, olhando para Chase. – Tudo bem para *você*? Pode ser perigoso.

Chase deu de ombros.

– Não é como se você tivesse me contado algo de que eu já não soubesse. Vou ficar bem.

Spencer se voltou para a porta para pegar os itens de limpeza que tinham ficado no carro.

– Acho que deveríamos acabar logo com isso, não?

– Espere um pouco... – chamou Chase da cozinha. – Venha cá.

Ele estava parado no meio da cozinha, e fez um gesto na direção do piso de cerâmica. Aninhado entre pedaços quebrados de pratos e vidro havia algo brilhante.

Spencer se ajoelhou para pegar o objeto e franziu o cenho, segurando-o contra a luz. Era um chaveiro de prata, sem a chave. Um logotipo da marca Acura estava gravado no metal.

– Não posso acreditar que foi o Gates que perdeu isso – murmurou ela. – Você acha que é de Ali?

– Talvez – disse Chase. – Ou talvez seja do cúmplice dela.

Spencer puxou seu celular. Hesitou em ligar para o número de Fuji, então resolveu ligar para Hanna.

– Conhecemos alguém que dirige um Acura? – perguntou ela quando Hanna atendeu.

Hanna não perdeu um segundo.

– Scott Chin, Mason Byers, o advogado que fez o divórcio da minha mãe, um dos meus vizinhos, aquela senhora que...

– Opa, calma! – interrompeu Spencer. – Eu não tinha percebido que você conhecia todas as pessoas que dirigem um Acura em Rosewood.

— São carros muito legais — respondeu Hanna objetivamente. — Por que você quer saber?

Spencer explicou o que ela havia acabado de ver.

— Será que o cúmplice poderia ser uma dessas pessoas? Não faz sentido Scott Chin ser o namorado secreto de Ali... ele é gay. Eu não tenho certeza sobre Mason, também... Ele se mudou para cá no sexto ano, lembra? E ele e Ali nunca pareceram se dar bem.

— Spence, nós não *acabamos* de entregar o caso para uma equipe de profissionais? Entregue o chaveiro para Fuji e esqueça isso.

Spencer sabia que Hanna estava certa, mas era mais difícil abrir mão do controle do que ela havia pensado. No colégio, quando tinham trabalhos em grupo, Spencer sempre insistia em fazer a maior parte do trabalho. *Os outros vão apenas estragar tudo*, ela sempre pensava. *Eles não farão o trabalho tão bem quanto eu.*

Ainda assim, ela obedientemente colocou o chaveiro em sua bolsa, fazendo uma nota mental para ligar para Fuji quando ela e Chase terminassem a limpeza. Hanna estava certa. Ela não precisaria mais se preocupar com aquela história. Estava fora de suas mãos — e isso era uma coisa *boa*.

Spencer procurou por mais pistas em todos os cômodos da casa-modelo, vasculhando entre as almofadas macias de cada sofá e poltrona, entre os jornais amassados e os metros de papel higiênico enrolados em volta do candelabro, mas não achou nenhuma outra pista.

Houve uma batida na porta, e Spencer congelou novamente.

— *Ihuuu?* — chamou a voz da mãe de Spencer para dentro da sala de estar. — Spencer? Você está aí?

Franzindo as sobrancelhas, Spencer caminhou até a porta da frente. Sua mãe, o Sr. Pennythistle e Amelia estavam parados no vestíbulo, todos usando jeans e camiseta. Tinham nas mãos as vassouras, os escovões e os produtos de limpeza que estavam no banco de trás do carro de Spencer.

— O que está acontecendo? — perguntou Spencer. Elas tinham vindo para apressá-la a limpar mais rápido?

A Sra. Hastings tinha amarrado os cabelos curtos e louros para trás com um elástico.

— Vamos ajudá-la a limpar a casa, querida.

— Ah... verdade? — gaguejou Spencer.

A Sra. Hastings correu o dedo sobre as marcas de giz de cera nas paredes. Algumas marcas saíram com seu toque.

— Não é justo que você tenha de fazer isto sozinha. Não estou dizendo que foi certo você pegar as chaves de Nicholas sem a permissão dele, mas não foi justo de nossa parte deduzir que você é a pessoa responsável por esta bagunça.

O Sr. Pennythistle deu um tapinha de consolo no ombro de Spencer.

— Você *estava* em casa na noite em que esse lugar foi destruído. Eu conferi o vídeo de segurança de nossa casa. Sinto muito por ter duvidado de você.

Talvez Spencer devesse ter se sentido incomodada, já que o futuro padrasto não havia considerado sua palavra, mas pareceu um esforço emocional muito grande. Ela meio que gostou da maneira severa com que ele olhava para Amelia neste momento.

— Sinto muito por ter dedurado você — resmungou Amelia, depois que o pai a cutucou.

— E a polícia explicou que sua prisão por drogas foi um erro — acrescentou a Sra. Hastings enquanto esfregava a parede com um limpador multiuso. — Graças a *Deus*.

— Ah... — disse Spencer. — Bem, que bom.

— De qualquer maneira, vamos trabalhar! — A Sra. Hastings entregou uma vassoura a Amelia. Ela parou de repente e cumprimentou Chase na cozinha. — Ah... Olá.

— Este é meu amigo, Chase — disse Spencer. — *Outro* Chase — acrescentou, percebendo que sua mãe fora apresentada a Curtis como Chase ao buscar Spencer no baile. — Ele está me ajudando a limpar.

— Que maravilha! — exclamou a Sra. Hastings, disparando um tipo de sorriso para ele. — Bem. Qualquer amigo da Spencer é nosso amigo.

Spencer quase deu uma risadinha. *Alguém* certamente se sentiu culpada por tê-la acusado injustamente. Spencer apenas estava feliz por sua mãe estar lá, ajudando, e por ela não a odiar.

O Sr. Pennythistle conectou o aspirador à tomada e o ligou. Amelia, parecendo relutante, recolheu as almofadas do sofá e enfiou o estofado que ainda poderia ser salvo dentro delas. Spencer deu a Chase um sorriso secreto enquanto começava a varrer os cacos de vidro. Ela estava feliz por ele estar lá, também. Subitamente, tudo parecia bem, não perfeito, mas melhor do que tinha sido em um longo tempo.

Exatamente do jeito que ela gostava.

12

HANNA DO PAPAI

Hanna estava voltando da loja de conveniências Wawa, onde tinha acabado de comprar um cappuccino irresistivelmente delicioso, quentinho e cheio de açúcar, do tipo que manda as calorias direto para o quadril. Entre um gole e outro, olhou pelo espelho retrovisor para o Suburban preto atrás dela. Hanna acenou para Bo, o motorista, e ele acenou de volta. Apesar de Bo ter o nariz quebrado, músculos definidos e tatuagens flamejantes aparecendo para fora do colarinho, no dia anterior, quando Hanna tinha ido até o carro para perguntar se ele queria algo para beber, Bo estava ouvindo Selena Gomez. Ele também tinha uma foto da filhinha, Gracie, pendurada no retrovisor.

O celular de Hanna fez um bipe. Em um semáforo, ela o tirou da bolsa. ALERTA DO GOOGLE PARA TABITHA CLARK, leu na tela. Seu coração deu um pulo.

Mas era apenas um artigo sobre como as autoridades tentavam conseguir os arquivos de vídeo de outros hotéis perto do The Cliffs – aparentemente, alguns hotéis estavam com problemas para localizar seus arquivos de tanto tempo atrás.

Seu celular tocou. MIKE, dizia o identificador de chamadas. Hanna pressionou o botão no volante para ativar o bluetooth.

– O seu cara está na sua cola? – perguntou ele, sem dizer olá.

– Sim – respondeu Hanna em um tom de voz animado.

– O meu também! – cantarolou Mike. – É superlegal. Você acha que ele está carregando um lança-chamas?

Hanna bufou.

– Mike, isso não é um filme de super-herói.

Mike fez um som de desapontamento, que Hanna achou simplesmente adorável. Ela estava impressionada por Fuji ter colocado seguranças para cuidar de Mike também. Com Noel quase morrendo e Iris desaparecida, Mike provavelmente seria o próximo na lista de Ali.

– Bem, passei pela clínica de queimados, e a entrada estava lotada de policiais – disse Mike. – Isso significa que eles provavelmente estão procurando por todas as pistas de Ali, você não acha?

– Provavelmente – disse Hanna. Os policiais com certeza achariam o rastro de Ali sem demora. Havia montes de provas de DNA, como fios de cabelo, células mortas da pele e gotas de sangue do seu tempo como Kyla. – Tem um monte de vans de noticiários?

– Sim, mas ouvi uma notícia. Os policiais deram uma declaração que afirmava que o assassino de Kyla era um paciente de uma clínica psiquiátrica que fugiu. Não deixaram escapar uma palavra sobre a Ali.

— Isso é bom — disse Hanna, aliviada.

Então Mike pigarreou de maneira estranha. A ligação cortou momentaneamente.

— Então... você está se sentindo bem?

Hanna deu uma risadinha.

— Você quer dizer, tipo, se eu estou *dolorida*? — Ela e Mike tinham conseguido um tempo sozinhos na noite anterior quando a mãe de Hanna não estava em casa. Eles não saíram da cama por duas horas.

— Não... — Mike limpou a garganta. — Fiquei preocupado depois da sua mensagem.

— Que mensagem? — Hanna não tinha enviado mensagens o dia inteiro.

— Ah, aquela em que você disse que estava tendo uma manhã bem ruim e que queria se matar.

— *O quê?* — Hanna pisou com tudo nos freios, e o Prius fez um som de guincho. O guarda-costas quase atingiu sua traseira. — Você recebeu uma mensagem que dizia isso vinda do meu celular?

— Ah... sim. Mais ou menos às 8h45.

A mente de Hanna girou. Ela estava na aula de inglês naquela hora. E *não* pensava em se matar.

Hanna encostou o carro e agarrou a bolsa. O Suburban também encostou.

— Mike, eu não escrevi isso. Alguém deve ter invadido meu celular e enviado uma mensagem para você só para brincar conosco.

A estática estalou do outro lado da linha.

— O negócio, Hanna, é que não é a primeira vez que eu escuto sobre você e suas amigas querendo se matar. Os boatos estão em toda parte. E *tem* um monte de coisa rolando com você. Você me contaria se algo estivesse incomodando tanto assim, certo?

Hanna descansou a cabeça contra o volante. O interior do carro de repente tinha um cheiro sufocante de café.

— Não vou nem me dignar a responder esse absurdo. Você precisa encaminhar esta mensagem para a agente Fuji.

Ela deu o contato de Fuji e, então, desligou. Enquanto retornava ao trânsito, sua cabeça martelava como da vez em que ela e Mona Vanderwaal, sua antiga melhor amiga que enlouqueceu, beberam muita tequila. Por que A enviaria uma mensagem de suicídio falsa para Mike?

Mas quando Hanna embicou o carro na entrada da nova casa de seu pai, suas preocupações estavam piores. Algo acontecera com ela na noite anterior, depois de tudo que ocorrera na delegacia. Ali e seu cúmplice não iam ficar sentados, esperando calmamente, quando descobrissem que as meninas tinham envolvido a polícia. Mesmo que todas as suas acusações fossem retiradas, os agentes não poderiam fazer nada para evitar que A e seus ajudantes vazassem vários segredos vergonhosos das meninas para a imprensa. E se A revelasse as fotos do acidente de carro da Hanna, o futuro do pai dela estaria acabado.

Hanna precisava dar um jeito de controlar os danos, e rápido. Estacionou embaixo do salgueiro-chorão e ficou olhando para a casa nova de seu pai, reunindo coragem.

Com as pernas tremendo, empurrou a porta e entrou na casa. Observou sua imagem no grande espelho do lavabo, bem ao lado da copa. Seus cabelos castanho-avermelhados estavam macios e bem penteados, seus olhos, brilhantes, e sua maquiagem, perfeita. Pelo menos ela *parecia* fabulosa.

Seu pai e a nova esposa, Isabel, estavam na cozinha. Isabel, cuja pele havia empalidecido consideravelmente nos últimos meses — ela costumava usar autobronzeador sem parar, mas Hanna suspeitava que os organizadores da campanha tinham dito que ela parecia laranja demais no vídeo —, estava enchendo a lavadora com pratos. O Sr. Marin estava no balcão, vendo um álbum de fotos. Ele ergueu os olhos e deu um enorme sorriso.

— Hanna! — gritou, como se não a visse havia meses. — Como você *está*?

Hanna olhou desconfiada para ele. Não era todo dia que o pai ficava tão feliz em vê-la. *Não diga a ele*, uma voz em sua cabeça lhe aferroou.

Mas ela *precisava*... antes que A o fizesse.

Ela foi até ele.

— Papai, eu preciso falar com você.

Ele se aprumou no banquinho, parecendo subitamente assustado. Isabel fez uma pausa na pia.

— O que está acontecendo? — perguntou ela.

Hanna a encarou.

— Eu disse que queria falar com meu pai, não com você.

Hesitante, o Sr. Marin desviou os olhos para Isabel, então se voltou para Hanna.

— Seja lá o que você tiver para me dizer, pode me dizer na frente de Isabel.

Hanna apertou os olhos, bem fechados. Segundos depois, houve passos no corredor, e a irmã postiça de Hanna, Kate, apareceu, seus cabelos molhados do banho. *Perfeito*. A família inteira estava lá para ouvir sua última mancada.

— Hanna? — encorajou o Sr. Marin, gentilmente. — O que foi?

Hanna mordeu a parte interna da bochecha. *Diga.*

— Estou escondendo algo de você — disse ela baixinho. — Algo que fiz em junho passado.

Ela não podia olhar para o pai enquanto as palavras saíam de seus lábios. Ela podia literalmente sentir a confusão dele se transformando em choque e depois em desapontamento. Isabel se engasgou de leve. Em um determinado momento, ela até pôs a mão no peito, como se estivesse tendo um ataque cardíaco.

— E você está me dizendo isso... *por quê?* — perguntou o pai quando Hanna terminou.

Hanna fez uma pausa. Ela não podia contar sobre A.

— Bem, algumas pessoas sabem disso. E se quiserem arruinar sua campanha, podem contar sobre mim. — Ela engoliu em seco. — Pensei que estivesse fazendo a coisa certa na hora... Madison estava *tão* bêbada. Se dirigisse sozinha para casa, com certeza se machucaria... e poderia machucar mais alguém. E, além disso, alguém invadiu a pista onde eu estava... eu não sabia o que fazer. Mas quando bati o carro, eu me desesperei. E não me apresentei e assumi a culpa porque quis proteger você e sua campanha. Apesar de saber, agora, que aquilo foi errado.

Isabel fez um gesto de desespero.

— Errado? — esganiçou-se ela. — Hanna, isso está além de errado. Você não tem sido nada além de um fardo para esta campanha. Você tem ideia de que a cada passo que dá fora do caminho nós temos de fazer um controle de danos para os problemas que arranja para si mesma? Você sabe quanto dinheiro temos gastado para limpar suas confusões?

— Sinto muito — sussurrou Hanna, com lágrimas enchendo seus olhos.

Isabel se voltou para o pai de Hanna.

— Eu falei para você que isso ia acontecer. Eu falei que era uma má ideia trazer Hanna de volta para sua vida.

— Isabel... — O Sr. Marin parecia chocado.

Isabel arregalou os olhos.

— Eu sei que você também pensa assim! Sei que desejou ter se livrado dela tanto quanto eu!

Hanna engasgou.

— Mãe! — A voz de Kate ressoou pela sala. — Hanna é *filha* dele!

— Kate está certa — disse o Sr. Marin.

Hanna suspirou. Isabel parecia ter sido estapeada.

O Sr. Marin passou a mão na testa.

— Hanna, eu estaria mentindo se dissesse que o que você fez não me incomoda. Mas não importa. Está feito. Eu só quero que você fique bem.

Isabel avançou para cima dele.

— Tom, do que você está falando? Você não pode deixá-la escapar dessa.

Até Hanna estava impressionada. Pensou que seu pai gritaria com ela, a colocaria para fora de casa, faria alguma coisa.

O pai espiou-a por trás da mão que cobria o rosto.

— Eu pensei que você fosse me dizer outra coisa. — Ele parecia culpado. — Recebi uma carta esta manhã. Minha cabeça ainda está girando. Dizia que você quer cometer suicídio.

— Ai, meu Deus — engasgou-se Kate. — Hanna!

Hanna abriu e fechou a boca. Primeiro Mike, agora seu pai? Aquela história estava ficando ridícula.

— Liguei para sua mãe, mas ela disse que você não estava em casa. Liguei para o seu celular, duas vezes, mas você não atendeu.

Hanna torceu os lábios. Ela havia visto as ligações do pai. Não tinha atendido porque ainda não estava preparada para falar com ele.

— Eu estava tão preocupado que você fosse... — hesitou ele, apertando os lábios. Seu queixo tremeu, e sua garganta se moveu como se ele tivesse dificuldade de engolir.

Isabel fez um movimento, mas permaneceu onde estava. Havia um olhar descontente em seu rosto, mas ela não disse nada.

— Papai, eu estou bem — disse Hanna mansamente, andando até ele e envolvendo seus ombros com os braços.

O Sr. Marin apertou-a com força.

— Eu só quero que você seja feliz — disse ele em uma voz grave. — E se esse acidente foi parte do motivo que a fez escrever a carta, se você estava com medo de me contar ou de como eu reagiria, não se preocupe com isso. — Ele fungou alto. — Acho que estou envolvido demais na campanha. Talvez eu deva desistir.

— Tom, você enlouqueceu? — berrou Isabel.

Hanna se afastou do pai. A coisa certa a fazer era deixar claro que nunca tivera intenção de se matar, mas era tão bom receber a atenção dele. Além disso, *tinha mesmo* coisa demais acontecendo com ela naquele momento. Ela *realmente* precisava da ajuda dele.

E embora estivesse morrendo de vontade de pedir ao pai para ver a carta anônima, não queria levantar a suspeita de que poderia haver um novo A por aí.

— Não desista da campanha — pediu ela. — Eu estou bem, juro. E sinto muito, de novo. Farei o possível para arrumar essa confusão.

O Sr. Marin deu tapinhas nas costas de Hanna. O rosto de Isabel foi ficando cada vez mais vermelho, e finalmente ela deu um resmungo sem abrir a boca e saiu intempestivamente da sala. Kate se inquietou junto ao batente da porta. Hanna a encarou e lhe deu um sorriso agradecido. O que ela realmente queria fazer era dar um abraço na irmã postiça, mas ainda estava com medo de deixar os braços do pai.

Os olhos do Sr. Marin estavam vermelhos e lacrimejavam; Hanna não o via chorar havia muito, muito tempo.

— Acho que seria bom se você fizesse as pazes com a garota. Como é o nome dela, Madison?

Hanna assentiu.

— Eu não sabia como achá-la até algumas semanas atrás. Ela é prima de Naomi Zeigler, do meu colégio. — Hanna imaginou que o pai se lembraria de Naomi. Hanna costumava reclamar de Naomi quando ela e o Sr. Marin conversavam. — Ela poderia me dizer como entrar em contato com Madison.

— Certo. Quero que você tente contatar a família de Madison e vá vê-la. Depois disso, acho que você e eu devemos fazer um anúncio, um alerta, sobre beber e dirigir. Se você se sentir confortável com isso.

Hanna piscou.

— O que você quer dizer?

— Você admitir, na televisão, tudo o que fez. Em seguida, iremos a todos os talk-shows falando sobre o caso.

— Você quer falar *em público* sobre o que eu fiz? — talvez o pai *tivesse* enlouquecido.

— Vamos falar do jeito certo. Lembre-se, um dos pontos da minha campanha aborda a questão dos menores consumindo bebidas alcoólicas. Se você se sentir confortável, pode contar sua história e apoiar minha proposta de penas mais duras para menores que consomem álcool.

Hanna torceu os lábios. Apenas perdedores desejavam que as leis para menores que consomem álcool fossem mais *duras*. Mas ela não poderia dizer uma coisa dessas naquele momento.

— Certo. Acho que posso fazer isso.

— Então temos um plano. — Os olhos cinzentos do Sr. Marin esquadrinharam seu rosto. — Oh, Hanna. Eu quase perdi você.

Havia um nó na garganta de Hanna. *Você realmente me perdeu*, ela queria relembrar a ele. Ele a tinha perdido quando deixara Hanna e a mãe, encontrara Isabel, e começara uma vida nova. Mas tudo bem. Talvez isso não importasse mais.

O Sr. Marin abriu os braços.

— Venha aqui.

Hanna o abraçou e encostou o queixo em seu peito, inalando o cheiro de sabão em pó e sabonete. Ela sorriu junto ao suéter dele, que pinicava sua pele. *Ali* estava a redenção pela qual Hanna estava esperando desde que ela e as amigas tinham contado tudo à polícia. Sua cabeça não estava mais cheia de pensamentos confusos. Os problemas não mais a cutucavam como farpas, tirando-a de seu caminho.

Então, algo chamou sua atenção do lado de fora da janela. Hanna se virou bem na hora em que um vulto escorregou para fora de vista. Será que era Ali, ouvindo a conversa? O cúmplice de A, monitorando? Hanna se deu conta de que não importava se fossem eles. Ela se aprumou e olhou para fora, então estalou a língua e virou os olhos. *Toma essa*, disse ela silenciosamente, apenas mexendo os lábios.

Ah, como era boa aquela sensação.

13

O CAVALO ALADO

Naquela noite de quarta-feira, Emily colocou uma camiseta de uma competição de remo de Marple Newtown e uma calça de moletom pink da Victoria's Secret, sua combinação perfeita de pijama. Exatamente quando estava puxando sobre si as cobertas da cama, sentiu uma presença na porta. Prendeu a respiração e deu meia-volta, realmente temendo que fosse A. Carolyn deu um passo para trás.

– Meu Deus, sou só eu! – disse a irmã, soando ofendida.

– Desculpe – disse Emily rapidamente. – Acho que eu estava distraída.

Elas permaneceram em silêncio por alguns instantes. Emily esperava que Carolyn seguisse pelo corredor – Carolyn estava dormindo no quarto de hóspedes, enquanto Emily estava no quarto que tinha sido delas, agora que não dividiam mais o espaço – mas a irmã ficou onde estava. Emily se virou. Ela devia convidá-la para entrar? Elas não estavam exatamente de mal agora... mas será que eram amigas? Na noite anterior, após o jantar, Emily foi até o escritório e ligou a televisão em uma competição de snowboard na NBC Extreme, o canal favorito de Carolyn. Carolyn se sentou perto dela, mas as duas não disseram uma única palavra durante a competição inteira, nem mesmo quando um dos competidores deu um salto da rampa, aparentemente assustador. *Aquele* tinha sido o momento de cumplicidade fraterna que dividiriam?

Agora, Carolyn se apoiava contra o batente da porta.

– Então... estava pensando em ir a um bar.

Emily ficou tão surpresa que se sentou na cama.

– *Agora?*

Carolyn apertou os lábios como uma linha.

– Disfarce sua animação. Pensei que poderíamos sair juntas, mas esqueça.

– Carolyn! – chamou Emily, pulando da cama. – Espere! Um bar... com álcool?

Durante o almoço do Festival Francês de Rosewood, no ano anterior, o colégio permitiu que cada aluno provasse uma taça de vinho, tomando as devidas providências para que nenhum deles fosse embora dirigindo. Carolyn tinha se abstido até *daquilo*, optando por um refrigerante.

Ela pegou o braço da irmã.

– Vou com você para um bar. Qual?

Carolyn entrou no banheiro.

– É uma surpresa. Encontre-me em dez minutos. Vamos sair pela porta dos fundos e pegar a minivan. Ela está na entrada.

Emily ergueu a sobrancelha. A porta dos fundos era a saída mais distante do quarto dos seus pais – eles não escutariam. A mesma coisa quanto a pegar o carro que estava na entrada: eles sempre escutavam um carro sendo ligado na garagem.

Será que a Carolyn, a filha boazinha e certinha, estava querendo quebrar as regras?

Sua irmã fechou a porta do banheiro antes que Emily pudesse falar sobre isso. Ela sorriu para si mesma, perguntando-se em que estava se metendo. Mas será que realmente importava? Ela simplesmente estava feliz por sua irmã se esforçar em ser sua amiga depois de tanto, tanto tempo.

– *Pegasus?* – deixou escapar Emily trinta minutos depois, enquanto Carolyn manobrava o carro dentro de um estacionamento. Na frente delas, havia um prédio longo e achatado com janelas do chão ao teto e um grande cavalo alado de neon pendurado acima da porta da frente. Três mulheres usando camisas xadrez combinando se pavoneavam na entrada. Duas garotas magras em minissaias davam-se as mãos na janela.

Emily e Carolyn estavam em um bairro em West Hollis chamado de Triângulo Roxo... por motivos óbvios. Emily nunca tinha ousado entrar na Lilith's Tomes, a livraria lésbica; na Closer to Fine, a casa de chá lésbica; ou no Pegasus, o único bar lésbico na área, mas sempre teve curiosidade. Ela não pensou que Carolyn sequer tivesse *ouvido falar* daquele bairro.

Carolyn pôs o carro em ponto morto.

– Esta noite tem uma cantora legal – começou ela, atravessando o estacionamento de cascalho em direção à porta da frente.

Emily saiu correndo atrás da irmã e agarrou seu braço.

– Podemos ir a um bar hétero em Hollis. Não precisamos vir aqui.

Carolyn ergueu as sobrancelhas.

– Minha colega de quarto em Stanford é gay. Estive em um bar de lésbicas em Palo Alto com ela várias vezes.

De novo, Carolyn usava aquele tom defensivo, "estou fingindo que não estou brava com você, mas ainda estou furiosa", quase como se esperasse que Emily se desculpasse por pensar que ela era preconceituosa. Emily ergueu as palmas das mãos para o céu, em rendição.

— Certo. Vamos lá.

Elas estavam na metade do estacionamento quando Emily ouviu uma risadinha. Os carros projetavam longas sombras sobre o chão. Havia um som sussurrante atrás de uma mesa de piquenique. *Mesmo que seja Ali, estou segura*, pensou ela, olhando de relance para o carro preto que parou discretamente no fundo do estacionamento.

Ainda assim, havia algo assustador no fato de que realmente *podia* ser Ali. Se ela andasse até Emily agora, será que Emily seria vingativa e buscaria punição, ou daria um sorriso sem jeito e aceitaria suas desculpas? Emily vinha se sentindo culpada desde que ela e as amigas tinham contado a verdade à polícia. Ela havia contado tudo a eles. Os policiais deviam estar à procura de Ali agora. Emily não a amava mais, a culpa era mais uma reação automática. Ela se perguntava quanto tempo demoraria para aquilo passar.

De dentro do bar, vinham sons de uma voz feminina cantando e de um violão. Emily seguiu Carolyn pela entrada, notando as serpentinas prateadas penduradas no teto, as velas que cheiravam a frutas, o gigantesco aquário de peixes tropicais e as poltronas de tecido macio, que estavam todas ocupadas por garotas. Havia um palco montado no fundo com uma pista de dança à frente. Vários casais dançavam. Duas garotas estavam se beijando no peitoril da janela. Mas fora isso, o bar não parecia diferente de qualquer outro lugar em Hollis — as mesmas torneiras de cerveja e os mesmos alvos de dardos e mesas de bilhar. Havia até mesmo um jogo de hóquei sendo transmitido em uma pequena TV sobre o bar.

    Carolyn parou junto ao balcão. Emily ficou perto dela, sem saber o que dizer. Uma garota negra bonita chamou a atenção de Emily. Ela ergueu a mão e acenou. Emily desviou os olhos, sentindo-se tímida. Carolyn ainda estava quieta. Será que elas ficariam ali em pé a noite toda?

    A cantora tocou um cover dos Beatles e, em seguida, uma canção de Bob Marley. De repente, Carolyn deu meia-volta.

    – Precisamos nos animar. Quer dançar?

    Emily quase irrompeu em risadas. Carolyn não era o tipo que dançava. Mas sua irmã parecia séria, com os braços estendidos, os quadris se balançando para a frente e para trás.

    – Certo – disse Emily, seguindo-a.

    Elas andaram até a pista de dança e começaram a se mover no ritmo do reggae. A garota negra bonita que havia acenado para Emily chegou junto dela e pegou sua mão, mas Emily lhe deu um sorriso tímido.

    – Eu tenho namorada.

    – Nós todas não temos? – A garota negra sorriu, mostrando os dentes mais perfeitos que Emily já tinha visto. – É só uma dança, querida. Sem compromisso. – Então, ela entregou a Emily uma taça de champanhe cheia do líquido borbulhante. – Meu nome é River. E esta é por minha conta.

    Emily olhou de relance para a irmã, que estava sorrindo para ela. Subitamente, no meio das mãos dadas, dos beijos nas bochechas, dos casais dançando ao som de uma música lenta, Emily quase pôde sentir a pele macia de Jordan em suas mãos, aspirar o perfume de jasmim em seu pescoço. Ela sentia saudades de Jordan o tempo todo, mas *era* realmente só uma dança e uma taça de champanhe. Não tinha nada de mais.

O ritmo acelerou, a batida agora era techno, e River pegou as mãos de Emily e a girou. Emily tomou sua bebida, com as bolhinhas efervescentes fazendo-a se sentir mais leve e livre. Uma garota alta que tinha trancinhas no cabelo convenceu Carolyn a entrar em uma fila de conga, e elas se embaralharam pela pista de dança, com as bochechas reluzindo e os olhos brilhando. Emily e sua nova amiga se juntaram à fila. Alguém ergueu o celular e tirou uma foto. A bartender, uma garota musculosa com braços cheios de tatuagens, jogou a cabeça para trás e riu.

De repente, Emily notou uma loura platinada magricela no meio da multidão. *Iris?*

Ela se afastou de Carolyn e abriu caminho pelo grupo. A loura estava parada na frente de um caixa eletrônico, de costas para Emily. Ela tocou o ombro ossudo da garota, com o coração disparado. A garota se virou. Ela tinha um rosto mais longo e seus olhos eram castanhos em vez de verdes.

– Sim? – disse ela em uma voz amigável. Mas não era a voz de Iris.

O coração de Emily afundou.

– Desculpe. Achei que você fosse outra pessoa. – O desespero tomou conta dela. *Por favor, permita que Iris apareça*, ela pediu ao universo. *Por favor, faça com que ela esteja bem.*

Emily voltou para Carolyn, tentando não pensar naquilo. Elas dançaram mais três músicas, ao ponto de ficarem suadas. Finalmente, Carolyn encostou-se em um canto, respirando com dificuldade. River beijou Emily na bochecha e desapareceu na multidão. Emily se sentou em um sofá com a irmã, ousando se apoiar no ombro de Carolyn.

Carolyn não a afastou.

– Obrigada – disse Emily. – Foi uma boa ideia.

Os olhos de Carolyn suavizaram.

– Então... trégua?

– Trégua – disse Emily. – Com certeza.

Carolyn ergueu seu drinque e bateu o copo contra a taça vazia de champanhe de Emily. Ela olhou para o copo alto de Carolyn, cheio de um líquido escuro. Tinha um cheiro familiar, e Emily desatou a rir.

– Isto é refrigerante puro?

Carolyn ergueu seu copo.

– Pode apostar que sim.

Emily bateu o copo contra o da irmã, escondendo um sorriso. Parecia que Carolyn ainda era a mesma garota do Festival Francês de Rosewood, no fim das contas.

E sabe o que mais? Emily estava meio que contente com isso.

14

CONVERSA NO CAFÉ

Naquela mesma noite de quarta-feira, Spencer deitou-se na cama, olhando para a foto do chaveiro do Acura que ela havia tirado com o celular logo antes de deixá-lo no escritório de Fuji. Será que Ali o deixara cair de propósito? Se Ali ou o cúmplice de A estivesse dirigindo um Acura por aí, significava que eles tinham algum dinheiro. E esse dinheiro, certamente, não seria de Ali. A família dela estava com problemas financeiros depois de sustentá-la naquela cara clínica psiquiátrica por tantos anos. Será que isto significava que o cúmplice de A tinha dinheiro? Talvez Spencer devesse chamar Fuji e sugerir que eles fizessem uma lista de cada proprietário de Acura na região de Main Line. Talvez descobrissem um garoto rico cujo primeiro nome começasse com N.

– Spence?

Spencer deu um pulo. Sua irmã, Melissa, estava parada no corredor. Ela ainda estava vestida com um terninho cinza e saltos, o que significava que tinha vindo direto do trabalho em uma firma de investimentos na Filadélfia. Melissa não vivia mais na casa da família – tinha se mudado no ano anterior.

– O que você está fazendo aqui? – perguntou Spencer.

– Vim falar com você – disse Melissa de forma branda. Ela fechou a porta e entrou no quarto. – Olhe, eu sei o que está havendo.

– Do que você está falando?

– É ela, não é? – disse Melissa, em uma voz quase inaudível. – Ela sobreviveu ao incêndio e está torturando você de novo. E agora os policiais estão atrás dela.

Havia um fogo nos olhos de Melissa que a fazia parecer estar possuída.

– Como você soube? – Spencer exigiu saber.

– Não fique brava. Eu ouvi que os policiais vieram buscá-la e que depois a liberaram. Wilden ainda tem muitos amigos no departamento. Fiz com que ele perguntasse, e ele descobriu... *você* sabe o quê. – Ela se sentou. – Eu merecia saber, Spencer. Ela também é minha meia-irmã.

Spencer se levantou e olhou pela janela, que tinha vista para a antiga casa de Ali. Ela odiava pensar que Ali era sua meia-irmã.

– Não faça mais perguntas. Você não quer acabar em um armário com um cadáver de novo.

– Mas também não quero que *você* acabe morta. – Melissa andou até Spencer e apertou seus ombros. – Se você precisa de alguma coisa, *qualquer coisa*, quero ajudar. Odeio aquela vadia tanto quanto você.

Ela abraçou Spencer, e então se levantou e deu tapinhas em seu ombro. *Ligue para mim*, disse ela, movendo apenas os lábios, antes de fechar a porta.

Spencer se recostou novamente contra a cabeceira da cama, com o cobertor no colo. Aquilo acabara de acontecer? Sua irmã era agora sua aliada? Já não era sem tempo... mas também era a hora *errada*. Embora Fuji tivesse colocado seguranças cuidando da família de Spencer, isso não a reconfortara totalmente. Melissa deveria permanecer o mais longe possível de Ali.

Alguns minutos depois, a campainha tocou. Spencer pulou novamente, seu coração batendo forte por um motivo diferente. *Chase*.

Spencer conferiu sua aparência no espelho, afofando o cabelo bagunçado. Será que um vestido Tory Burch com o comprimento acima do joelho seria formal demais para recebê-lo? Eles só iam tomar um café, afinal de contas. Deu uma olhada em seus jeans, arrumados em uma prateleira no closet. Ela nem sabia por que estava tão nervosa com aquela história – Chase era apenas um amigo. Um amigo muito prestativo, claro, um amigo *fofo* e um amigo com quem ela se sentia muito em dívida, já que ele a ajudava na história com Ali. Mas Spencer não tinha ideia do motivo de se maquiar com tanto cuidado quando ia vê-lo ou, ainda, do motivo que a fazia sorrir todas as vezes que lembrava de Chase fuçando na casa-modelo do Sr. Pennythistle.

A campainha tocou novamente. Spencer resmungou, calçou um par de saltos baixos e desceu as escadas no momento em que a Sra. Hastings abriu a porta.

– Ah, olá, Chase.

Chase entrou no vestíbulo. Ele sorriu ao ver Spencer e, então, reparou em como ela estava arrumada.

– Uau. Você está incrível.

Spencer corou. Chase usava calça cargo e uma camiseta. Mas antes que ela pudesse pedir para se trocar, Chase lhe ofereceu o braço.

– Venha – disse ele. – Vamos sair daqui.

Ele abriu a porta do seu Honda, então se afastou do meio-fio. Pegou a saída para a cidade e, então, virou à direita em um bairro que Spencer não reconheceu.

– Onde estamos? – perguntou ela, olhando em volta. A julgar pelas bandeiras vermelhas, brancas e verdes penduradas nas varandas das casas pitorescas de pedras marrons que se alinhavam pelas ruas, metade da Itália tinha se mudado para lá.

– Você vai ver – disse Chase enquanto estacionava em frente a um café com ar despretensioso. Mais uma vez, abriu a porta para Spencer sair e pegou em sua mão, mas a largou depressa demais. Então, empurrou uma porta com sininho e a manteve aberta para dentro do café. Lá, havia um cheiro forte de grãos de café *espresso*. O lugar tinha mesinhas de mármore, balcões de bronze e cadeiras de ferro forjado. Os alto-falantes tocavam ópera.

– Olhe quem está aqui! – chamou uma voz, e então um homem de cabelos grisalhos em um terno de três peças de risca de giz saiu de trás do balcão. Ele deu um grande abraço em Chase, exalando um forte cheiro de cigarro. Spencer se aprumou. Parecia alguém saído do seriado *Família Soprano*.

– Spencer, este é Nico – disse Chase, quando o abraço acabou. – Nico, Spencer.

Nico fitou Spencer de cima a baixo, então agarrou no braço do garoto.

– E que conquista, parceiro.

– Ah, somos apenas amigos – disse Chase rapidamente, desviando o olhar para Spencer. Ela sorriu.

Nico piscou como se ele não acreditasse nos dois, então fez um gesto amplo indicando o salão. Algumas mesas estavam ocupadas por casais. Um senhor fazia palavras cruzadas em um canto.

— Sentem-se onde quiserem.

Spencer se acomodou em uma das cadeiras e olhou em volta. Panelas de metal estavam penduradas no teto. Nas paredes, zilhões de fotos em preto e branco de mulheres sérias segurando bebês ou cozinhando. Havia também velhos anúncios em italiano e pôsteres de óperas das quais Spencer nunca tinha ouvido falar. Tudo aquilo a lembrava de Paris ou Roma.

Ela se inclinou na direção de Chase.

— E *como* é que você conhece este lugar?

Chase sorriu.

— Eu o achei enquanto trabalhava para um dos casos do blog. Nico me deu ótimas informações... e um monte de ingressos para a ópera.

Spencer cruzou os braços.

— Achei que ópera fosse apenas para senhoras.

— É claro que não — informou Chase. — Não acredito que você nunca foi a uma ópera. Vou levá-la algum dia.

Spencer sorriu.

— Gostaria disso. — Até pouco tempo, quando pensava sobre o futuro, Spencer imaginava que A finalmente as pegaria e as puniria. Era como se um balde cheio de água suja que ocupara muito espaço em seu cérebro tivesse, finalmente, sido esvaziado.

— Em que você está pensando? — perguntou Chase.

Spencer deu um suspiro profundo.

— Em como as coisas mudaram subitamente — admitiu ela. — Quer dizer, em como esse peso enorme saiu de cima dos meus ombros.

— Posso imaginar — disse Chase.

— Sei que eu não deveria ficar muito à vontade. Eles podem estar me observando ainda. — Nesse momento, Spencer lançou um olhar para fora da janela manchada. Os pombos ciscavam na rua. Um funcionário do departamento de trânsito passou, com um bloco de multas nas mãos.

— Você sabe o que está acontecendo na investigação? — sussurrou Chase.

— Bem, eu entreguei o chaveiro do Acura — disse Spencer. — Agora é com eles descobrir o resto. — Subitamente, os cabelos de sua nuca se eriçaram. Ela ergueu os olhos, enquanto a porta da frente rangia ao ser aberta, meio que esperando que Ali aparecesse. Mas era apenas uma senhora, que passou rapidamente por eles para limpar uma das mesas.

Spencer olhou para Chase.

— Não acho que deveríamos falar de Ali em público.

Chase concordou.

— Entendi.

Nico serviu o café deles em delicadas xícaras de porcelana.

— *Grazie* — disse Spencer, tentando entrar no espírito do lugar, dando um gole no café. Foi o café mais suave, cremoso e celestial que ela já havia tomado. — Uau — disse, quando engoliu.

— Eu falei que era bom — Chase puxou um guardanapo do porta-guardanapos prateado que estava na mesa e o entregou a ela. Ficaram quietos por um momento. Nico assobiava enquanto limpava pequenas xícaras de *espresso* atrás do balcão.

— Convidei Nico para jantar uma vez em um domingo — admitiu Chase em uma voz baixa, observando-o também. — Meus pais me olharam como se eu estivesse louco. Eles tinham certeza de que receberiam uma visita da polícia.

— Minha mãe provavelmente faria o mesmo — disse Spencer. Ela acomodou o queixo em sua mão. — Sua família faz grandes jantares de domingo?

Chase se acomodou na cadeira.

— Tenho uma família enorme, o que pode tornar os jantares bastante intensos. Mas eu sentiria falta deles se não os fizéssemos.

Ele descreveu a comida caseira da mãe, as mesmas velhas piadas que o avô sempre contava, e as peças que os primos mais novos apresentavam durante a sobremesa.

— Parece divertido — disse Spencer. — Sempre quis uma família em que as pessoas realmente gostassem umas das outras.

Chase sorriu.

— Você pode vir, se quiser, um dia desses.

O coração de Spencer disparou.

— Primeiro você me convida para a ópera, depois para jantar... o que vem a seguir?

— Eu diria o baile... mas nós já fizemos isso — disse Chase. — *Mais ou menos.*

Spencer deu uma risadinha. Ela gostava do lado galante dele. E, de repente, quando o encarou de novo, ele estava com um olhar concentrado e empolgado, quase como se fosse beijá-la. Spencer pensou por um momento, depois se moveu alguns centímetros para a frente.

Bipe.

O toque do celular dela ecoou no salão.

— Ah... desculpe — disse Spencer, espiando para dentro da bolsa.

O número de quem enviou a mensagem era uma confusão de letras e números. O coração de Spencer afundou. Rapidamente, ela abriu a mensagem.

> Você realmente quer a vida de outro inocente em suas mãos, Spence? Então desista do seu brinquedinho.
> — A

O rosto de Spencer ficou branco.

— Spencer? — Chase tocou seu braço. — O que foi?

Spencer olhou em volta do pequeno café. Nico havia ligado o moedor de café *espresso*. Um dos casais dava, um ao outro, pedaços de *cannoli* na boca. De uma única vez, o ar se limpou. Ela sabia exatamente o que fazer.

— Não é nada — disse Spencer. Ela se endireitou, agarrou o celular e digitou o número da agente Fuji. *Acabo de receber outro SMS*, escreveu ela, encaminhando a mensagem. *Veja o que diz.*

15

A GAROTA DA GALERIA

Na quinta-feira à tarde, Aria foi até Old Hollis e achou uma vaga na rua. Então, pegou sua pasta do banco de trás do carro, e se virou para observar a galeria onde sua mãe trabalhava. Era uma grande casa vitoriana com janelas salientes e uma varanda ampla na frente. Havia um toldo na janela e sinos de vento feitos de bronze pendurados nos beirais. Tulipas floresciam dos canteiros no gramado. Aquele era o primeiro dia de Aria no trabalho, e ela tentava se sentir animada, mas na verdade estava anestesiada. Duvidava que Jim, o proprietário da galeria, realmente fosse vender suas obras, mas sua mãe insistira para que ela trouxesse tudo no que estava trabalhando.

Aproximou-se da porta com cuidado para não tropeçar com seus novíssimos sapatos pink de saltinho. Enquanto passava por uma grande árvore com um balanço de pneu e por um ninho de pássaros em um dos galhos mais baixos, seu celular apitou dentro da bolsa. Ela o alcançou. AGENTE FUJI, dizia o identificador de chamadas.

O coração de Aria deu um salto. Será que havia novidades no caso?

— Olá, Aria, aqui é Jasmine Fuji — disse a agente, em seu tom suave e profissional. — Estou com Spencer na linha também. Você tem um segundo?

— Claro. — Uma sombra que se moveu pela rua chamou sua atenção, mas quando Aria olhou naquela direção, o vulto tinha desaparecido. Ela não viu o agente da segurança em lugar algum.

Fuji limpou a garganta.

— Em primeiro lugar, quero agradecer por vocês terem encaminhado as mensagens de texto de A para mim. Tem sido de grande ajuda.

— Recebi uma na noite passada, Aria — a voz fantasmagórica de Spencer a interrompeu. — Você recebeu alguma?

— Não — disse Aria. — O que a sua dizia?

— Era uma ameaça a um amigo meu, Chase. O menino que tem o site da teoria da conspiração. Temo que ele esteja em perigo. Você pode querer colocá-lo sob vigilância, também.

— Verei o que posso fazer — disse Fuji. — Mas na verdade liguei porque gostaria de esclarecer algumas coisas sobre Graham Pratt com vocês. Aria, você procurou Graham, correto?

Aria encostou a pasta com seu portfólio contra o poste de luz.

— Na verdade, não. Nós acabamos ficando no mesmo grupo no cruzeiro.

— Hum... — disse Fuji. — Então você não soube até mais tarde que Graham era o ex-namorado de Tabitha Clark?

— Correto — disse Aria, virando-se enquanto uma garota de bicicleta passava na rua. — Então, recebi um SMS de A quase no mesmo momento em que descobri, como se A estivesse me observando.

— Certo. — Suspirou Fuji. — Gostaria que pudéssemos ter conversado antes de Graham morrer.

— Antes de ele ser *morto* — corrigiu-a Spencer. — A propósito, você seguiu a pista sobre *N* que ele deu na clínica de queimados?

Fuji riu suavemente.

— Estamos seguindo todas as pistas, não se preocupe.

— E quanto à lista de pacientes da clínica psiquiátrica da época em que Ali estava lá? — relembrou Spencer. — Isso ajudaria muito.

— Estamos trabalhando nisso também. — Fuji pareceu um pouco impaciente. Havia outra voz abafada próxima a Fuji na ligação. — Certo, meninas, eu preciso ir — disse ela. — Obrigada por seu tempo.

— Espere! — disse Spencer, mas Fuji já havia desligado.

Aria desligou também, virando os olhos. Spencer era mestre em dar foras.

— Aria! Ainda bem que você está aqui!

A porta se abriu e Ella apareceu. Sua mãe estava usando o uniforme da galeria: uma longa saia de patchwork, blusa de camponesa branca e um par de sapatos de camurça azuis. Ela conduziu Aria para o interior da casa, que havia sido todo aberto e transformado em uma única sala grande, que exibia nas paredes incontáveis pinturas de celeiros na Pensilvânia e de vida selvagem.

— Um novo artista vai chegar em alguns minutos. Vamos apresentar seu novo trabalho em uma mostra individual. É muito empolgante.

Aria tocou o topo da roda de uma máquina de fiar que ficava no canto da galeria desde que ela podia se lembrar, assim como muitos trabalhos que havia lá.

– Qual o nome dele? – perguntou ela.

Ella espiou pela janela da frente.

– Asher Trethewey.

Asher Trethewey. Aria não poderia ter criado um nome mais apropriado para um "advogado aposentado que virou artista" mesmo que tivesse tentado. Ela quase podia imaginá-lo com uma caixa de giz pastel, hesitante em uma cena pastoral do parque nacional Brandywine.

– Você precisa da minha ajuda? – perguntou ela.

– Na verdade, preciso. – Ella conferiu o relógio. – Agendei com outro artista para almoçarmos em quinze minutos. Será que você falaria com o Sr. Trethewey no meu lugar?

– *Eu?* – Aria apontou o peito com o dedo. Parecia uma grande responsabilidade.

– Ele só precisa pegar alguns papéis. – Ella gesticulou, indicando uma pilha de papéis sobre a mesa. – Tudo o que você tem a fazer é garantir que ele leve tudo, certo? – Ela conferiu o relógio novamente, então pegou as chaves e a bolsa de sua mesa.

– Preciso ir. Tenho certeza de que você fará tudo certo!

Ella voou porta afora. Aria foi até a janela e a observou se apressar pelos degraus e entrar no carro. O motor rugiu e, então, sua mãe se foi. A rua ficou estranhamente quieta com sua ausência. Um esquilo parou em um galho, com a cabeça erguida. Um avião planou no céu, tão alto que não dava para ouvi-lo.

Aria deu meia-volta, observando o espaço amplo, olhando sem realmente prestar atenção na parede com aquarelas de natureza-morta e, em seguida, estudando os contratos do artista. Estava cheio daquele jargão jurídico que ela não entendia. E se o artista tivesse perguntas? Isso era a cara da sua mãe. Quando a família morava na Islândia, Ella quebrou a perna enquanto tentava pegar um filhote de pássaro no alto de uma árvore e, imobilizada, pediu a Aria que dirigisse o Saab da família até a mercearia. Não importava que Aria só tivesse catorze anos e nunca tivesse dirigido na vida.

"Você vai se sair bem!", insistira Ella. "Apenas fique do lado esquerdo da rua e pare quando o semáforo estiver vermelho!"

Houve uma batida na porta, e Aria se virou. Aprumando seus ombros, atravessou o salão e tentou se preparar para o que diria – só que não tinha ideia *do que seria*. Quando abriu a porta, um jovem de camiseta preta e calça skinny cinza, carregando uma pasta preta enorme, estava parado bem na sua frente. Ele tinha ombros largos, olhos de um azul-penetrante, nariz perfeito, um queixo forte e lábios sensuais. Parecia um cruzamento entre um jogador de futebol britânico sexy e o modelo de um anúncio de perfume Polo.

Aria ergueu uma sobrancelha.

– Ah... olá?

Ele ofereceu a mão.

– Oi. Sou Asher Trethewey. Você é Ella Montgomery?

– Ah... – gaguejou Aria. Ela se afastou, quase tropeçando com seus sapatos novos. – Ah, não, sou a filha dela, Aria. Mas posso ajudar você. Entre. – A voz dela subiu um tom na última sílaba, o que fez parecer que estava perguntado alguma coisa. – Estou com seus documentos bem aqui – disse Aria, adiantando-se até a mesa.

Asher entrou na sala e colocou as mãos nos quadris.

— Na verdade, eu ia mostrar meu trabalho para a sua mãe... para ver quais obras ela acha mais adequadas para a mostra.

— Ah... — Aria trincou os dentes. *Sabia* que algo assim aconteceria. — Bem, ela vai voltar logo, eu acho...

Asher ergueu a cabeça e sorriu para Aria.

— Ou *você* pode dar uma olhada, se quiser.

Ele colocou a pasta sobre a mesa e a abriu. Dentro, havia um monte de fotografias. Todas tinham uma qualidade etérea e desfocada, e a maioria retratava pessoas em movimento, pulando, correndo, saltando de um trampolim. Aria se encostou e pegou a foto de uma garotinha correndo sob o jorro de um regador automático, inspecionando-a mais de perto. Não era bem uma foto: a imagem era feita de pequenos pixels, como um mosaico.

— Uau — disse Aria. — Você é o Chuck Close digital.

Um lado da boca arqueada de Asher se levantou.

— Alguns críticos também disseram isso.

— Ele é um dos meus preferidos — admitiu Aria. — Tentei fazer peças no mesmo estilo, mas não tenho talento suficiente. — Aria tinha se inspirado depois de ter ido a uma retrospectiva de Chuck Close no Museu de Arte da Filadélfia, no último verão. Noel tinha ido com ela, passando horas lá enquanto Aria estudava intensamente cada trabalho, não dizendo nem uma única vez que estava entediado.

Ela endureceu. *Não pense em Noel*, Aria se censurou em silêncio, dando-se uma sacudidela mental. Ela pigarreou.

— Não me leve a mal, mas por que você está em Rosewood?

Asher levantou a cabeça e riu.

— Estou em Hollis porque tenho uma bolsa que tenho de cumprir. Antes disso, eu estava em São Francisco.

— Sério? — Aria pegou um descanso de copo que mostrava um mosquito preso em uma bolha de âmbar, meio que se sentindo pesarosa pelo pobre inseto. — Sempre quis ir lá.

— É legal. — Ele alongou os braços compridos e firmes por cima da cabeça. — Diga a verdade. Você achou que eu era um daqueles artistas que pintam charretes amish e pastagens, hein?

— Bem, talvez — admitiu Aria. Seu olhar se voltou para o trabalho de Asher. — Você tem feito muitas mostras?

— Tenho um agente em Nova York, então tenho tido sorte. — Ele baixou o olhar, mostrando seus longos cílios. — Um casal de celebridades está interessado em meu trabalho, o que é até legal.

Aria arqueou a sobrancelha.

— Alguém que eu conheça?

Asher fechou a pasta.

— Um monte de músicos indie, velhos frequentadores de galerias de arte. O maior nome provavelmente era Madonna.

— *A* Madonna? — Aria não pôde controlar seu grito. — Você realmente a *conheceu*?

Asher pareceu envergonhado.

— Ah, não. Eu falei com ela no celular. Ela parece tão esnobe com aquele sotaque britânico.

— Ah, certo — disse Aria, tentando retomar sua frieza.

Asher fechou a tampa da pasta.

— Então, você também é artista?

Aria brincou com um cacho de cabelo desgarrado que havia caído de seu rabo de cavalo.

— Ah, não *realmente*. Não a sério. — Seu olhar foi diretamente para a pasta no canto. Parecia tão surrada, comparando-se à de couro de Asher. — Ainda estou tentando firmar meu estilo.

Os olhos azuis de Asher se ergueram.

– Posso dar uma olhada?

Antes que Aria pudesse dar permissão, Asher caminhou até a pasta, ergueu-a e a colocou perto da sua própria na mesa. Quando ele abriu na primeira peça, o rosto de Aria ficou quente. Era uma pintura colorida e surreal de Noel. Sua pele estava purpúrea. Seus cabelos, verdes. Seu corpo se derretia como um pudim. Mas era Noel, de qualquer forma – os olhos, o sorriso, os cabelos em tufos. O coração dela apertou.

Asher apanhou outra imagem de Noel. E mais outra. Aria desviou o olhar, repentinamente incapaz de enfrentá-lo. Noel costumava implicar com ela porque o pintava obsessivamente; ele havia perguntado se ela lhe daria as pinturas depois da mostra de arte de fim de ano no Rosewood Day. "Você vai levá-las à faculdade com você?", Aria havia perguntado. "*Dãããã*. Vou pendurá-los em meu quarto, perto dos pôsteres pornôs do meu colega de quarto", respondera Noel. Agora ela supunha que isso não ia mais acontecer.

– Você está bem? – perguntou Asher.

Aria piscou com força. Para seu horror, seus olhos se encheram de lágrimas. Ela tentou sorrir.

– Desculpe. Todas estas pinturas são de um ex-namorado. Ainda estou tentando superá-lo. Na verdade, detesto todas essas coisas. Deveria queimá-las.

Asher olhou para o rosto de Noel por um segundo, então fechou a pasta.

– Eu também coloco pessoas por quem me apaixono nas minhas pinturas. É humano, sabia? – Ele se aproximou. – Não as queime. Elas podem valer algo, algum dia.

Aria olhou para ele de um jeito meio louco.

— Sim, claro.

— Estou falando sério. Elas são incrivelmente profundas. Você é talentosa de verdade.

O sol emergiu de uma nuvem e se derramou pela janela. Aria engoliu com dificuldade, sem saber se deveria sorrir ou explodir em lágrimas.

— Obrigada — disse brandamente.

Asher entrelaçou os dedos.

— Você deveria continuar pintando. Mostre-me seu trabalho conforme for terminando coisas novas. Eu poderia colocar você em contato com meu agente.

— *O quê?* — Aria deixou escapar.

Mas Asher apenas sorriu, confiante.

— Reconheço talento quando vejo. — Então ele pegou a pilha de papéis que estava sobre a mesa, colocou dentro de sua pasta, e enfiou tudo debaixo do braço. — De qualquer maneira, vou manter contato. Peça a sua mãe para me ligar.

— Vou pedir — disse Aria.

Um sentimento morno e prazeroso tomou conta de Aria enquanto o observava descendo as escadas e se afastando pela rua. Aria queria ligar para alguém naquele momento e contar que um artista famoso *a* havia encorajado a continuar pintando — imagine se ele realmente a colocasse em contato com seu agente! Então ela se deu conta de para quem gostaria de ligar: Noel.

Enquanto Asher virava a esquina, o humor de Aria mudou. A rua de repente ficou tão escura e repleta de sombras... Um carro virou em uma rua lateral e não reduziu a velocidade. Um gato miou em uma alameda, sem ser visto.

Ping.

O celular de Aria vibrou em sua mão. Ela hesitou e fixou o olhar na tela. UMA NOVA MENSAGEM DE ANÔNIMO. Ela abriu a mensagem.

Não chegue muito perto do seu amiguinho artista, Aria.
Ou vou machucá-lo também.
– A

O estômago de Aria se contraiu. Como Ali sabia? Será que ela estava ouvindo? Será que afastaria *todo mundo* que Aria conhecia?

Havia um jeito de resolver aquilo. Ela apertou ENCAMINHAR e enviou a mensagem para Fuji. Então, enfiou o celular na bolsa e se voltou para dentro da galeria com a cabeça erguida. *Você está segura*, ela repetiu mentalmente sem parar. *Já acabou. Você finalmente vai seguir em frente.*

Pelo menos, era o que ela esperava.

16

HANNA MARIN, GAROTA-PROPAGANDA

Naquela tarde, Hanna fitou a lente impassível de uma câmera de televisão. Quando a luz vermelha que indicava que já estavam gravando começou a piscar, ela deu um sorriso reluzente.

– E é por isso que eu apoio o plano de Tolerância Zero de Tom Marin – disse ela, clara e lentamente. Esta era a sexta tomada para a *Cruzada de Tom e Hanna Marin com as famílias de bem contra a direção sob efeito de álcool*, e esta última definitivamente seria aproveitada.

O pai dela, sentado no banquinho ao seu lado, disse as falas em um tom de voz presidencial. As câmeras deram um close-up nele, e Hanna espiou seu reflexo no espelho que estava posicionado do outro lado do quartel-general da campanha do pai, agora transformado em estúdio. Ela usava um tubinho azul-marinho e um colar de pérolas que pertenciam à mãe. Seus cabelos castanho-avermelhados tinham sido arrumados por um profissional, caindo como uma cascata reluzente por suas costas. Seus olhos verdes brilhavam, e sua pele reluzia, graças a um creme caro da maleta do maquiador. Hanna *definitivamente* precisava saber a marca do produto.

A câmera se voltou para ela.

— Precisamos manter os adolescentes da Pensilvânia seguros — disse Hanna, enfaticamente. — Sei disso não apenas como uma adolescente da Pensilvânia... mas também como uma vítima de perseguição *e* direção alcoolizada.

Pausa. Sorriso brilhante. Pareça sincera e patriótica.

— E... corta! — disse o diretor, que estava empoleirado em um banquinho atrás da câmera. — Acho que essa foi a melhor!

Todos na sala aplaudiram. O Sr. Marin deu tapinhas no ombro de Hanna.

— Bom trabalho.

— Esta foi realmente sensacional — concordou Kate, aparecendo ao lado de Hanna. — Você leva jeito na frente das câmeras, Han. Estou muito impressionada.

— Ela herdou isso de mim — gabou-se a mãe de Hanna. Ela estava bem certa de que a mãe e Kate nunca tinham estado em uma sala tão pequena, mas elas pareciam estar se dando bem. *Isabel*, no entanto, estava parada no canto oposto, agarrando uma prancheta com tanta força, que Hanna não entendia como ela ainda não a tinha quebrado.

Sidney, o principal assessor do Sr. Marin, aproximou-se.

— Estive pensando. Vamos inverter isso de maneira que o bar que serviu as bebidas à Hanna e Madison seja culpado. Isso vai soar bem para nossos eleitores, Tom — disse ele. — As pessoas vão pensar: *Se a checagem de documentos fosse mais severa, este acidente nunca teria acontecido.*

— Exatamente. — Então a expressão do Sr. Marin ficou séria. — Qual era o nome daquele bar? Nós deveríamos fechá-lo. Fazer dele um exemplo.

— The Cabana — Hanna pensou muito no bar na South Street em que ela mergulhou de cabeça naquele dia fatídico. O cheiro de fumaça e a música country chorosa que tocava ao fundo. Lembrava também do hálito alcoólico de Madison e de como sentia as solas de seus sapatos grudentas depois de usar o banheiro.

— Ah, certo. — O Sr. Marin digitou algo em seu iPhone. — Certo, Han. Pronta para a segunda fase?

Hanna se sentiu inquieta. A segunda fase era pedir desculpas a Madison na Faculdade Immaculata, para onde ela tinha pedido transferência após o acidente. Madison concordou em conversar com Hanna, mas ainda assim ela se sentia desconfortável. Se pelo menos essa fase pudesse ser pulada.

Pressentindo a apreensão de Hanna, o Sr. Marin envolveu-a com o braço.

— Eu vou estar com você o tempo todo, querida. Prometo. Faremos isso juntos.

Isabel se adiantou.

— Mas, Tom, nós temos aquela reunião com seus novos doadores de campanha hoje às dezesseis horas.

O Sr. Marin trincou os dentes.

— Remarque.

O rosto de Isabel ficou vermelho.

— Você perdeu uma doação enorme quando Gayle Riggs morreu, e nós precisamos do dinheiro. — Ela pigarreou. — Falando de Gayle, você ouviu as notícias? Houve um avanço no caso. A polícia está vasculhando a casa dela novamente atrás de provas.

Hanna se aprumou. É claro que havia um avanço no caso. A pista tinha sido dada por *elas*.

O Sr. Marin se dirigiu até a porta.

— Tenho certeza de que os doadores podem esperar um dia, Iz. Eu disse a Hanna que ia fazer isso com ela, e quero cumprir minha palavra.

— Bom para você, Tom — disse a mãe de Hanna. Ela lançou um sorriso irritado para Isabel. Uma ruga profunda apareceu entre os olhos de Isabel. Hanna teve um pressentimento de que, se eles não saíssem logo de lá, a coisa toda viraria um episódio de *Real Housewives: Rosewood, Pensilvânia.*

— Estarei pronta em um segundo — disse Hanna rapidamente ao pai. — Só quero ligar para Mike. — Ela não recebera notícias dele durante todo o dia, e queria ter certeza de que estava bem. Normalmente, Mike enviava mensagens de texto sem parar, mesmo durante as aulas.

Ela deixou o escritório do pai e parou no corredor, do qual era possível ver, do alto, um grande átrio com uma fonte borbulhante, e digitou o número de Mike. Uma vez mais, caiu na caixa postal. Hanna desligou sem deixar mensagem. Onde será que ele *estava*?

Quando uma porta bateu, Hanna deu um pulo. O eco foi alto, era como se tivesse acontecido bem atrás dela. Sentia-se mal só de estar naquele lugar; alguns meses atrás, A — *Ali* — tinha prendido Hanna no elevador. As luzes tinham sido desligadas, a energia elétrica tinha acabado, e quando ela se viu livre e em terra firme novamente, encontrou a caixa de controle do elevador escancarada, com manivelas e botões remexidos. O perfume denunciador de baunilha de Ali flutuava no ar, insultando suas narinas. Se ao menos Hanna tivesse chamado os policiais *na época...*

Hanna espiou pela janela da frente, procurando Bo, seu segurança, mas não viu o carro dele no estacionamento. Ela ligou para a agente Fuji.

— Você sabe onde o Bo está? — perguntou Hanna quando ela atendeu. — Não o vejo em lugar algum.

O som de digitação ecoou em algum lugar no fundo.

— Só porque você não pode vê-lo não significa que ele não está aí — respondeu Fuji.

— Mas eu não o vi o dia todo.

— Hanna, eu não tenho tempo para monitorar as idas e vindas do seu segurança. Tenho certeza de que não há nada com que se preocupar.

— É só porque eu acabei de ouvir que os policiais estão procurando pelo assassino de Gayle — disse Hanna baixinho. — E eu sei que provavelmente isso vai deixar a Ali nervosa. E tenho de me preocupar com meu namorado, também. Estou preocupada que Ali possa machucá-lo porque ele sabe demais.

Falando sobre Mike, de repente Hanna se lembrou de um sonho que tivera na noite anterior. Seu celular havia tocado, e uma mensagem de A dizia que Mike estava em perigo e que Hanna deveria encontrá-lo. Hanna correu para a rua e olhou em volta. De maneira incongruente, a casa dos DiLaurentis era sua vizinha — e o velho buraco que os operários haviam escavado para construir o gazebo estava de volta. Hanna teve de correr até ele e espiar lá dentro... e lá estava Mike no fundo, encolhido em uma posição fetal. Era óbvio que estava morto.

— E se algo acontecer com ele? — disse Hanna, horrorizada que só agora estivesse se lembrando do sonho. — Temos certeza de que todos estão seguros?

— Hanna, se acalme — interrompeu Fuji. — Todos estão seguros. Todas as vezes que vocês, meninas, ligam, vocês me tiram da solução do caso. Tenho certeza de que você vai entender.

CHAMADA ENCERRADA piscou na tela. Hanna desistiu, incerta se deveria se sentir desprezada ou tranquilizada. Mas Fuji estava fazendo seu trabalho — ela tinha que acreditar nisso. Logo, logo, tudo aquilo estaria acabado.

Trinta minutos depois, o utilitário do Sr. Marin entrou pelos portões da Faculdade Immaculata, uma escola de artes próxima a Rosewood. Garotas em suéteres de rugby e saias xadrez cruzavam o campo. Garotos carregando tacos de lacrosse sobre os ombros subiam os degraus para um dormitório. Quase todo mundo usava top-siders da Sperry.

Eles estacionaram em frente ao dormitório de Madison e desceram do carro.

— Venha. — O Sr. Marin pegou a mão de Hanna e a conduziu até a entrada do dormitório. O interior do prédio cheirava como uma confusão de perfumes e estava lotado de garotas.

— É aqui — disse o Sr. Marin, quando eles chegaram à porta com o número 113. Havia um pequeno quadro branco cheio de mensagens para Madison. Hanna parou para ler algumas. *Jantar, 6h? Você vai àquela reunião amanhã?* E, *Você fez o dever de Química?*. Aquilo significava que Madison tinha uma vida relativamente normal?

Hanna hesitou antes de bater, com o medo apertando seu peito.

— Você consegue, meu bem — disse o Sr. Marin, como se lesse sua mente. — Não sairei do seu lado.

Hanna estava tão grata que quase explodiu em lágrimas. Reunindo coragem, ela se aproximou e bateu. A porta se abriu imediatamente, e uma loura com um rosto oval e sobrancelhas finíssimas apareceu.

— Hanna? — perguntou ela.

— Isso. — Hanna olhou para o pai. — E este é meu pai.

A testa de Madison se enrugou, e ela continuou com os olhos em Hanna.

— Hum. Eu pensei que você era a *Pretty Little Killer* loura.

— A loura é Spencer.

Madison se encostou na moldura da porta.

— Uau. Eu realmente não me lembro daquela noite.

Ela deu um passo para o lado e deixou Hanna e o pai entrarem no quarto. Uma cama muito bem-feita com um edredom branco e macio estava perto da janela. Havia uma mesa cheia de livros, papéis e um computador Dell encostada em outra parede. Uma pilha de roupas para lavar estava perto do banheiro, e havia uma pilha de sapatos no armário.

— Você tem um quarto individual — comentou Hanna, apenas registrando a única cama. — Sortuda.

— É por causa da minha perna. — Madison puxou o jeans para revelar um aparelho em torno de sua panturrilha. — Acho que eles tiveram pena de mim.

Um peso enorme se aninhou no peito de Hanna. Naomi tinha dito a ela que a perna de Madison tinha sido despedaçada no acidente. Ela nunca mais poderia jogar hóquei.

— Dói? — perguntou Hanna baixinho.

Madison deu de ombros.

— Às vezes. Vou fazer uma cirurgia para restaurar o osso neste verão. Os médicos disseram que eu vou ficar como nova depois disso.

Cirurgia. Hanna olhou para a porta, tentada a sair correndo e nunca mais voltar. Mas então ela olhou para o pai.

Ele assentiu para ela, encorajando-a.

Ela respirou profundamente.

— Olhe, Madison, tenho certeza de que você sabe agora o que houve naquela noite, certo? Eu levei você para casa... e então alguém invadiu a minha pista e nós batemos e eu fugi. Eu nunca deveria ter deixado você lá.

Madison se sentou na cadeira da escrivaninha.

— Tudo bem, Hanna. Eu perdoo você.

As sobrancelhas de Hanna se juntaram. Bem, *aquilo* tinha sido fácil.

— Certo, então — disse ela, começando a se levantar. Feito!

Mas então ela parou. Talvez aquilo estivesse sendo fácil *demais*.

— Espere. Você só vai dizer isso? Se estiver mesmo brava, pode me dizer. Está tudo bem. *Eu* estaria brava no seu lugar.

Madison girou uma caneta entre os dedos.

— É uma droga que tenhamos sofrido um acidente. E é uma droga que você tenha fugido. Mas, na minha opinião, teria sido muito pior se eu mesma estivesse dirigindo.

— Eu deveria ter insistido mais para que você pegasse um táxi — Hanna se empoleirou na beirada da cama bem-feita de Madison. — *Um motorista de táxi* não teria sofrido um acidente.

Madison girou a cadeira.

— Não temos como saber disso com certeza. A mesma pessoa poderia ter batido no táxi. — Ela fez uma pausa, seus olhos se acendendo. — Você sabia que nós achamos um vídeo?

— Do outro motorista? — Hanna se inclinou. — Você viu quem era? Era *Ali*?

— A imagens mostram a imagem parcial de uma placa, e por um tempo achei que a polícia fosse conseguir alguma coisa, mas ninguém descobriu quem era o motorista — respondeu Madison. — A única coisa que os policiais descobriram foi que o carro era um Acura.

Pontos se formaram na frente dos olhos de Hanna. Um Acura? Spencer não tinha achado um chaveiro de um Acura na casa-modelo destruída de seu padrasto?

Madison coçou o nariz.

— Eu gostaria de conseguir lembrar quem era o motorista. Eu gostaria de lembrar *qualquer coisa* daquela noite. — Ela agarrou seu celular que estava sobre a mesa. — Eu mal me lembro de ter ido àquele bar. Tinha tomado alguns drinques em outro lugar que nunca pede identificação, na mesma rua, antes mesmo de ir para lá, mas me lembro vagamente desse bartender bonitão querendo muito, *muito* mesmo, que eu entrasse lá.

Hanna se endireitou.

— Sim, Jackson. Ele fez isso comigo também.

Ela pensou sobre ter passado no bar naquele dia, Jackson espiando-a da entrada. *Os drinques estão pela metade do preço agora*, disse ele em uma voz de flerte, dando a ela um sorriso superbrilhante. Ele possuía a aparência de um cara que jogava lacrosse e que também participava de competições de remo no ensino médio, muito embora houvesse algo de animalesco em seus olhos. Um pouco depois, quando Hanna e Madison começaram a conversar, Hanna se debruçou para pegar Madison antes que ela caísse da banqueta do bar. Enquanto olhava, ela notou que Jackson estava espiando o decote da blusa dela, com um sorriso atrevido no rosto.

— Eu gostaria de pegar esse cara — disse o pai de Hanna de forma áspera.

Madison pareceu em dúvida.

— Talvez ele não soubesse que eu era menor de idade.

Hanna abriu a boca para falar, mas não disse nada. Jackson talvez não soubesse que Madison não tinha vinte e um anos, mas ele serviu os drinques mais rápido do que ela poderia bebê-los. E quando Hanna sugeriu que um táxi fosse chamado, ele apenas riu.

O Sr. Marin deu tapinhas no lábio.

– Você pode descrever a aparência dele?

Madison sorriu encabulada, então bateu no celular.

– Na verdade, eu tenho uma foto. Eu a tirei sem ninguém ver porque achei que ele era sexy.

Hanna espiou a foto. Era uma foto escura do perfil de um rapaz bonito com o cabelo curto. Madison tinha tirado a foto enquanto ele preparava uma margarita.

– Sim, é ele.

Então Madison olhou para o relógio.

– Na verdade, preciso ir para o ensaio da orquestra. – Madison ficou de pé de um jeito estranho e esticou a mão. – Foi muito bom conhecê-lo, Sr. Marin. E vê-la de novo, Hanna.

– Foi muito bom ver você também – disse Hanna, apertando sua mão. – Boa sorte com... tudo.

– Boa sorte com seus programas! – Madison riu. – Antes você do que eu.

Hanna e o pai estavam em silêncio atravessando o corredor, quando, subitamente, o Sr. Marin colocou o braço em volta da filha.

– Estou tão orgulhoso de você – disse ele. – É muito difícil enfrentar seus demônios e sair ileso.

Hanna sentiu as lágrimas brotarem em seus olhos de novo.

– Obrigada por vir comigo.

Então o celular dela tocou. Seu coração deu um pulo. Era Mike, finalmente retornando sua ligação. *Desculpe, dia cheio*, ele tinha escrito, e ela deixou escapar um suspiro de alívio. Mike estava bem.

Então, percebeu que havia uma segunda mensagem. Ela observou a tela, e seu coração afundou. Era de um remetente anônimo.

Justo quando você conseguiu fazer as pazes com o papai, terei de arrancar tudo de você. Não diga que não avisei.
– A

– Hanna? – O Sr. Marin se virou. – Você está bem?
As mãos de Hanna tremiam. Será que aquilo era uma ameaça contra seu pai?
Hanna se empertigou e encaminhou a mensagem para Fuji. Então, olhou para seu pai, que a encarava lá do fim do corredor, parecendo preocupado.
– Estou bem – disse ela, tentando soar segura. E estava. Se Fuji estava trabalhando tanto no caso, a ponto de não poder atender as ligações de Hanna, então ela manteria todo mundo a salvo.
E era *bom mesmo* que ela fizesse isso.

17

E A CASA CAI

Na sexta-feira pela manhã, Spencer e Chase estavam sentados na livraria Wordsmith. O lugar cheirava a café fresco e rosquinhas açucaradas, no rádio tocava jazz e um poeta recitava versos livres, parte de seu mais recente trabalho, em um palco improvisado. A livraria estava apresentando uma série de performances chamada "Musas da Manhã", em que autores locais liam seus trabalhos para frequentadores sedentos por cafeína.

— Essa foi incrível, não foi? — perguntou Chase quando o poeta terminou seu verso livre de bilhões de linhas e eles se levantaram para sair. — Esse cara sabe mesmo fazer uma descrição. *Eu* queria saber escrever poemas assim.

Spencer ergueu uma sobrancelha.

— Isso quer dizer que você escreve poemas?

— Às vezes. — Chase pareceu ficar acanhado. — Na maioria das vezes eles são bem tolos.

— Eu adoraria ler alguns — disse Spencer delicadamente.

Ele a olhou nos olhos.

— E eu adoraria escrever um para você.

O coração de Spencer disparou, mas ela desviou o olhar para outro lado, cheia de culpa. A ameaça de A contra ele... Será que ela deveria avisá-lo?

— Você está bem? — perguntou Chase.

— Claro. — Ela limpou a garganta. — Então... nada mais aconteceu recentemente?

Chase franziu o cenho

— Como assim?

— Nada de... estranho? — Spencer não sabia como formular a frase. Dizer alguma coisa como *Você acha que tem alguém seguindo seus passos?*, só iria deixá-lo irritado.

Chase deu de ombros.

— A única coisa estranha acontecendo ultimamente é que *você* está prestando atenção em mim. — Ele abaixou a cabeça. — Aliás, eu gosto muito disso.

— Eu também gosto muito disso — falou Spencer, ficando com o rosto vermelho.

Ela *deveria* contar tudo para ele. Mas Fuji estava cuidando do caso, certo? Quem sabe Chase tivesse uma equipe de segurança tão secreta a ponto de eles nem perceberem que ela estava por lá?

— É melhor eu ir para o colégio — murmurou Spencer, jogando o resto de café na lata de lixo cromada próxima de onde estavam sentados.

Chase a acompanhou até a rua e eles se separaram com um abraço acanhado.

— Ligo para você mais tarde? — perguntou Chase, parecendo ansioso.

— Claro que sim. — Spencer deu um sorriso tímido para ele.

Ela manteve o ar de inocência no rosto até que Chase virou a esquina do estacionamento dos fundos. Então, Spencer pegou o celular, rolou a tela até encontrar o número de Fuji e discou. Para sua irritação, a ligação caiu direto na caixa postal, exatamente como acontecera com as outras seis ligações anteriores que fizera nas últimas vinte e quatro horas.

– É Spencer Hastings de novo – disse, depois do sinal. – Eu estou só checando para saber daquela equipe de segurança extra para o meu amigo Chase. Estou muito preocupada com ele. E eu também acho que a minha irmã talvez precise de segurança. Você está com o chaveiro do Acura, certo? E com a minha carta?

Como mandar um e-mail era arriscado demais, no dia anterior ela tinha entregado uma carta com pistas e conexões em mãos para a agente Fuji. Com informações que incluíam como Ali e/ou o cúmplice de A haviam estado em Nova York alguns meses atrás quando Spencer, sua mãe, o Sr. Pennythistle, o filho e a filha tinham visitado a cidade. Spencer tinha recebido um bilhete de A praticamente no mesmo segundo em que o Sr. Pennythistle a flagrou na cama com Zach, o filho dele. Talvez a equipe de A também estivesse hospedada no Hudson Hotel. Talvez ajudasse checar o registro de passageiros do trem que ia da Filadélfia para Nova York daquela época. Havia muitos *caminhos* para se investigar.

– Ligue de volta para mim quando puder, de qualquer modo – pediu Spencer.

Então, Spencer desligou o celular e foi para Rosewood Day. Depois de estacionar o carro, ela foi andando com relutância pela grama molhada até o parquinho das crianças menores, onde ela e as amigas sempre se encontravam para conversar. Elas não falavam sobre A há algum tempo e talvez fosse a hora. Emily estava languidamente sentada em um balanço baixo, com as pernas compridas arrastando no chão. Aria puxava o cordão do capuz de sua jaqueta verde-brilhante. Hanna olhava seu reflexo no espelho do estojo de pó compacto Chanel. Era uma daquelas manhãs bonitas de primavera, quando praticamente toda a turma dos alunos mais velhos ficava no pátio até o sinal tocar.

— E então? Quais são as novidades? — perguntou Spencer para as amigas quando se aproximou.

— Bem, Sean Ackard agora é oficialmente um perseguidor — resmungou Aria. E gesticulou indicando um grupo de garotos na escada.

Sean e Klaudia Huusko (a aluna de intercâmbio que morava com a família Kahn) estavam olhando para elas. Quando eles perceberam que as quatro encaravam de volta, viraram-se rapidamente.

— Talvez Sean esteja a fim de você de novo, Hanna — implicou Emily.

— Ou talvez seja por causa daqueles boatos de suicídio. — Aria olhou para Hanna. — Sean me deu um panfleto do grupo de apoio da igreja dele no outro dia. E ficou me olhando como se eu fosse cortar os pulsos bem ali na frente dele.

Hanna revirou os olhos.

— Já estou ficando enjoada desses boatos.

Spencer entortou a cabeça.

— Eu me pergunto se a polícia interrogou Sean a respeito de Kyla.

Hanna deu de ombros.

— Tinha policiais por todo lado na clínica, eles provavelmente fizeram isso.

Aria coçou o rosto.

— Quem sabe Fuji não deu com a língua nos dentes e contou que Kyla era secretamente Ali.

Spencer fez uma careta.

— Eu pensei que Fuji queria manter isso em segredo e não alarmar a todos até que a polícia estivesse próxima de encontrá-la.

— Bem, talvez isso signifique que eles já a tenham encontrado — disse Hanna, animada.

Um sorriso sonhador se espalhou pelos lábios de Aria.

— Gente, vocês podem imaginar isso? Ali atrás das grades *de verdade* dessa vez?

Todos fizeram uma pausa, aprofundando o devaneio. Spencer imaginou Ali num macacão da prisão, fazendo placas de carro, vigiada vinte e quatro horas por dia. Aquela vadia bem que merecia isso.

— Quando a polícia a prender, nós vamos dar mais um montão de entrevistas — disse Aria.

— É, mas entrevistas *legais* — disse Hanna. — Como no programa da Oprah, do Jimmy Fallon, não para essas porcarias locais das seis onde eles não abrem a mão nem para pagar um maquiador.

Emily parou de balançar.

— Por falar em boatos de suicídio, alguém disse a vocês ter recebido bilhetes anônimos sobre como nós queríamos nos ferir?

Os olhos de Hanna se arregalaram e então ela balançou a cabeça.

— Mike recebeu. E meu pai também. — Ela revirou os olhos. — Mas eu não sei se o bilhete veio de A ou de alguém que só queria fazer uma brincadeira idiota.

De repente Emily pareceu preocupada.

—A minha irmã também recebeu um bilhete assim, dizendo que nós todas estávamos perturbadas e que poderíamos perder o controle. O que vocês acham que está por trás *disso*?

Spencer fez um gesto vago.

—Isso já se espalhou pelo colégio todo, a ideia de que nós temos um pacto de suicídio. É um boato tão idiota.

—Então... você não acha que são de A? — perguntou Emily.

—Ainda que sejam, tem alguma importância? — perguntou Spencer.

Atrás delas sirenes soaram. Quatro utilitários pretos desceram a rua do colégio, serpenteando em volta dos ônibus.

Todo mundo, na calçada e no pátio, parou para olhar. Crianças do ensino fundamental deixaram os brinquedos de escalar e olhavam estarrecidas, professores saíram das salas de aula com os rostos brancos feito papel. Os carros pararam com freadas bruscas junto ao meio-fio.

Spencer se esticou e agarrou a mão de Aria.

—Talvez seja agora, gente! Talvez tenham capturado Ali *hoje*!

A porta do primeiro carro se abriu, e um agente alto que podia ter sido dublê de Will Smith no filme *Homens de preto* saiu de dentro dele. Spencer se inclinou, esperando ver Ali caída no banco de trás, algemas em volta dos pulsos. Mas o banco estava vazio. A porta do segundo carro se abriu e um agente mais baixo e mais gorducho, mas, ainda assim, intimidante com seus óculos espelhados, saiu e a fechou com uma batida.

Os agentes marcharam pelo gramado em direção às garotas, com uma expressão séria no rosto. O coração de Spencer bateu forte. Qualquer que fosse a notícia que eles vinham trazer, era alguma coisa grande. Algo *sério*.

O dublê de Will Smith encarou as quatro com firmeza.

– Spencer Hastings? Aria Montgomery? Emily Fields? Hanna Marin?

– Sim? – A voz de Spencer fraquejou.

Aria apertou as próprias mãos com força. Os lábios de Hanna se abriram. Spencer podia sentir os olhares dos colegas de classe. E, no meio-fio, outra figura parou ao lado dos carros. A agente Fuji. Ela estava com os braços cruzados no peito, havia um ar orgulhoso e satisfeito em seu rosto.

É isso, pensou Spencer, *eles realmente encontraram Ali.*

O segundo agente deu um passo à frente. Primeiro Spencer pensou que era para apertar sua mão, mas então ele mostrou um par de algemas cintilantes. O agente, rápido e competente, prendeu a algema nos seus pulsos com um estalido. Em seguida, fez o mesmo com Aria. Will Smith algemou Hanna e Emily.

– Que... que diabos? – choramingou Aria, contorcendo-se.

– Não tentem fugir, meninas – falou o segundo agente em voz baixa. – Vocês estão presas pelo assassinato de Tabitha Clark.

– O *quê?* – Spencer deu um gemido alto.

– Nós? – gritou Emily.

O primeiro agente falou por cima das vozes delas.

– Vocês têm o direito de permanecerem caladas. Tudo o que disserem pode ser usado contra vocês no tribunal.

Os homens empurraram Spencer e as outras em direção aos carros. Spencer tropeçava nos próprios pés pela calçada e pela grama. O rosto da agente Fuji apareceu na frente dela, ainda com seu sorriso satisfeito.

– O que é que você está fazendo? Vocês estão cometendo um erro!

Fuji se aprumou.

– É mesmo, Spencer?

– E os bilhetes que nós lhe entregamos? – gritou Hanna.

– E tudo que nós contamos? E *A*?

Fuji retirou os óculos Ray-Ban. A expressão em seus olhos era sarcástica, absoluta.

– Recuperamos informação de IP de cada uma das mensagens e dos e-mails enviados por A. Vasculhamos cada um dos cartões postais e bilhetes escritos à mão procurando impressões digitais. E você sabe o que nós achamos?

Spencer piscou. Ao lado dela, Aria se mexeu.

– O quê? – murmurou Emily.

Fuji deu um passo adiante, trazendo as garotas para um círculo.

– Cada uma daquelas mensagens de texto veio de um dos celulares de vocês – sibilou a agente. – Cada bilhete, cada foto tinha as suas impressões digitais, de ninguém mais. O único A na vida de vocês, meninas, são vocês quatro.

18

BLUES DA PRISÃO

Aria se sentou de repente e olhou em volta. Ela estava esparramada no chão imundo de uma cela de concreto. O fedor de urina e suor flutuava pelo ar e ela podia ouvir palavrões e gritos raivosos pelas paredes. Ela estava presa.

— Aria? — Era Spencer, que estava na cela ao lado.

— O que... o que foi? — Aria se virou para a parede.

— Você estava resmungando muito alto — sussurrou Spencer. — Você estava *dormindo*?

Aria passou a mão pelos cabelos cheios de nós. Ela devia ter apagado de medo e choque. Mas duvidava que tivesse ficado assim por muito tempo, a claridade ainda fluía através da pequena janela próxima do teto.

Os acontecimentos das horas anteriores ainda rodopiavam em sua cabeça feito um tornado. Depois daquele verdadeiro show no colégio, os policiais enfiaram as quatro em carros separados e as levaram para as celas de triagem da delegacia de Rosewood.

Aquilo *não podia* ser verdade. A tinha orquestrado tudo aquilo. Mas... *como*? Mais uma vez, Aria repassou o momento em que Fuji disse a elas que cada uma das mensagens de A que haviam recebido tinha sido enviada dos *celulares das meninas*. Essa história parecia um daqueles sonhos que Aria às vezes tinha, nos quais tentava discar um número de emergência repetidas vezes, mas as teclas do telefone se desintegravam. Ela se sentia enjaulada, desamparada, sem voz.

Aria deu uma olhada para a janela perto do teto de sua cela. A claridade estava mais fraca, talvez algumas horas tivessem se passado. Seus pais sabiam que elas tinham sido presas? Os noticiários haviam descoberto a história? Será que o rosto de Aria estava estampado na CNN? Ela imaginou Noel assistindo àquilo do sofá, de boca aberta. Imaginou Asher, o artista, empalidecendo ao ler um alerta do Google. E imaginou seu futuro artístico como um desenho em um quadro-negro, sendo apagado devagar. Ela podia ver seus pais e Mike recebendo uma ligação e caindo de joelhos, inconsoláveis.

Alguém bateu nas barras das grades da cela e Aria se levantou feito uma bala. Um homem de rosto familiar usando um terno alinhado estava parado fora da cela.

– Pai? – A voz de Spencer reverberou pelo corredor.

– Olá, Spencer. – O Sr. Hastings soava muito sério.

– O que você está fazendo aqui? – perguntou Spencer.

– Meu escritório vai representar vocês. *Todas* vocês. – E olhou ao redor do corredor. – Meu sócio está aqui comigo, ele está trabalhando para determinar uma fiança para as quatro. Logo vocês vão estar fora daqui, não se preocupem.

Aria passou a língua sobre os dentes, ela não conhecia o Sr. Hastings muito bem. Mesmo nos fins de semana ele sempre estava fora fazendo alguma coisa, fosse participando de maratonas de ciclismo, cuidando do gramado ou jogando uma partida de golfe. Mas sempre parecia amigável e atencioso. Ele ia cuidar delas, certo?

O Sr. Hastings deu uma olhadela pelo corredor e se aproximou delas.

— Mas nós gostaríamos de conversar com vocês sobre algumas coisas enquanto estamos aqui. Meu sócio, o Sr. Goddard, vai fazer umas perguntas. A área de atuação dele é direito criminal.

Direito criminal. Aria quase vomitou.

— De qualquer forma, a polícia nos permitiu usar uma sala de reuniões — disse Sr. Hastings, batendo as mãos. — Temos vinte minutos.

A porta bateu. E houve barulho de passos e tilintar de chaves. Gates, o policial de cabelo arrepiado, apareceu, destrancando as celas das garotas uma por uma.

— A sala de reuniões é por aqui — disse ele, apontando o dedo para o fim do corredor.

Aria lutou para ficar de pé. Suas pernas pareciam estar fracas e com cãibras, como se ela tivesse ficado presa por anos e não por algumas horas.

Ela seguiu o Sr. Hastings até a sala pequena, quadrada e cinza em que havia se sentado com as amigas mais de um ano atrás, não muito antes do corpo de Jenna Cavanaugh ser encontrado em seu quintal. Lá dentro estava frio. Uma jarra de água tinha sido colocada no centro da mesa, com uma pilha de copos descartáveis ao lado. A sala cheirava levemente a vômito.

Spencer entrou na sala em seguida, Emily e Hanna, logo depois. Todas pareciam confusas, apavoradas e exaustas. Elas se sentaram sem olhar uma para a outra. O Sr. Hastings falou com alguém no corredor, e então um homem alto, com entradas nos cabelos escuros, entrou.

— Olá, meninas — disse ele estendendo a mão para cada uma delas. — Sou George Goddard.

O Sr. Hastings fechou a porta atrás de si. Goddard puxou uma cadeira e se sentou. Alguns longos e tensos minutos se passaram.

— Então... — disse ele finalmente. — Vamos entender o que está acontecendo aqui.

— Quantas vezes vamos precisar dizer que aquelas mensagens de A não vieram de nós? — Spencer disparou. — Que elas vieram de Ali e seu cúmplice? Que eles montaram uma armadilha para nós?

O Sr. Hastings pareceu dividido.

— O FBI e o resto do mundo têm bastante certeza de que Alison está morta, meninas.

— Mas como é que eles *sabem*? — pressionou Spencer.

— Disso eu não tenho certeza — disse Goddard. — Mas os policiais parecem muito certos de que ela não está mais viva. — E olhou para cada uma delas enquanto abria o botão da maleta com um estalido e retirava algumas pastas. — Vocês realmente a viram? Vocês estiveram em contato com ela?

Aria trocou um olhar com as outras.

— Temos a imagem dela em um vídeo de segurança — disse Spencer. — Ou alguém *parecido* com ela, de qualquer modo.

— Alguma outra prova de que ela esteja viva? — perguntou Goddard.

Todas balançaram a cabeça.

— Mas e o bilhete que Hanna entregou pra polícia, daquela garota fingindo ser a Kyla? — perguntou Aria, presumindo que Goddard tivesse feito o dever de casa e soubesse quem era Kyla. — Ele não tinha as impressões digitais de Ali? E as amostras do sangue de Kyla? Não correspondiam ao sangue de Ali? Você não achou cabelo, pele, qualquer coisa?

— E na casa de Gayle? — Emily afastou o cabelo embaraçado do seu rosto.

— Ou o chaveiro do Acura que eu entreguei? — perguntou Spencer.

Goddard consultou suas anotações.

— De acordo com as informações que o FBI liberou, as únicas amostras que conseguiram colher na clínica de queimados eram da *verdadeira* Kyla, a garota que foi morta. Quanto ao chaveiro do Acura, as únicas impressões digitais nele eram as suas, Spencer.

— Mas isso não faz nenhum sentido — disse Aria, trêmula. — Por que nós mandaríamos mensagens sobre nossos segredos para nós mesmas?

Goddard deu de ombros.

— Não faz sentido nenhum para mim também. Mas a hipótese deles é de que vocês queriam fingir que estavam sendo ameaçadas para conseguir simpatia.

— Simpatia para *o quê*? — Hanna apertou os olhos.

— Vocês queriam fazer parecer que alguém estava armando para vocês, como se alguém estivesse armando para fazer parecer que vocês tinham matado Tabitha.

— Mas alguém *armou* para nós! — gritou Emily.

Furiosa, Aria balançou a cabeça.

— Nós jamais faríamos uma coisa desse tipo.

Goddard apertou os lábios.

— Eles têm uma prova que mostra que *talvez* vocês sejam do tipo que faria algo assim. Algo sobre uma de vocês ter empurrado uma garota de um teleférico de esqui?

O corpo de Aria se enrijeceu. O acidente com Klaudia voltava a assombrá-la. Como Fuji poderia ter descoberto sobre aquilo? Mas, então, ela se deu conta: estava tudo em uma mensagem de A. E ela mesma havia entregado todas as mensagens de texto para a polícia.

Aria cobriu sua boca com a mão.

— Eles têm depoimentos de testemunhas oculares que confirmam que você atacou uma garota chamada Kelsey Pierce numa festa do colégio alguns meses atrás também, Spencer — continuou o Sr. Goddard, sombrio, olhando suas anotações. — Beau Braswell está disposto a confirmar a história. E agora a Srta. Pierce está em um hospital psiquiátrico.

— Não por *minha* causa! — Spencer se precipitou. Seu queixo tinha começado a tremer.

Goddard olhou para Emily como quem pede desculpas.

— Alguém chamado Margaret Colbert pode confirmar o seu comportamento criminoso, também.

Emily piscou.

— A mãe do Isaac? Mas ela... ela me odeia!

— Ela disse que você tentou vender seu bebê. — Sua voz subiu no final da frase, como se estivesse fazendo uma pergunta.

Emily murchou. Seu rosto ficou branco feito um fantasma.

Goddard deu mais uma olhada em suas anotações.

— Tenho certeza de que eles estão procurando pessoas que pensem que vocês são emocionalmente instáveis. — Então ele se virou para Hanna. — Eles descobriram que você roubou dinheiro da campanha política do seu pai para pagar uma dívida.

Hanna gemeu.

— O meu pai disse isso para eles?

— Ele não precisou dizer. — Goddard beliscou o dorso do nariz. — Essa informação estava em seu celular. E isso não é tudo que eles têm contra você. A polícia fez uma investigação completa na clínica de queimados depois das mortes, incluindo depoimentos de testemunhas oculares sobre quem entrava e saía do quarto de Graham Pratt. De acordo com algumas delas, você foi a última lá dentro antes de ele ter a convulsão fatal.

Hanna recuou.

— *Eu* não matei Graham Pratt!

Goddard balançou a cabeça.

— Os agentes acham que Graham deve ter visto Aria detonando a bomba no fundo do navio. Você tinha muito a perder com ele vivo.

— Eu não explodi aquele navio! — gritou Aria.

— Você já admitiu que estava na sala de máquinas. — Goddard parecia atormentado. — E a polícia também tenta ligá-la ao ataque sofrido por Noel Kahn. O Sr. Kahn estava, aparentemente, trabalhando com Fuji no caso de Tabitha. Você precisava dele fora do caminho.

Aria massageou as têmporas.

— Noel não mandou aqueles e-mails para a agente Fuji sobre o caso, alguém invadiu a conta de e-mail dele. Fuji ao menos falou com Noel? Ou ela está só inventando isso tudo?

Goddard encolheu os ombros.

— Provavelmente um pouco de cada. E, vejam bem, essas são apenas as provas que eles compartilharam comigo. Quem sabe o que mais os agentes estão mantendo na manga, coisas que *não querem* que eu saiba.

Hanna soltou um suspiro.

— Mas ainda assim não faz nenhum sentido. Nós não matamos Tabitha. Foi outra pessoa.

— Como é que eles têm tanta certeza de que fomos nós que fizemos isso? — perguntou Aria, no que ela esperava que fosse uma voz mais calma. — Nós temíamos que A pudesse ter meios de nos fazer parecer mais culpadas do que éramos. E, *sim*, nós empurramos Tabitha. Fuji sabe disso. Mas quando chegamos na praia para salvá-la, com o tempo que levamos, o corpo tinha desaparecido. A arrastou o corpo dela para algum lugar.

Goddard repousou as mãos na mesa.

— É sobre isso que preciso conversar com vocês, meninas. Surgiu uma nova evidência.

Houve uma longa pausa. Hanna apertou os olhos.

— *O que* mais?

Goddard puxou um laptop de dentro da maleta. Ele levantou a tampa e moveu o mouse em círculos para abrir a tela. Uma imagem tremida, em preto e branco, de uma câmera de segurança, apareceu. Ondas quebravam em uma praia imaculada e branca. Um prédio largo com varandas em todas as janelas pairava a distância. O ângulo era diferente, mas estava claro onde era: o hotel The Cliffs, na Jamaica.

Spencer respirou fundo.

— Onde você conseguiu isso?

— Essas são as imagens oficiais de vídeo do Lychee Nut, o resort em frente ao hotel. O FBI as recebeu na noite de ontem.

Aria encarou a tela. Depois de um momento, algo caiu do céu, atingindo a areia com um *som abafado*, assustador. Aria viu uma cabeça flácida, a mão de alguém.

— Isso é...? — perguntou ela, a voz trêmula.

— Tabitha — respondeu Goddard por ela. — Essas são as imagens da noite.

A mão de Tabitha se contorceu. Ela ergueu a cabeça. Seu maxilar se movimentou para cima e para baixo e parecia que ela estava gritando.

— Olhe! — Emily gritou. — Viu? Ela sobreviveu!

A boca de Tabitha abriu e fechou de novo, feito um peixe fora da água. E então quatro vultos apareceram do lado esquerdo da cena.

Uma era alta com cabelos louro-escuros e vestindo uma saída de praia azul. Outra tinha ombros fortes de nadadora e estava com uma camiseta que tinha os dizeres MERCI BEAUCOUP estampados na frente. A terceira garota vestia um sarongue e uma regata branca. E a quarta garota... bem, Aria poderia reconhecer os próprios cabelos escuros e seu vestido longo tie-dye em qualquer lugar.

Mas não podia ser. Porque quando essas quatro garotas se agruparam em volta de Tabitha, começaram a lhe dar fortes pontapés. Spencer acertou o abdômen com o punho. Emily lhe esmagava as pernas. E, então, Aria ergueu um pedaço de tronco trazido pelo mar e o arremessou sobre a cabeça de Tabitha.

Aria se virou para o outro lado, horrorizada demais para olhar. Emily soltou um grito abafado. Hanna sentiu ânsia de vômito. Aria espiou por entre os dedos para ver o vídeo de novo. Definitivamente pareciam ser elas.

— A, *Ali*, criou isso — disse Aria. — É a forma de ela se vingar por termos envolvido a polícia. Ela sabia que precisava subir a temperatura, e essa era a única munição que tinha.

— É um vídeo muito convincente, senhoritas. — Goddard soou lúgubre. — Agora, vejam bem, eu honestamente acho que o melhor caminho para se tomar é negociar a pena. Vocês estavam psicologicamente traumatizadas por várias ameaças no ano passado. Claramente não sabiam o que estavam fazendo. Vocês conseguiriam uma redução drástica da pena com essa alegação. E mais, todas tinham menos de dezoito anos na época, o que significa que talvez nem sejam julgadas como adultas.

Spencer arregalou os olhos.

— O meu pai concorda com essa estratégia?

— Ainda não falei com ele sobre isso, mas tenho a impressão de que ele vai concordar.

Spencer balançou a cabeça.

— Sem negociação de pena. Sem sentença, *ponto final*. Nós somos inocentes.

— Você acredita em nós, não acredita? — perguntou Hanna com lágrimas nos olhos. — Você vai lutar por nós?

Goddard hesitou por um longo tempo, girando e girando sua aliança no dedo.

— Eu acredito em vocês — disse ele em uma voz derrotada. — Mas adianto que as coisas para vocês vão ser difíceis. — Ele se levantou. — Sinto muito. A fiança vai ser depositada em breve. Nos falamos amanhã.

E então ele foi embora.

19

SEM AMOR

As meninas se encararam em volta da mesa de reuniões depois que o advogado saiu da sala. Hanna tremia tanto que fazia balançar a cadeira onde estava sentada. Aria parecia que ia desmaiar.

– Como isso pode estar acontecendo? – sussurrou Spencer, olhando ao redor, desesperançada. – Quer dizer, tudo bem, eu entendo que A e sua equipe tenham feito parecer que as mensagens de texto vieram de nossos celulares. Eles são espertos. Talvez seja possível.

– E nós deveríamos ter nos precavido melhor a respeito das pessoas envolvidas nas mensagens de A – acrescentou Emily. – A mãe de Isaac me odeia desde o começo. E é claro que Kelsey iria tentar dedurar Spencer.

Hanna tocou o próprio rosto com cautela. Ela podia sentir seus olhos inchados, seu cabelo se arrepiando em milhares de direções, e várias espinhas brotando em seu queixo. Quando virou a cadeira, sentiu cólicas. Ela não ia ao banheiro desde que tinham chegado à delegacia, apavorada com a ideia de que os policiais pudessem observá-la por uma câmera escondida.

— Mesmo assim — disse Spencer —, *como* eles fizeram aquele vídeo de segurança?

Houve uma pausa.

— Vocês acham que Ali nos drogou e nos obrigou a fazer aquilo? — pergunto Aria em uma voz desesperada.

— Meninas, eu me lembro de cada segundo daquele dia — disse Hanna. — Corremos escada abaixo quando Tabitha caiu. Eu não acordei confusa algumas horas depois. Vocês acordaram?

— Não — disse Spencer com um sopro de voz.

— Talvez o cúmplice de A tenha contratado quatro garotas que se pareçam conosco — Emily sugeriu. — E então, sei lá, tenha usado uma boneca inflável com a aparência de Tabitha, e simplesmente...

— ...*encenaram* a coisa toda? — finalizou Hanna. — Como ele teria conseguido garotas que concordassem com isso?

— Talvez ele tenha dito a elas que era para um filme que estava fazendo — disse Aria. — Talvez tenha pagado um monte de dinheiro a elas e pronto.

Hanna fungou.

— Então, o quê, devemos procurar por um anúncio antigo nos classificados que diga 'Procura-se quatro garotas para reencenar um assassinato na Jamaica?'. — Não soava muito real, mas quem sabe? Talvez A e seu cúmplice tenham matado os clones de Hanna, Aria, Spencer e Emily depois que o vídeo foi feito, para que elas nunca falassem nada a respeito. Era bem difícil medir a extensão da loucura deles.

Uma porta bateu em algum lugar no fundo do corredor. O ar-condicionado voltou a toda, e o odor penetrante de café dormido de repente flutuou pelo ar.

— Deveríamos fazer com que alguém fosse investigar esse hotel Lychee Nut — sugeriu Emily. — Essa imagem realmente veio da câmera deles? Por que manteriam um arquivo em vídeo tão comprometedor este tempo todo e não o revelariam?

— É óbvio que a fita foi plantada — disse Hanna. — Mas quem nós temos lá fora para poder investigar isso por nós? — *Lá fora*. Ela nem estava na prisão ainda e já estava usando o jargão.

— Com licença?

Hanna pulou. O pai de Spencer enfiou a cabeça para dentro da sala.

— Sua fiança foi paga. Vocês estão todas livres.

— *Estamos?* — Emily não entendeu.

— A audiência de acusação será em um mês. — O Sr. Hastings segurou a porta aberta para elas saírem.

— E depois? — perguntou Aria, nervosa. — Voltamos para cá?

O Sr. Hastings rangeu os dentes.

— Não se desesperem, mas acabamos de saber que eles querem extraditar vocês para a Jamaica.

— *O quê?* — explodiu Spencer.

Hanna pressionou a mão contra o peito.

— Por quê?

— Porque foi lá que vocês cometeram o crime. Seu julgamento será lá, e vocês cumprirão a pena lá, também, se forem condenadas. Isto é o que eles estão fazendo pressão para que aconteça, de qualquer maneira — O Sr. Hastings parecia furioso. — Mas estamos fazendo todo o possível para mudar isso. É conversa fiada. Só estão tentando fazer de vocês um exemplo.

Hanna sentiu como se uma bomba explodisse em seu cérebro. A perspectiva de passar o resto da vida em uma prisão americana já era bem ruim, mas em uma prisão jamaicana?

Ela seguiu o advogado para fora da sala de reuniões, com o coração disparado. Eles andaram por um longo corredor. O Sr. Hastings abriu a porta que conduzia ao saguão. Hanna piscou por causa da claridade da sala, então olhou em volta para todos que esperavam. Quando a Sra. Hastings viu Spencer algemada, explodiu em lágrimas. À esquerda dela estavam o Sr. e a Sra. Fields, parecendo chocados e pálidos. Perto deles, estavam os pais de Aria, mas sem Mike. A mãe de Hanna estava junto com eles. Hanna olhou em volta procurando pelo pai, mas não o viu.

A mãe de Hanna correu para ela.

– Vamos tirar você daqui, querida.

Mas Hanna ainda procurava em volta.

– O papai está aqui também, certo?

A Sra. Marin segurou a mão de Hanna e a conduziu por uma porta de correr. Elas chegaram a uma mesa, e um guarda pediu a Hanna que assinasse alguns papéis. Os guardas devolveram seus pertences, incluindo o celular. Hanna checou as mensagens. Muitas mensagens preocupadas de Mike, mas nada de seu pai.

– Mamãe... – ela colocou as mãos nos quadris. – Onde está o papai?

A Sra. Marin devolveu os papéis e pegou o braço de Hanna.

– Trouxe um lenço para você colocar sobre sua cabeça quando sairmos. Há muita gente da imprensa lá fora.

O coração de Hanna bateu forte.

— Ele sabe que estou aqui, não é? Por que é que ele não está aqui?

Finalmente, a Sra. Marin parou a meio caminho para o saguão. Ela parecia com o coração realmente partido.

— Querida, ele não podia se arriscar, não com tantos jornalistas cercando o prédio.

Hanna piscou.

— Você... você falou com ele? Ele está preocupado comigo?

A mãe de Hanna engoliu em seco, depois envolveu os ombros da filha com um braço.

— Vamos levar você para o carro, certo?

Ela entregou o lenço para Hanna, então abriu a porta. Pelo menos vinte repórteres e cameramen se amontoavam na direção delas, as luzes espocando, as câmeras apontadas, os microfones em riste.

As perguntas vieram rápidas e furiosas.

— Sra. Marin, a senhora sabia que sua filha tinha feito isto?

— Hanna, como você se sente, sendo extraditada para a Jamaica?

— Sra. Marin, seu ex-marido vai desistir da campanha ao Senado agora?

Hanna sabia que se o pai estivesse lá, a imprensa estaria perguntando a ele essas coisas. Mas nem tão lá no fundo, ela não se importava. Ele *devia* estar ali. Quem ligava para a campanha dele numa hora como aquela?

Ela piscou entre lágrimas e se apoiou com mais força nos braços da mãe, repentinamente sentindo mais gratidão por ela do que jamais sentira em anos. Ashley Marin passou pela imprensa como um tanque de guerra, não deixando que sequer uma foto decente de sua filha fosse tirada, sem uma palavra a não ser "sem comentários" para os repórteres sanguessugas. Ela não perguntou se Hanna fez ou não aquilo. Ela não deu um sermão em Hanna ou pensou em virar a história de modo a se beneficiar. Aquela era a forma, pensou Hanna, que um pai ou uma mãe *deveria* agir.

E era daquilo que ela precisava.

20

ELA ESTÁ MORTA PARA NÓS

Emily já havia voltado para casa após uma série de acontecimentos problemáticos – a morte de Ali, ter sua orientação sexual exposta por A na competição de natação, ser banida para Iowa, ter a história de seu bebê secreto revelada. Cada um desses retornos tinha sido difícil e estranho, mas nada, *nada* foi como voltar à residência da família Fields depois de ter sido presa por assassinato.

A família ficou em silêncio durante todo o trajeto para casa. A mãe de Emily olhava para a frente, sem piscar, e o pai agarrava o volante com tanta força que os nós dos seus dedos estavam brancos. Apenas uma vez Emily ousou falar de sua inocência, mas os pais não responderam. Seu celular vibrou, e ela olhou para a tela. Para seu espanto, Jordan tinha enviado uma mensagem privada. *Estou tão desapontada com você, Em.*

Emily se encolheu. Então Jordan sabia? Ela realmente acreditara nas notícias?

Havia uma imagem do Instagram anexada à mensagem. Emily pensou que seria uma imagem capturada do vídeo falso, mas, em vez disso, havia uma foto desfocada dela. Emily segurava uma taça de champanhe. Uma menina bonita dançava com ela.

Pegasus? Emily deixou o celular cair no colo. A noite com Carolyn no bar. A dança com River. Quem havia tirado a foto e postado? *Ali?*

Seus dedos pairaram sobre o teclado. *Não é o que parece!*, escreveu ela. *Estávamos apenas dançando. Eu ainda amo você, eu juro.*

Mas Jordan não respondeu.

A casa dos Fields estava fria, e a maioria das luzes estava apagada. Emily seguiu os pais até a cozinha e bateu os olhos em Carolyn, que se apressava em juntar talheres e pratos das prateleiras e armários. Seu coração deu um salto de alegria.

Mas Carolyn nem mesmo correspondeu o olhar de Emily.

— Tem comida chinesa — anunciou ela em uma voz dura, largando um grande saco sobre a mesa.

A testa da Sra. Fields se enrugou.

— Quanto estou te...

— Não precisa, mamãe — cortou-a Carolyn, jogando um punhado de garfos na mesa.

Emily pegou alguns garfos da pilha e os posicionou ao lado dos pratos. Olhou para a irmã.

— Você sabe que isso é uma grande confusão, certo? Alguém armou para nós, dizendo que matamos aquela garota.

Carolyn virou as costas para ela. O coração de Emily lentamente começou a afundar.

Ela esperou até que todos tivessem se servido de *lo mein* e frango xadrez, então pegou uma porção insignificante de arroz frito e sentou-se em sua cadeira de sempre. Os únicos sons vinham da mastigação e dos talheres raspando nos pratos.

Emily fechou os olhos. Como Fuji pudera pensar que elas mataram não apenas Tabitha, mas Gayle e Graham também? E por que Fuji estava tão convencida, subitamente, de que Ali estava morta? Emily desejou poder falar com a agente, mas o Sr. Hastings as havia proibido de dizerem uma palavra sequer a qualquer pessoa que não fosse da sua equipe de advogados.

Ela decidiu tentar de novo, virando-se para Carolyn.

— Achamos que foi a Ali, na verdade. Ela está viva. Temíamos que Tabitha Clark *fosse* Ali, de fato... mas não era, e...

Carolyn olhou desesperadamente para o pai.

— Papai, diga a ela para parar.

— Carolyn, estou dizendo a verdade. — Emily sabia que deveria calar a boca, mas não conseguia se controlar. — Ali sobreviveu. É realmente ela...

Ela olhou ao redor, para a família, desejando que *alguém* dissesse que a entendia. Mas todos estavam olhando para baixo, encarando a mesa.

A campainha tocou. Todos os olhares se voltaram na direção do corredor, e o Sr. Fields se levantou para atender. Houve murmúrios baixos, e então a porta da frente bateu.

Emily levantou da mesa e espiou pela janela da frente. Dois caminhões de reboque estavam na entrada da casa. Um homem em um macacão azul prendeu o Volvo ao reboque, e um careca em uma jaqueta preta fez o mesmo com a minivan da família. O Sr. Fields apenas ficou em pé no gramado, com as mãos nos bolsos e uma expressão desesperada no rosto.

— Por que nossos carros estão sendo levados? — perguntou Emily para a mãe na cozinha.

Nenhuma resposta. Ela voltou para a cozinha. A Sra. Fields e Carolyn estavam mexendo na comida com desinteresse. O coração de Emily disparou.

— Mamãe. O que está acontecendo?

— Por que ela está perguntando isso? — A voz de Carolyn subiu um tom. — Como ela pode não saber?

Emily olhou de uma para a outra.

— Saber *do quê*?

As mandíbulas da Sra. Fields estavam travadas firmemente.

— Tivemos de vender os dois carros e usar o dinheiro para pagar sua fiança — disse ela calmamente. — Entre outras coisas.

Emily piscou com força.

— Vocês realmente fizeram isso?

Carolyn deu um pulo da mesa e andou até Emily.

— O que você esperava? Você matou uma pessoa.

Algo explodiu no cérebro de Emily.

— Não... não, eu não matei!

As narinas de Carolyn se dilataram.

— Nós vimos você naquele vídeo. Você parecia um monstro.

— Não era eu! — Emily olhou desesperada para a mãe. — Mamãe? Você acredita que não fui eu, não é?

A Sra. Fields abaixou os olhos.

— Aquele vídeo. Aquilo foi tão *violento*.

Emily olhou para ela, implorando. Será que sua mãe tinha acreditado nela... ou ela acreditava que Emily tinha feito aquilo?

Carolyn fungou.

— Todas as suas mentiras finalmente pegaram você. Mas *nós* estamos arcando com as consequências. Podemos até perder a casa.

Emily andou novamente até a janela, e olhou para o pai, que estava de pé, de costas para ela, olhando o reboque.

— Vou ter de arranjar um emprego... isto é, se alguém aceitar me contratar — disse Carolyn da cozinha. — Tudo por *sua* causa, Emily. Sempre é sobre você, não é? Você sempre estraga tudo.

A Sra. Fields massageou as têmporas.

— Carolyn, por favor. Agora não.

Carolyn deu um tapa na mesa com força.

— Por que não agora? Ela precisa entender. Ela não vive no mundo real, e eu estou cansada disso. — Ela encarou Emily. — Há sempre uma desculpa com você. Sua melhor amiga foi assassinada. Você recebia mensagens de Mona Vanderwaal, de quem eu *pessoalmente* vi você e suas amigas fazerem graça quando Ali estava viva. Mas ei, é diferente quando o alvo é *você*, não é? Todos simplesmente têm de largar tudo e tratar você como uma flor delicada.

Emily andou de volta para a mesa. Sua boca se abriu.

— Você está brincando comigo? Ela tentou *nos matar*.

Carolyn virou os olhos.

— E quando você engravidou, você não encarou a situação de frente. Não, você se escondeu na Filadélfia. Você me usou o verão inteiro, transformou minha vida num inferno, e então, depois de tudo, é tudo *sobre* você, como eu magoo você, como eu deveria simplesmente ter aceitado que você estava com problemas sem ficar triste, com medo ou *nada* disso.

Emily apertou a mão contra o peito.

— Pensei que você tinha me perdoado por aquilo!

Carolyn deu de ombros.

— Eu poderia ter perdoado você se eu não soubesse que você *ainda está fazendo isso*, Emily. Agora você *matou* alguém, e você ainda está culpando a todos menos a si mesma. Mas você não pode mais inventar desculpas. Sinto muito que Ali tenha tentado matar você em Poconos no ano passado. Sinto muito que você a tenha amado, e ela rejeitado você. Mas *supere isso*. Assuma sua responsabilidade.

— Superar? — gritou Emily, com uma raiva que nunca tinha sentido. — Como posso superar se ela *ainda está fazendo isso*?

— Ela não está fazendo nada! — berrou Carolyn de volta. — Ela está morta! Encare isso! Ela se foi, e o que você fez não é culpa de ninguém, só sua!

Emily deixou escapar um rugido, correu até a irmã, e agarrou seus ombros.

— Por que você não acredita em mim? — gritou ela. Como Carolyn podia não entender? Como sua família poderia acreditar que ela tivesse feito tudo aquilo, algo tão horrível?

Carolyn empurrou Emily para longe, e ela bateu contra uma parede. Emily avançou contra a irmã novamente e, de repente, as duas estavam no chão. O corpo forte de Carolyn comprimia o de Emily. Suas unhas arranhavam o rosto de Emily. Emily gemeu e apertou o abdômen de Carolyn com os joelhos, então passou os braços em volta dela e virou-a de lado. Os olhos de Carolyn flamejaram. Ela mostrou os dentes e então mordeu o braço de Emily. Emily gritou e a empurrou, olhando para as marcas onde os dentes de Carolyn romperam a carne.

— Meninas! – gritou a Sra. Fields. – Meninas, *parem*!

Duas mãos agarraram Emily em volta da cintura e a colocaram de pé. Emily sentiu o hálito quente do pai em seu pescoço, mas estava tão brava que deu uma cotovelada nele. Alcançou o cabelo de Carolyn e arrancou um chumaço. Carolyn gritou e fugiu, mas não antes que Emily puxasse vários fios de cabelo da irmã. Carolyn empurrou Emily com força, mandando-a para o outro lado da sala e fazendo com que batesse em um móvel onde a mãe guardava seus bibelôs Hummel.

Houve um som de coisas se partindo enquanto o móvel tombava de lado lentamente e começava a cair. A Sra. Fields deu um pulo para a frente, tentando agarrá-lo, mas era muito pesado e já era tarde demais – o móvel estava perdido.

O chão balançou. Houve o som de vidro quebrado, e todas as pequenas peças de porcelana se esparramaram. De repente, a sala ficou silenciosa. Emily e Carolyn pararam e encararam o estrago. A Sra. Fields caiu de joelhos, estupefata diante de tudo que havia quebrado. Pelo menos, foi o que Emily pensou que a mãe estivesse fazendo até que ela se virou. O rosto da Sra. Fields tinha adquirido um tom pálido e fantasmagórico. Sua boca estava em formato de O, e ela lutava para respirar. A Sra. Fields apertou o peito, um olhar de terror no rosto.

— Mamãe? – Carolyn correu até ela. – O que está acontecendo?

— É... meu... – Foi tudo o que a Sra. Fields conseguiu dizer. Ela agarrou seu braço esquerdo e se encurvou.

Carolyn arrancou o telefone sem fio do suporte. Seus dedos tremiam enquanto ela discava para a emergência.

— Socorro! – disse ela, quando alguém atendeu. – Minha mãe está sofrendo um ataque cardíaco!

Emily ajoelhou ao lado da mãe, desamparada. Ela tomou o pulso da mãe. Estava acelerado.

— Mamãe, eu sinto muito — disse ela entre lágrimas, olhando dentro dos olhos muito abertos e desesperados da mãe.

O Sr. Fields apareceu por trás, enfiando uma aspirina infantil dentro da boca da esposa, e a fez engolir o comprimido. Segundos depois, sirenes soaram do começo da rua. Uma equipe de socorristas invadiu a casa pela porta da frente em um redemoinho de botas e jaquetas reflexivas. Eles empurraram Emily e os outros para fora do caminho e começaram a ligar a Sra. Fields a monitores e a um tanque de oxigênio. Dois homens fortes a instalaram em uma maca e, antes que Emily pudesse se dar conta do que estava acontecendo, estavam carregando-a porta afora.

Todos correram para fora, para onde a ambulância estava estacionada. Alguns vizinhos tinham saído de casa para olhar, estarrecidos.

— Apenas duas pessoas podem vir conosco — o médico-chefe disse para o Sr. Fields. — Os outros podem seguir atrás.

O Sr. Fields olhou para Emily.

— Fique aqui — rosnou ele para ela. — Venha, Carolyn.

Emily se encolheu de volta para casa como se ele a tivesse chutado. Seu pai nunca tinha falado daquela maneira com ela.

Ela fechou a porta e se encostou a ela, respirando com dificuldade. Na cozinha, tudo estava como tinha sido deixado. Garfos projetavam-se das travessas. A cafeteira apitava fortemente, indicando que o café finalmente estava pronto. Na sala, o móvel jazia arruinado no chão, com os bibelôs espalhados pelo carpete. Emily andou até eles e ajoelhou. A leiteira, a peça favorita de sua mãe, estava sem a cabeça. Havia um braço solitário segurando um balde de água próximo à abertura de ventilação. As pequenas bailarinas estavam agora sem pernas, e as vacas com olhar calmo, sem chifres e rabos.

Ela queria achar Ali e enforcá-la com toda a sua força. Mas tudo o que podia fazer agora era olhar para os pedaços dos tesouros de sua mãe e chorar.

21

PORTAS FECHADAS

Uma semana depois, Spencer se esgueirou pelo bosque atrás de sua casa para se encontrar com Aria, Hanna e Emily. Estava quase escuro demais para enxergar qualquer coisa, então ela usou a luz do celular para se guiar pelo caminho. Raízes grossas brotavam da terra. Um tronco caído se estendia no meio do caminho. Em pouco tempo ela encontrou o velho poço dos desejos, uma relíquia de pedra abandonada pelos fazendeiros no século XVIII. Musgo crescia nas laterais, algumas pedras haviam se esfarelado. Spencer se inclinou por sobre a borda e jogou um pedregulho buraco abaixo. Um eco vazio soou quando a pedra caiu na água rasa do fundo do poço.

Então, ela se virou e olhou morro abaixo, para sua casa. A maioria das luzes estava desligada. A janela do porão por onde ela havia escapado estava entreaberta. O local onde antes se situava o celeiro reformado da família, que Ali incendiou, ainda não tinha grama. Ela contou sete carros de reportagem no meio-fio, cercando a casa. Eles ficavam estacionados lá vinte e quatro horas por dia desde a prisão dela.

— Oi! — A cabeça de Emily surgiu por cima do outro lado do morro. Era uma noite fria e ela vestia um casaco preto com capuz e jeans. Ela deu uma olhadela para o poço e soltou um pequeno gemido. — Você acha mesmo que ela costumava vir aqui?

— Desconfio que sim. — Spencer se atreveu a tocar nas pedras arredondadas e lodosas. A estrutura estava meio apodrecida, havia uma cobertura de musgo na borda e nas laterais e um balde enferrujado caído a alguns passos de distância. — A altura permitia que ela tivesse uma visão perfeita da minha casa.

Emily estalou a língua. Um graveto se partiu e elas se voltaram. Aria e Hanna vinham andando com dificuldade morro acima. Quando chegaram ao topo, ficaram paradas sob o luar, encarando-se.

— Bem? — disse Spencer finalmente. — É melhor que a gente fale logo, vai haver uma caça às bruxas atrás de mim daqui a pouco.

Foi difícil que as quatro conseguissem se encontrar depois de voltarem para casa, mas finalmente, naquela noite, Hanna havia enviado uma mensagem dizendo que elas precisavam conversar. A caça às bruxas era real: os repórteres acampados do lado de fora da casa de Spencer eram tão intrometidos e espertos que iriam perceber seu sumiço antes mesmo de sua família. Na semana desde a prisão, sua mãe quase não tinha saído da cama e o Sr. Pennythistle pisava em ovos à sua volta, nervoso, como se com medo de que Spencer tivesse um ataque e fizesse alguma loucura. "Eu não sou *realmente* uma assassina!", choramingara Spencer para ele uma vez. E aquilo não tinha ajudado muito.

— É, eu também não posso demorar — murmurou Aria. — Mas é bom ver vocês, meninas.

— É mesmo. — Emily olhou para elas. — Mas isso tudo é horrível, não é?

Hanna assentiu, desanimada.

— Vou enlouquecer se tiver que ficar sentada em casa por mais um dia.

Isso era parte da punição: até serem extraditadas para a Jamaica, elas precisavam ficar em casa em tempo integral. O colégio não as havia expulsado, mas também não permitia que elas voltassem.

— Estão todas prontas para as provas finais? — perguntou Aria, em um tom nem tão brincalhão assim. O colégio permitiu que fizessem as provas em casa.

— Eu não vejo motivo — disse Spencer tristemente. — Recebi uma carta de Princeton essa semana. Não querem receber uma assassina na turma de calouros.

Emily piscou.

— Tive uma resposta da NC State, também. — Ela fez um sinal negativo com a mão.

— É, e eu estou fora da FIT — resmungou Hanna. Ela apertou os olhos. E deu de ombros. — Isso não é *justo*, gente. É só nisso que eu fico pensando. Isso. Não. É. *Justo*.

— Nem me diga — murmurou Aria, esfregando os pés nas folhas secas. — E nós nem podemos fazer nada.

Hanna bateu com um punho na palma da mão.

— Nós podemos, sim. Podemos procurar pela Ali de novo, nós mesmas.

— Você ficou maluca? — Spencer se curvou contra a estrutura frágil do poço.

— A ainda pode machucar muita gente de quem gostamos. E além do mais, nós devíamos ficar quietinhas e não fazer mais nada que possa chamar atenção da imprensa.

— Então vamos só esperar que eles nos mandem embora? — Hanna gritou. — Você já *deu uma olhada* nas prisões da Jamaica? Elas são cheias de cobras. E eles, tipo, a *forçam* a fumar erva, é o método de tortura deles.

As sobrancelhas de Spencer se juntaram.

— Eu não acredito que eles façam *isso*, Han.

— Eu aposto que fazem. — Hanna colocou as mãos nas cadeiras. — Mike me forçou a fumar uma vez e eu tive arrepios e alucinações. Foi um inferno.

— O meu pai prometeu que os nossos advogados vão achar um modo de nos impedir de ir para lá — disse Spencer sem muita convicção.

Aria suspirou.

— Sem querer ofender o seu pai ou os nossos advogados, mas todos os jornais estão dizendo que o FBI quer nos fazer de exemplo. É quase garantido que seremos mandadas para a Jamaica.

Spencer cerrou os dentes.

— Bem, talvez a Fuji descubra a verdade, ou talvez Ali cometa algum erro.

— Isso não vai acontecer — disse Emily desanimada. — Ali nos tem exatamente onde queria. E *quando* foi que ela fez alguma besteira?

— Eu realmente não acho que devíamos começar a desenterrar isso de novo, meninas — alertou Spencer.

— Mas nós temos pistas — disse Aria. — Aquele vídeo manipulado. E N, seja lá quem for.

Spencer andou em círculos.

— Eu sei, mas...

— O seu amigo Chase é bom com computadores, não é, Spence? — implorou Hanna. — Quem sabe ele não possa dar um zoom no vídeo e mostrar o rosto daquelas garotas? Provar para a polícia que não somos nós?

Spencer entortou os lábios.

— Mas eu não posso colocá-lo em perigo.

— Ela já está correndo perigo — lembrou Aria.

Houve uma longa pausa. Um caminhão trocou de marcha ao longe, na rodovia.

— Eu não vou para a Jamaica — declarou Hanna com firmeza. — Eu quero ficar aqui em Rosewood.

Aria engoliu em seco.

— Eu também quero.

Spencer encarou o céu escuro. Aria estava certa, se Ali fosse pegar Chase, o plano já estaria em ação. Spencer não tinha notícias dele desde antes de serem presas, mas sabia que Chase faria qualquer coisa por ela.

Uma luz piscou na sua casa e ela abaixou os ombros, já esperando que sua mãe aparecesse na varanda dos fundos a qualquer segundo.

— É melhor eu voltar. Mas vou fazer isso, Han. Vou pedir ajuda para o Chase.

— Que bom. – Hanna soou aliviada.

Spencer começou a descer de volta morro abaixo, com o coração batendo forte. A luz se apagou logo depois de acender e ninguém apareceu na varanda dos fundos. Ela contornou a casa até a frente, espiando o carro na entrada e depois os veículos estacionados junto ao meio-fio. Eles a veriam se ela saísse com o carro. Spencer teria que pegar o ônibus. Havia um ponto de ônibus a pouco mais de um quilômetro dali, na Avenida Lancaster.

Ela olhou para os sapatos, grata por estar calçando tênis. *Lá vou eu*, pensou ela. E saiu correndo. Era o único jeito.

Meia hora depois, Spencer embarcou em um ônibus claramente iluminado e fedendo a cigarro em direção à Filadélfia e se afundou no assento. Do outro lado do corredor, uma mulher lia um exemplar do *Philadelphia Sentinel*. Na primeira página havia uma foto dela.

Mais uma mentira, lia-se na manchete. Spencer se virou para a janela e encolheu o corpo para parecer menor. Tinha evitado os jornais a semana inteira, sabendo que só leria histórias como aquela. *Por favor, não me veja, por favor, não me veja*, desejou ela. A mulher fechou o jornal. A foto de Spencer desapareceu. Ninguém disse uma palavra.

Chase morava em Merion, um subúrbio próximo da cidade. Spencer puxou a cordinha para o ônibus parar no ponto seguinte, e correu para fora o mais rápido possível. Apesar de nunca ter estado na casa de Chase, ela achou o prédio facilmente e caminhou pela calçada desnivelada até a porta da frente. Houve um *deslizar* atrás dela e Spencer se virou. Um carro passou por ela, o logotipo do DEPARTAMENTO DE POLÍCIA DE MERION reluzindo.

Spencer se escondeu atrás de uma árvore. O carro passou por um quebra-molas, com o policial olhando direto para a frente. Depois de um momento, o carro dobrou a esquina. *Salva*.

Ela apressou o passo na direção da primeira porta e examinou a lista com os nomes dos moradores. Chase morava no apartamento 4D. Spencer apertou o interfone. Alguns segundos se passaram e nada aconteceu. Spencer inclinou a cabeça para ouvir melhor. Passava um pouco das nove da noite e Chase havia mencionado uma vez que frequentemente ficava acordado até uma ou duas da manhã. Quem sabe ele não estivesse em casa?

Uma mulher, carregando uma bolsa verde apareceu na escada dentro do prédio. Ela deu uma olhadela para Spencer, então empurrou a porta e saiu para a rua. Spencer pegou a porta e se esgueirou para dentro do prédio, com o coração batendo forte. Talvez o interfone de Chase não tivesse funcionado. Ela teria de bater na porta.

Spencer subiu os quatro lances de escada, e estava arfando um pouco quando alcançou a porta de Chase. Teve que parar de respirar para ouvir os sons de dentro do apartamento. Havia música tocando num quarto ao fundo. Então ouviu uma tosse. *Sim.* Ele *estava* em casa.

Quando Spencer tentou tocar a campainha percebeu que estava quebrada, então bateu, primeiro de leve e depois com mais força.

— Chase? — chamou. — Sou eu, Spencer. Preciso falar com você.

A música parou. Passos soaram perto da porta, e Chase abriu uma fresta. A corrente foi destrancada.

— Spencer. — Seus olhos encontraram os dela. — Você não pode vir aqui.

O queixo de Spencer caiu.

— Mas nós estamos encrencadas. Existe um vídeo que eu preciso que você veja, que mostra nós quatro na Jamaica. Obviamente foi adulterado por Alison.

O pomo de adão de Chase subiu e desceu enquanto ele engolia.

— Por que você não me contou que eu também estava na lista de vítimas?

— *O quê?* — Ela pensou no bilhete de A que o ameaçava. Como é que ele havia descoberto? — Você recebeu um bilhete de A? Alguém tentou machucá-lo?

Os olhos de Chase se estreitaram.

— Não — disse ele depois de uma pausa longa demais. Mas aquela era a mentira mais deslavada que Spencer já tinha ouvido.

A cabeça da Spencer zuniu. Tudo em que ela pôde pensar, por um momento, foi na textura esburacada das paredes do corredor do prédio de Chase.

— Eu... eu achei que a polícia o manteria em segurança — disse ela, desamparada. — Eu pensei que eles iriam manter *todo mundo* seguro. — Ela tentou empurrar a porta e abrir. — Por favor, me deixa entrar. Nós podemos descobrir como a filmagem foi feita, sei que podemos. Eu preciso de você.

Chase apertou os lábios como se estivesse tentando não chorar.

— Você precisa ir embora, Spencer. Desculpe-me, mas eu já passei por muita coisa, certo? Isso é demais, mesmo para mim.

— Mas...

— E eu não posso acreditar que você não me avisou. — Chase tinha um olhar triste. — Achei que eu significasse mais para você do que isso.

Então a porta bateu com força. Houve sons de cliques quando Chase girou as trancas do lado de dentro. Os passos recuaram. A música voltou a tocar, agora mais alta. Uma canção rápida e raivosa que soterrava tudo.

Spencer sentiu como se Chase a tivesse estapeado. Ela se afastou da porta, lágrimas surpresas caindo dos seus olhos. Tudo de uma vez só. Sentiu-se completamente abandonada, ninguém mais poderia ajudá-la.

A magnitude do que estava acontecendo a atingiu. Não havia saída para ela. Ali havia, real e verdadeiramente, vencido.

Spencer pegou o celular e olhou para ele fixamente. *Mande-me uma mensagem, vadia,* pensou ela ferozmente, desesperadamente. Se ao menos Ali escrevesse para ela agora e esfregasse isso na cara dela. *Que pena,* talvez ela dissesse. *Coitadinha da Spencer, perdeu o namorado.* Ela estava, provavelmente, *morrendo de vontade* de fazer aquilo.

Spencer olhou fixamente para a tela, desejando que algo acontecesse. Andou até a porta da frente do prédio e parou na entrada, para que Ali a pudesse ver, pudesse *saber* da sua dor.

– Venha me pegar – disse em voz alta para a escuridão. – Pare de se esconder e mostre a sua cara de verdade, sua covarde!

Ninguém se mexeu atrás dos arbustos. Nenhuma risadinha ecoou pela copa das árvores. O celular de Spencer continuava em silêncio. Ela fechou os olhos e recuou o braço, pronta para arremessar o celular na calçada.

Mas em vez disso, deixou sua mão cair para o lado e andou três quarteirões para pegar o ônibus de volta para casa.

22

AFUNDANDO LENTAMENTE

Muitos dias depois, Hanna desceu cambaleando a escada da casa de sua mãe, com sua pinscher Dot em seus calcanhares. Todas as luzes ainda estavam acesas na cozinha, mas o lugar estava vazio. Um bilhete em cima da mesa dizia: *Fiz café, os muffins estão na geladeira.*

Hanna apurou os ouvidos, mas não havia sons que indicassem a presença da mãe em lugar algum. *Ela deve ter ido para o trabalho*, pensou. A Sra. Marin vinha sendo estranhamente atenciosa com a filha nos últimos dez dias, levando sushi para o jantar, assistindo maratonas de *Teen Mom* com Hanna e Mike, até mesmo se oferecendo para fazer os pés e as mãos de Hanna apesar da sua conhecida aversão por pés. Por um lado, Hanna pensou, era muito agradável que sua mãe estivesse fazendo um esforço para ficar do seu lado. Mas era tarde demais, seu destino já estava traçado.

Ela se afundou numa cadeira da cozinha, ligou a televisão e acariciou distraída a cabeça achatada e macia de Dot. Seu celular, piscando na mesa, atraiu seu olho. DEZ NOVAS MENSAGENS. Seu coração deu um pulo, pensando que alguma delas poderia ser de seu pai, de quem ela não tivera notícias desde antes de ser presa. Rolou a tela por cada uma das mensagens. Eram todas dos seus colegas do colégio.

Você é nojenta, escreveu Mason Byers. *Aposto que você machucou o Noel também, não foi?*

E de Naomi Zeigler: *Eu espero que você apodreça na Jamaica para sempre, vadia.* E da ex-namorada de Mike, Colleen Bebris: *Eu sabia que você era capaz desse tipo de coisa.*

Até mesmo Madison havia escrito: *Talvez eu a tenha perdoado rápido demais, agora não sei mais o que pensar sobre o acidente.*

Mais do mesmo. Hanna vinha recebendo mensagens assim desde sua saída da prisão. Ela as apagou sem ler o resto. Talvez fosse bom que estivesse suspensa. Se retornasse para Rosewood Day, seria a garota mais odiada do colégio.

Ela segurou o celular por uns poucos momentos, e então clicou num ícone de vídeo. Uma imagem da bandeira americana apareceu tremulando, e então a narração de seu pai: *Eu sou Tom Marin e aprovo essa mensagem.*

Hanna assistiu ao vídeo do início ao fim. Na verdade, ela foi a única pessoa na Pensilvânia que realmente o assistiu, pois havia sido retirado das emissoras de televisão antes mesmo de ir ao ar. "E é por isso que eu apoio o programa de Tolerância Zero de Tom Marin", disse a Hanna do vídeo, luminosa, no final, dando um grande sorriso.

A câmera deu um zoom na expressão aprovadora de seu pai. Ele se virou para Hanna no fim do anúncio, exalando amor, orgulho e lealdade.

Que farsa.

E como se estivesse esperando a deixa, um apresentador de jornal apareceu na televisão da cozinha. Hanna levantou os olhos. O âncora estava falando sobre a candidatura do pai dela ao Senado.

— Desde a prisão da filha do Sr. Marin, tem havido um grande declínio no seu número de apoiadores — disse a mulher. Um gráfico apareceu na tela. Uma linha vermelha e grossa, representando o número de eleitores do Sr. Marin, formava uma linha descendente, como a descida de uma montanha-russa. — Manifestantes pedem que sua candidatura seja retirada.

Foram mostradas imagens de uma multidão furiosa carregando cartazes. Essas pessoas também apareciam no noticiário sem parar. Eram as mesmas que haviam protestado do lado de fora do enterro de Graham, e as emissoras de televisão gastaram um longo tempo com elas no dia em que Hanna foi solta da cadeia, quando fizeram piquete em frente ao escritório de seu pai. Parecia que estavam na frente do escritório novamente. Algumas carregavam os mesmos cartazes com a mensagem PAREM A ASSASSINA EM SÉRIE DE ROSEWOOD, mas havia outros cartazes agora, com uma faixa vermelha cortando o rosto do Sr. Marin e outra de Hanna, Spencer, Emily e Aria com chifres de demônio.

Hanna desligou a televisão, sentindo a mesma vertigem que tinha quando sabia que ia vomitar. Ela correu para o banheiro e se inclinou no vaso sanitário até que a fraqueza passasse. Então, ela se apalpou, procurando pelo celular no bolso. Precisava consertar aquela história pelo pai. Seus eleitores precisavam entender que ela não tinha culpa. E *ele* precisava entender isso, também.

A campainha tocou. Dot saiu pulando, latindo histericamente. Hanna se levantou e foi andando pesadamente pelo corredor. Um vulto se moveu pela luz lateral opaca e ela temeu por um momento que pudessem ser os policiais vindo buscá-la para levá-la para a Jamaica *agora*. Talvez o pai tivesse conseguido autorização para que ela saísse do país mais cedo.

Mas era apenas Mike.

— Sua prova final, madame — ofereceu, empurrando um envelope em suas mãos.

Hanna encarou o envelope. *Honors Calculus*, dizia no topo.

— Você tem duas horas — disse Mike, dando uma olhada no relógio. — E eles estão até deixando que eu seja o seu inspetor. Quer começar agora?

De repente, Hanna se sentiu exausta. Quando ela iria usar cálculo na vida? Especialmente se estivesse na prisão?

— Vamos deixar isso para mais tarde — disse ela, colocando o envelope na mesa lateral do saguão. — Preciso de um favor.

— Qualquer coisa — disse Mike instantaneamente.

— Preciso ir ao escritório de campanha do meu pai. Agora.

Mike arregalou os olhos.

— Você tem certeza de que essa é uma boa ideia? Pensei que não era permitido que você saísse.

Hanna o encarou.

— Você **disse** qualquer coisa.

Mike apertou os lábios.

— É que eu não queria vê-la chateada.

Hanna cruzou os braços sobre o peito. Ela havia contado a Mike que o pai não tinha aparecido na delegacia e nem feito contato com ela desde então. E assim sendo, como estava muito zangada, havia contado para Mike cada uma das outras coisas horríveis que o pai já tinha feito com ela.

— É uma coisa que preciso fazer — disse Hanna com a voz firme.

Mike caminhou até ela e pegou em sua mão.

— Está bem — concordou, abrindo a porta da frente. — Então vamos logo.

Quando Hanna e Mike chegaram ao prédio do escritório do Sr. Marin, havia pelo menos vinte manifestantes na calçada. Apesar de Hanna ter previsto a presença deles pelo noticiário, era difícil vê-los em pessoa.

— Está tudo bem — disse Mike. E então do banco de trás entregou a ela um casaco com capuz. — Coloque isso para não ser reconhecida. Eu posso cuidar deles.

Ele agarrou Hanna pelo pulso e a puxou por entre os manifestantes. Hanna manteve a cabeça baixa. Seu coração martelava o tempo todo, e ela estava apavorada que um dos manifestantes a notasse. Eles cercaram Mike, gritando:

— Você vai visitar Tom Marin?

E ainda:

— Faça com que ele retire a candidatura!

E alguém berrou:

— Nós não queremos gente do tipo dele em Washington!

Mike abraçou Hanna, conduzindo-a pelas portas. As vozes dos manifestantes soaram abafadas quando eles chegaram ao saguão, mas as mesmas palavras de ordem eram gritadas. O coração de Hanna bateu acelerado quando ela cambaleou para o elevador e retirou o capuz, desejando ainda estar na cama, em casa.

— Vem — disse Mike, entrando no elevador e apertando o botão de chamada. Ele segurou a mão dela durante toda a subida, apertando de vez em quando. Quando eles chegaram ao quarto andar, Hanna deu uma olhadela nas janelas altas do corredor para se localizar. Uma das janelas não dava para os manifestantes, mas sim para um bosque fechado e descuidado do lado esquerdo da propriedade. Árvores brotavam em todas as direções. Acima delas, havia o que parecia ser uma chaminé de pedra se esfarelando em destroços. A região de Main Line estava cheia de velhas ruínas. O Departamento Histórico as protegia como se algum general famoso houvesse dormido nelas ou elas tivessem sido o palco de alguma batalha importante. Talvez houvesse algum prédio velho escondido em algum lugar por ali, esquecido no tempo, videiras serpenteando por ele até formarem um casulo. Hanna, definitivamente, podia compreender. Ela também se sentia cercada e sufocada. Se ao menos ela também pudesse desaparecer por entre as árvores.

Hanna respirou fundo, encarou a porta de vidro que levava ao escritório do pai e então a empurrou. A recepcionista, Mary, deu uma olhada para ela e levantou num pulo.

— Você não deveria estar aqui.

Hanna se aprumou.

— É importante.

— Tom está numa reunião.

Hanna ergueu uma sobrancelha.

— Diga para ele que só vai levar um segundo.

Mary depositou a caneta que estava usando na sua mesa e sumiu pelo corredor. Em segundos, o Sr. Marin apareceu. Ele vestia um terno azul-marinho com uma bandeirinha americana presa na lapela. Hanna achou aquilo mesquinho: a filha dele ia ser julgada por assassinato e, ainda assim, ele tinha se lembrado de colocar o broche de bandeirinha na lapela de manhã.

— Hanna. — O tom do Sr. Marin era de raiva contida. — Você não deveria sair de casa.

— Eu queria falar com você, mas você não retorna as minhas ligações — disse Hanna, detestando soar tão lamurienta. — Eu quero saber por que você não apareceu na delegacia quando eu fui solta. *Ou* por que você não falou mais comigo desde então.

O Sr. Marin cruzou os braços sobre o peito. Então, gesticulou na direção dos manifestantes através da janela da frente. A mulher carregando o cartaz com uma foto enorme de Hanna passou.

— Eles viram você entrar?

Hanna piscou.

— Não. Eu estava de capuz.

Ele esfregou os olhos.

— Saia pelos fundos quando for embora — disse o Sr. Marin dando meia-volta, fazendo menção de retornar ao seu escritório. A boca de Hanna estava aberta. Então Mike deu um passo à frente.

— Ela ainda é sua filha, Sr. Marin! — gritou ele.

O Sr. Marin parou e lançou-lhe um olhar feroz.

— Isso não é da sua conta, Mike. — Ele olhou para Hanna. — Eu não posso me alinhar com você agora. Desculpe-me.

Hanna sentiu uma dor enorme rasgar seu peito. *Me alinhar com você.* Soava tão frio.

— Você está falando sério?

O olhar dele estava fixo nos manifestantes do lado de fora da janela.

— Eu lhe dei diversas chances. Tentei apoiá-la. Mas neste momento, é suicídio eleitoral. Você está sozinha.

— Você está preocupado com a *campanha*? — guinchou Hanna. Ela deu alguns passos na direção dele. — Pai, por favor me ouça. Eu não matei ninguém. O vídeo que os noticiários estão mostrando, as imagens em que eu bato naquela garota... aquilo tudo é falso. Você me conhece. Eu não faria isso, eu não sou esse tipo de pessoa.

Hanna continuou andando na direção dele com os braços suplicantes, mas o Sr. Marin recuou com uma expressão cautelosa no rosto. Então o telefone na recepção tocou e o Sr. Marin gesticulou para que a recepcionista atendesse. Ela murmurou alguma coisa e olhou para ele, tapando o bocal com a mão.

— Tom, é aquele repórter do *Sentinel*.

O Sr. Marin pareceu aflito.

— Vou atender no escritório. — E olhou irritado para Hanna. — É melhor você ir agora.

Ele se virou e se afastou pelo corredor, sem se despedir. Hanna ficou parada, sem se mover por um momento, sentindo de repente como se cada molécula em seu corpo estivesse para explodir e transformá-la em vapor. Um manifestante soprou um apito. Alguém deu um grito de aprovação. Hanna apertou os olhos e tentou chorar, mas estava muito atordoada.

Ela sentiu a mão de Mike sobre a dela.

— Vamos embora — murmurou ele, guiando-a de volta até o elevador. Hanna não disse nada enquanto ele apertava o botão de chamada e eles desciam para o primeiro andar. E também não disse nada quando Mike a puxou para fora do elevador e através do saguão vazio até a porta da frente. Somente quando ela viu os manifestantes marchando em círculo bem na frente das portas é que parou e deu um olhar nervoso para ele.

— Ele nos disse para sair pelos fundos.

— Você realmente está ligando para o que o seu pai quer que você faça? — O rosto de Mike estava vermelho. Ele apertou a mão dela com mais força. — A minha vontade era matá-lo, Hanna. Você não deve nada a ele, mesmo.

O queixo de Hanna tremeu. Mike estava certo, totalmente certo.

As lágrimas rolaram pelo rosto de Hanna enquanto andava pela calçada. Cercada pelos manifestantes, ela soltou um único, cortante suspiro. Mike a apanhou imediatamente e lhe deu um abraço apertado, puxando-a pela multidão. E acima de todos os gritos, um pensamento era claro e preciso na mente de Hanna: Ela *não devia* nada ao pai. Ao longo dos anos ela tinha se sentido péssima todas as vezes em que ele preferira Kate a ela.

Mas nada se comparava ao pai preferir o estado da Pensilvânia inteiro à filha.

23

FORA DA LISTA

Na sexta-feira, exatamente duas semanas após sua prisão, Emily estava no saguão do Rosewood Memorial Hospital. Médicos apressados passavam por ela, parecendo ocupados e importantes. Emily foi até o quadro informativo na parede e localizou a unidade cardíaca, onde sua mãe estava se recuperando de uma cirurgia de emergência no coração. Não que seu pai ou sua irmã tivessem lhe dado uma atualização sobre como estava a Sra. Fields – eles mal paravam em casa. Emily precisou se informar sobre o estado da mãe através de uma nebulosa rede de médicos e enfermeiras, e os profissionais pareciam chocados quando se davam conta de que ela não conseguia as informações através de seus próprios familiares. Tecnicamente, ela não deveria sair de casa, mas o que a polícia poderia dizer se ela fosse pega ali? Diriam que ela não tinha permissão para ver a mãe doente?

Emily estava tentando ver a coisa toda de uma forma positiva. Era uma droga que sua fiança fosse tão alta a ponto de a família precisar vender os carros – e algumas outras coisas que uns sujeitos mal-encarados vinham retirando da casa deles ao longo das últimas semanas, incluindo um carrinho de bebê vintage da avó de Emily e uma estátua do menino Jesus que Emily tinha ajudado a mãe a recuperar de um grupo de vândalos no ano anterior. Mesmo assim, Emily ainda era parte da família. Além disso, ela finalmente tinha entrado em contato com o Sr. Goddard naquela manhã, que dissera a ela que após o julgamento, independente do veredito, o dinheiro da fiança seria devolvido aos pais dela. A família pegaria seus carros de volta. Todo mundo poderia voltar à faculdade. Eles ficariam bem.

O coração de Emily acelerou quando ela entrou no elevador e subiu até o terceiro andar. Assim que pisou na enfermaria, viu o Sr. Fields e Carolyn nas cadeiras da sala de espera, cochilando. Havia uma revista *Sports Illustrated* aberta no colo de seu pai. Carolyn vestia o casaco pela metade. Emily sorriu ao vê-los, encantada em perceber como pareciam doces e amigáveis quando estavam adormecidos. Aquilo lhe deu esperança. Talvez, quem sabe, tudo pudesse ficar bem.

Na televisão, o noticiário começou, e a chamada da matéria anunciava: *A audiência será em duas semanas*. Uma foto escolar de Emily apareceu na tela, seguida por fotos de Spencer, Aria e Hanna. Então, o pai de Tabitha, com quem Emily tinha ficado cara a cara algumas vezes ao longo dos últimos meses, apareceu.

– Estou profundamente triste com o resultado da investigação – disse o homem, com os olhos baixos. – Quero que essas meninas recebam o que merecem, mas nada trará minha filha de volta.

 Emily se encolheu. Pobre Sr. Clark. Ela o imaginava deitado na cama, à noite, sozinho em sua grande casa, pensando o tempo todo naquele vídeo pavoroso da praia. Ali não estava prejudicando apenas as quatro meninas que odiava ao enviar aquela filmagem para a imprensa. Havia outras vítimas. Tantas vidas tinham sido arruinadas. Iris surgiu nos pensamentos de Emily novamente. Seria ela a próxima vítima? E se fosse, seria Emily, de alguma forma, culpada por isso? Ela havia sido acusada de *todo o resto*, não é mesmo?

 O canal de notícias começou a mostrar um comercial da nova caminhonete Ford. Emily viu que o pai e a irmã não tinham se mexido. Dando meia-volta, ela marchou até o posto de enfermagem. Uma mulher de aparência cansada usando um pijama cirúrgico estampado de balões bebia café em um copo de isopor.

 — Você pode me dizer em qual quarto Pamela Fields está? — perguntou Emily. — Eu sou filha dela.

 A enfermeira examinou Emily cuidadosamente.

 — Certo, você é a Beth?

 Emily piscou.

 — Não, sou Emily.

 Os olhos da enfermeira se arregalaram.

 — Você não está na lista. Você não tem autorização para visitar a Sra. Fields.

 — Mas eu sou filha dela.

 A enfermeira tirou o telefone do gancho.

 — Sinto muito, realmente. Mas fui avisada de que, se você viesse aqui, eu deveria... — Ela colocou o receptor no ouvido. — Preciso de segurança aqui.

Emily se afastou da mesa. *Segurança?* Por uma fração de segundo, ela não entendeu... Mas, de repente, a ficha caiu. Sua família deu ordens ao hospital de que ela fosse mantida longe da mãe.

Emily deu meia-volta, subitamente entorpecida.

– Estou indo embora – disse, no mesmo instante em que um vulto surgiu em seu campo de visão. O Sr. Fields estava de pé agora, seus poucos cabelos grisalhos arrepiados, os olhos ainda sonolentos. Pareceu que ele tinha ouvido toda a conversa. Arrasada, Emily olhou para ele, implorando silenciosamente que dissesse à enfermeira para liberá-la.

O pai de Emily olhou para a enfermeira, depois de volta para Emily. Seu olhar gelado e vazio, mas também firme e decidido. Depois de um instante, ele deu as costas para Emily e voltou para a sala de espera.

Ora. Então, era isso. Engolindo o choro, Emily passou por ele para chegar ao elevador. Mal se deu conta de que já havia chegado ao térreo e, assim que deixou o prédio, correu com a cabeça baixa em direção à sua bicicleta.

Assim que ela tirou o cadeado da bicicleta, seu celular fez um bipe. Ela o apanhou e viu que era um alerta do Google para uma notícia da CNN: *Ladra bonitinha é presa no Caribe.*

De repente, Emily não conseguia respirar. Ela abriu o link. Viu uma foto de Jordan, bronzeada e bonita, mas também parecendo atordoada e infeliz, sendo conduzida, algemada, pelo que parecia ser um estacionamento. *Katherine DeLong, procurada desde março, finalmente foi capturada em uma pequena vila de pescadores em Bonaire. Postagens recentes no Twitter levaram à sua prisão.*

Postagens recentes no Twitter. Emily deu mais uma olhada na foto de Jordan. Ela encarava a câmera com franqueza, como se quisesse alcançar o fundo dos olhos de Emily. Sua expressão estava carregada de ódio. *Eu sei que você fez isso comigo*, os olhos dela pareciam estar dizendo à Emily e só à Emily. *Aquela sua foto me traindo no bar trouxe a polícia direto para o meu esconderijo.*

Emily afundou no assento da bicicleta, sentindo-se como se o mundo girasse cada vez mais rápido. Foi então que o celular dela apitou novamente. Sua caixa postal havia recebido uma nova mensagem, mas Emily sequer o escutara tocar.

Emily discou o número de acesso da caixa postal e inseriu sua senha. Quando a primeira e única mensagem foi reproduzida, o celular quase escorregou da mão dela. Um riso penetrante ecoou pelo receptor. Aquele som quase fez o coração de Emily parar. Ela reconheceria aquele riso em qualquer lugar. Era zombaria. Provocação. Pura tortura. *Ali.*

Ansiosa, Emily olhou em volta, considerando ir direto para o escritório do FBI e contar tudo para a agente Fuji. Mas Fuji não a ouviria. Ela acreditava no que queria acreditar. A agente Fuji acreditava que Ali estava morta e que as meninas eram mentirosas.

Era por isso que Ali ria tanto. Ela sabia que, no fim, derrotaria as quatro amigas. Para ela, aquela situação era simplesmente hilária. Hanna tinha razão. Elas tinham recuado e deixado aquilo tudo acontecer.

Uma ideia se formou na mente de Emily. Ela escreveu uma mensagem de texto para Spencer, Aria e Hanna.

Estou me sentindo péssima e não aguento mais Anderson Cooper fazendo da nossa vida um inferno, escreveu, usando o nome código que elas tinham criado para Ali. *Estou de volta à caçada. Vocês estão dentro?*

Ela enviou a mensagem e esperou, mal conseguindo respirar. Esperar era tudo o que podia fazer agora. E então ela torceu e rezou para que as amigas dissessem sim.

24

UM NOVO PLANO

Naquele mesmo dia, Aria se sentou na sala de espera do escritório de um advogado. Ou alguma coisa parecida com um escritório – ela nunca tinha visto um advogado que trabalhasse em uma galeria entre uma loja de bugigangas e uma academia Curves, mas tanto fazia. Mike se sentou perto dela, olhando fixamente para um panfleto sobre uma ação coletiva sobre consumo de medicamentos.

– Ei – sussurrou ele. – Você já tomou Celebrex? Prozac?
– Não – murmurou Aria.
– Você tem mesotelioma? – perguntou Mike.
– Eu nem sei o que é isto.
– Droga. – Mike largou o panfleto. – Se você *tivesse* tomado, nós faríamos um acordo milionário.

Aria revirou os olhos, perguntando-se como Mike poderia estar tão otimista. Ela também começava a tentar adivinhar o teor daquela reunião – ela conseguia ouvir a música eletrônica vinda da Curves ressoando através das paredes. Naquela manhã, Mike tinha batido na porta e dito:

— Levante-se. Vamos conversar com Desmond Sturbridge às dez horas. Vamos sair de fininho...

— E quem é *esse*? – perguntara Aria, e Mike havia explicado que era um advogado que tinha ligado para a casa deles no dia anterior se oferecendo para pegar o caso de Aria. Ela tentou dizer ao irmão que o pai de Spencer ia defendê-las, mas Mike simplesmente deu de ombros.

— É sempre bom ter uma segunda opinião. Além do mais, não teremos que pagar este cara, a menos que ganhemos o processo.

Agora, uma porta se escancarou, e um homem alto e magro, com um sorriso que mostrava as gengivas protuberantes e o cabelo reluzente assentado com brilhantina, caminhou até eles.

— Srta. Montgomery e seu amigo! – disse ele. – Venham! Entrem!

Nervosa, Aria olhou para Mike, mas ele apenas a empurrou e a conduziu para dentro do escritório.

— Vai ficar tudo bem – murmurou, enquanto eles seguiam Sturbridge pelo corredor. – Vocês têm um bom caso. Ele vai apresentar a verdade para o júri. O que pode dar errado?

Aria tinha esperança de que ele estivesse certo. Ela entrou no escritório do advogado, que estava decorado com bonecos de cabeça de mola, bandeirolas autografadas do Eagles e diversas embalagens de comida vazias. Havia também um diploma da Universidade de Michigan na parede, o que a fez se sentir melhor.

— Obrigada por conversar conosco – disse ela, enquanto se sentava.

— Claro, claro! – Os olhos de Sturbridge brilhavam. – Acho que vocês têm um caso muito interessante. E tenho algumas ideias para mantê-las fora da Jamaica.

Mike arqueou as sobrancelhas de forma encorajadora. Aria tirou um caderno de sua bolsa e o empurrou por cima da mesa.

— Não temos muito tempo, pois a audiência de acusação será na sexta-feira, por isso escrevi tudo o que houve para que você possa analisar conforme sua necessidade. — No caderno também havia desenhos que ela havia começado a fazer para Asher Trethewey. Não que fosse precisar deles agora.

Sturbridge balançou a mão.

— Isto não é necessário. Acho que já tenho tudo.

Aria e Mike trocaram um olhar.

— Mas você não tem *nada* — disse Aria. — Você não quer saber o que realmente houve naquela noite?

— Meu Deus, não! — Sturbridge parecia envergonhado. — Srta. Montgomery, este caso é complicado. Há testemunhas oculares, há um vídeo de vocês na cena... que não parece muito bom. Do meu ponto de vista, há apenas uma maneira de conduzir este caso para que vocês possam vencê-lo.

— E qual seria? — perguntou Mike.

— Alegarmos insanidade.

Ele parecia muito satisfeito consigo mesmo, como se tivesse descoberto uma nova lei da gravidade. Aria piscou com força.

— Mas eu não sou maluca.

Ele ergueu uma sobrancelha.

— Alucinando que Alison DiLaurentis está viva? Mandando mensagens ameaçadoras a si mesma?

— Estas mensagens não são minhas! — gritou Aria.

Sturbridge sorriu tristemente.

— A polícia diz que são.

Mike deixou os ombros caírem.

— Você está usando informações que leu sobre minha irmã na internet, coisas que os policiais inventaram. Não é ela no vídeo.

Sturbridge franziu a testa.

— Certamente se *parece* com ela.

— Não, não se parece — disse Aria. — Eu não fiz aquilo.

Sturbridge fez um X com seus indicadores.

— Não quero ouvir isto! — cantarolou ele. Então, empurrou um maço de papéis grampeados pela mesa na direção de Aria. — Se você quiser ficar fora de uma prisão jamaicana, você vai assinar essa alegação de insanidade. Será levada para uma clínica e terá direito a uma avaliação psiquiátrica. Não é tão ruim. As chances são de que você permaneça em um daqueles manicômios acolchoados perto daqui, com todas as despesas pagas pelo governo.

— Como a Preserve Addison-Stevens? — desafiou Aria.

Sturbridge ergueu os olhos.

— Exatamente! Ouvi dizer que a comida é excelente lá.

Aria fechou os olhos com força e se obrigou a respirar calmamente.

Mike devolveu os papéis para Sturbridge.

— Obrigada pelo seu tempo, mas você é louco, cara. — Ele agarrou o caderno das mãos do advogado e pegou Aria pelo braço. — Vamos.

— Vocês vão se arrepender! — Sturbridge gritou enquanto eles avançavam pelo corredor.

— Desculpe — disse Mike, abrindo a porta. Ele parecia chateado. — Se eu soubesse que era isso que ele ia dizer, nunca teria colocado você nessa.

— Está tudo bem — murmurou Aria, olhando distraída para algumas senhoras com sobrepeso se reunindo na frente da academia. Pelo menos o escritório do advogado ficava em um lugar animado.

Aria sentiu o celular vibrar dentro do bolso. Ela o apanhou e olhou a mensagem. *Estou de volta à caçada*, Emily tinha escrito. *Vocês estão dentro?* Na mesma conversa, Hanna tinha respondido que podiam contar com ela. Um minuto depois, Spencer também disse que sim.

— O que é isso? — Aria estava prestes a cobrir a tela, mas Mike já tinha visto a mensagem. Seu rosto se iluminou. — *Sim*. Vocês vão perseguir Ali de novo?

— Você não vai se envolver — disse Aria rapidamente.

Mike parou.

— Por que não? Eu sei de tudo. Posso ajudar. Vocês não têm nada a perder.

Aria fechou os olhos.

— Sinto muito — disse ela. — Simplesmente não posso deixar você ajudar.

O rosto de Mike desmoronou.

— Nas palavras imortais daquele advogado maluco: *vocês vão se arrepender*.

Aria enfiou o celular de volta no bolso. Não, ela se arrependeria se o *deixasse* ajudar. Ela já havia perdido muito. Não podia perder o irmão também.

Chovia quando Aria parou a bicicleta ao lado do mercado local algumas horas depois, bem quando estava anoitecendo. Ela espiou as amigas esperando, próximas ao bosque que separava o minimercado de um complexo de apartamentos, e foi na direção delas. Seus sapatos imediatamente afundaram na lama. Os pingos da chuva atingiam seu rosto. Ela puxou o capuz sobre a cabeça e correu.

Spencer inspirou, trêmula, quando todas se reuniram.

– Certo. Como vamos fazer isto? O que temos sobre Ali que pode ser investigado?

Todas estavam quietas. Um caminhão de leite rugiu e estacionou próximo a elas. Então, Emily pigarreou.

– Eu recebi uma mensagem de voz de Ali. Ela estava rindo de mim. De *nós*.

Os olhos de Aria se arregalaram.

– Ali *ligou* para você?

– Por que ela faria isso? – sussurrou Spencer, com o estômago revirando.

– Não sei. – Emily colocou as mãos nos quadris. – Mas fez.

– Talvez ela tenha pensado que você era a menos propensa a contar a alguém.

– Bem, ela estava errada – Emily pegou o celular. Elas se juntaram e ouviram a mensagem de voz. Quando Aria ouviu a risada muito aguda, um arrepio correu por sua coluna.

– Não posso acreditar – murmurou Hanna, ficando pálida. – Você acha que ela realmente quis ligar para você, ou ela fez isso por acidente?

Emily fechou os olhos.

– Não tenho ideia.

– Devemos mandar isso para a agente Fuji? – perguntou Aria depois de um momento.

Spencer riu.

– Ela vai achar que nós forjamos isso. Deve vir de um de nossos celulares, até onde sabemos.

Aria olhou para Emily.

– Toque novamente.

Emily fez o que foi pedido. Aria ouviu mais uma vez, enquanto aquela risada familiar soava pelo ar.

— Parece que ela está no meio de uma multidão, vocês não acham?

— E parece que há algum tipo de alto-falante anunciando alguma coisa — reparou Hanna. — Não consigo entender o que o cara está dizendo.

— Eu sei, eu também ouvi isso — disse Emily. — Se pudéssemos isolar essa parte da mensagem, talvez conseguíssemos rastrear onde Ali estava quando ligou. Talvez seja um lugar aonde ela vá com frequência.

— Ou talvez seja outra armadilha — disse Aria, amarga.

Hanna olhou para ela.

— Você tem uma ideia melhor?

— Desculpe — Aria ergueu as mãos. — Mas mesmo que a mensagem *realmente* tivesse uma pista, o que nós podemos fazer a respeito? Não é como se pudéssemos entrar no Departamento de Polícia de Rosewood e dizer, *Oi, podemos pegar seu equipamento de perícia emprestado?*

Spencer levantou os olhos.

— Na verdade, eu conheço alguém que sabe como usar essas coisas *e* que pode nos ajudar.

Emily ergueu a cabeça.

— Quem?

— Minha irmã e o Wilden.

Hanna explodiu em risadas.

— Melissa? Sério?

— Ela ofereceu seus serviços. E pense só, é claro que Melissa quer Ali morta. — Spencer cruzou os braços. — Podemos pegar o trem até a cidade. Está tão tarde que ninguém vai nos notar no trem. A pior coisa que pode acontecer é Melissa bater a porta na nossa cara... ou chamar a polícia.

Aria olhou fixamente para o minimercado, considerando a ideia. O vento soprava, trazendo o aroma suave das rosquinhas da loja de conveniência até suas narinas.

– Estou dentro se vocês estiverem.

– Eu também – disse Hanna.

– Então somos três – disse Emily, com os olhos em chamas. – Vamos.

25

PELO MEGAFONE

– Ah... Olá? – disse Melissa Hastings enquanto abria a porta vermelha da sua casa vitoriana em Rittenhouse Square para que Spencer e as outras entrassem. Era quase meia-noite, e Melissa estava com um creme com cheiro de lavanda por todo o rosto, vestia uma camiseta velha da equipe de debate de Rosewood Day e um calção estampado com pequenos golden retrievers. Spencer tinha um palpite de que era de Wilden.
– Podemos entrar? – perguntou ela à irmã. – É importante.
Melissa passou os olhos pelas outras garotas na varanda, então acenou com firmeza.
– Entrem.
Ela as conduziu para dentro da casa, pedindo para deixarem suas coisas e seus sapatos em um pequeno armário perto do vestíbulo. Elas entraram na sala de estar, que tinha um tom relaxante de amarelo e um piso brilhante de nogueira. A mobília, os bibelôs e os tapetes combinavam perfeitamente.

A sala parecia familiar, e subitamente Spencer soube o porquê. Era decorada exatamente como a casa dela em Rosewood. A televisão na sala de estar estava ligada na CNN. Como sempre, repórteres estavam falando do assassinato de Tabitha. *A audiência de acusação das mentirosas acontecerá em dois dias*, dizia o letreiro na parte de baixo da tela. Até as últimas notícias, que corriam sob o letreiro, só falavam disso. Melissa desligou a televisão.

– Spencer? Hanna? – Wilden apareceu no topo da escada, também usando calção e camiseta. Ele parecia nervoso.

Spencer respirou fundo. Talvez aquilo tudo fosse uma má ideia... Melissa era aliada delas, mas e Wilden?

Melissa deu um passo adiante.

– Darren, precisamos ajudá-las.

Wilden suspirou e desceu até o primeiro andar. Tinha a expressão cautelosa, mas também curiosa. Emily enfiou a mão no bolso e lhe entregou seu celular.

– Há uma mensagem de voz que eu quero que você analise. Tenho quase certeza de que é Ali. Você tem alguma espécie de equipamento que consiga amplificar uma parte da gravação? – perguntou Spencer. – Podemos tentar descobrir de onde ela ligou.

– Ou até mesmo isolar sua voz para provar que é ela – acrescentou Emily. – Os policiais não acreditam que ela ainda está viva. Precisamos fazê-los entender.

Wilden estreitou seus olhos verdes.

– Não tenho certeza de que isso é uma boa ideia.

– Darren, *por favor* – Melissa se aproximou dele. – É minha irmã.

Spencer engoliu em seco. Era muito bom ouvir Melissa falar daquele jeito.

Wilden passou os olhos de uma garota para a outra.

— Tudo bem — disse ele, depois de um momento, então pegou o celular de Emily e se sentou no sofá. — Quando trabalhei para a polícia de Rosewood, usávamos um programa que era acessado da nossa intranet... Tudo o que você precisava era ter um arquivo digital da gravação. Se a senha da intranet não mudou, devo conseguir acessar o sistema.

— Isso seria sensacional. — Emily respirou fundo.

Melissa saiu da sala, apressada. As garotas se acomodaram no sofá e esperaram. Melissa retornou com um MacBook Air e um cabo USB. Wilden levantou a tela e digitou algo no teclado.

— Estou dentro — ele entregou a Emily o celular e o cabo USB. — Conecte isso, e então toque a gravação para ouvirmos.

Emily fez o que ele pediu, acessando sua caixa postal e localizando a mensagem de Ali. Havia o som de muitas vozes falando ao mesmo tempo, todas as palavras misturadas. Então a risada arrepiante soou pela sala. Todos se enrijeceram. Ela riu por uns bons cinco segundos, e então a gravação terminou.

Melissa fechou os olhos.

— Com certeza é ela. — Até mesmo Wilden parecia assustado.

Eles tocaram a mensagem mais uma vez. Melissa encostou a orelha contra o celular.

— Parece que ela está no meio de uma multidão.

— Foi o que pensamos também. — Spencer passou os olhos pelo laptop. Um programa que quebrava o áudio em pequenas unidades de informação e ondas sonoras apareceu na tela. Todas as vezes que Ali ria, uma onda sonora se erguia. No fundo, havia aplausos e risos. Alguém fez um anúncio truncado em um megafone, e uma segunda onda apareceu.

— Você ouviu isso? — Spencer apontou para a segunda onda. — Achamos que se pudéssemos aumentar esse anúncio, poderíamos ser capazes de descobrir de onde ela estava ligando.

Melissa, que tinha se acomodado no canto do sofá, abraçou os joelhos contra o peito.

— Não posso acreditar que ela foi cara de pau o suficiente para ligar para você do meio de uma multidão.

— A menos que ela não esteja *na* multidão, mas perto dela — disse Spencer.

Wilden ouviu a mensagem de voz mais uma vez, destacando a segunda onda, e clicou em um botão ao pé da tela. O barulho ao fundo diminuiu e o anúncio ficou mais alto, mas nem um pouco mais claro.

Houve um barulho de algo arranhando em algum outro lugar da casa. Spencer se assustou.

— O que foi isso?

Todos ficaram em silêncio. O rosto de Hanna estava pálido, e Emily não moveu um músculo. Algo farfalhou. Houve um *estalo* pequeno e delicado. Aria colocou a mão sobre a boca.

Melissa meio que se levantou do sofá e olhou em volta.

— Este lugar tem cem anos de idade. Faz muito barulho, principalmente quando venta.

Eles ficaram ouvindo por mais alguns momentos. Silêncio. Wilden voltou-se para o computador.

— Deixe-me tentar outra coisa — murmurou ele, apertando outros botões.

A mensagem tocou de novo. Melissa piscou com força.

— Parece que alguém está dizendo *Che, Che* em um megafone... e então a mensagem é cortada.

Wilden apertou o PLAY diversas vezes. Risadas. O barulho alto de um megafone. *Che, Che.*

— Talvez seja um evento esportivo — sugeriu Hanna.

— E Ali está se escondendo sob as arquibancadas? — perguntou Spencer, lançando um olhar descrente a Hanna.

Wilden apertou mais botões. Então uma mensagem apareceu na tela. *Usuário desconhecido,* piscou o texto. *Acesso negado.*

— Droga — disse ele, recostando-se. — Acho que eles perceberam que alguém de fora estava usando o programa. Eles me chutaram para fora do sistema.

Spencer se inclinou para a frente.

— Você pode se conectar de volta com um nome de usuário diferente?

Wilden fechou o laptop e sacudiu a cabeça.

— Eu não acho que devo. Não deveria fazer isso de qualquer maneira.

Spencer olhou de Wilden para a irmã.

— Não há mais nada que você possa fazer?

Os olhos de Wilden correram de um lado para o outro.

— Sinto muito, meninas.

Os olhos de Melissa se encheram de lágrimas.

— Isso não é justo. Vocês não merecem isso, meninas. Alison não deveria ganhar essa.

— Você falou com o papai? O que eles dizem sobre nossas chances? — perguntou Spencer. — Toda vez que pergunto a Goddard ou a algum outro membro da equipe de advogados, eles meio que desviam da pergunta. Você acha que nós vamos mesmo ser mandadas para a Jamaica?

Melissa olhou de relance para Wilden. Ele se virou de costas. Quando ela olhou de volta para Spencer, havia lágrimas em seu rosto.

— Papai está dizendo que a situação parece irremediável — sussurrou ela.

O coração de Spencer afundou. Ela alcançou e apertou a mão de Aria. Emily encostou a cabeça no ombro de Hanna. *Sem esperança.*

— O que vamos fazer? — gemeu Emily.

Wilden pigarreou.

— Não façam nada precipitado, meninas. Eu ouvi... boatos.

Elas trocaram outro olhar. Não valia a pena perguntar — elas sabiam sobre o que os boatos eram: o pacto de suicídio. Desta vez, ele não parecia realmente uma má ideia. O que elas tinham ainda, afinal?

Mas então Spencer olhou para Melissa novamente. Ela pareceu preocupada, quase como se pudesse ler os pensamentos da irmã. Spencer colocou a mão sobre a de Melissa, e sua irmã a puxou para um abraço. Depois de um momento, Aria também as abraçou, e então Emily e Hanna se juntaram a elas. Spencer inalou o aroma limpo de sabonete de Melissa. Era tão bom estar ao lado dela depois de tantos anos odiando-a. Mesmo que não houvesse saída, pelo menos alguém se importava.

Como não havia mais nada a ser feito, todos ficaram de pé e se encaminharam para a porta. Melissa as seguiu, de cabeça baixa, com uma aparência frágil. Ela se ofereceu para levar Spencer e as outras até a estação de trem, mas Spencer recusou.

— Você já fez muito.

— Ligue se precisar de alguma coisa — disse ela a Spencer, com lágrimas escorrendo pelo rosto. — Mesmo que seja só para conversar. Estou sempre aqui.

— Obrigada — disse Spencer, apertando a mão dela com força.

E então ela se virou para a rua. A temperatura do lado de fora havia caído significativamente, e a lua estava agora escondida entre as nuvens. Spencer abraçou o próprio corpo e seguiu as outras de volta à estação de trem. Ninguém falou nada, porque não havia nada a dizer. Mais um beco sem saída. Mais uma pista vazia.

26

O LUGAR MAIS ESCURO DE TODOS

Na quinta-feira seguinte, Emily abriu os olhos para uma dor de cabeça e para um céu azul-perfeito. Tentou sair da cama, mas as pernas não se moviam. *Você tem de levantar*, disse a si mesma.

Só que, para quê? Sua formatura em Rosewood Day aconteceria em uma hora, mas não era como se o colégio fosse deixá-la participar da festa. Tinha obtido permissão para estar lá, mas por que iria querer apenas assistir? E, mais do que isso, a mãe dela ainda não tinha voltado do hospital, outros itens de valor tinham sido levados de sua casa e o FBI ainda acreditava que Ali tinha morrido e que ela e as amigas tinham matado Tabitha. A audiência de Emily aconteceria no dia seguinte, e depois ela seria mandada para a Jamaica. Em volta dela, o verão continuava: os vizinhos faziam churrasco, brincavam com os cachorros e passeavam pelo bairro. Mas quando Emily olhava para as flores abertas ou para a grama verde e brilhante, tudo o que sentia era medo. Tudo aquilo era para outas pessoas aproveitarem, não para ela.

Pegou o celular, entrou no site da CNN e assistiu ao vídeo novamente. Até agora, 11.842, não, *43*, pessoas haviam comentado que Emily e as amigas eram a encarnação do mal. Ela fez uma careta quando os vultos das meninas espancavam Tabitha até a morte. Parecia *mesmo* que eram elas quatro. Além disso, se a polícia suspeitasse que o vídeo era falso, será que já não o teriam investigado, usando todo o equipamento de alta tecnologia de que dispunham? Ali tinha, de alguma forma, tornado aquele vídeo inquestionável.

Então tente descobrir quem pode ser N, uma voz interior disse.

Outra impossibilidade. Como se os funcionários da clínica psiquiátrica fossem deixar que um suspeito de cometer um crime se infiltrasse no prédio. Além disso, eles já tinham dificultado as coisas quando ela perguntara.

Mas digitou o número da clínica mesmo assim, pensando em outra coisa.

Quando uma enfermeira atendeu, Emily tossiu.

— Poderia me dizer se Iris Taylor voltou? — perguntou, trêmula.

— Deixe-me verificar. — Ouviu-se o barulho de alguém digitando. — Não, Iris Taylor não está aqui — respondeu.

Emily apertou o celular com força.

— Vocês não a encontraram?

Ouviu-se um farfalhar do outro lado, e outra voz entrou na linha.

— Quem está falando? — perguntou um homem. — Você é outra repórter? — e depois, um clique.

A hora da ligação apareceu na tela de Emily. Ela deixou o celular na mesa de cabeceira e olhou, sem expressão, para a janela. Iris estava em algum lugar por aí. Sabe-se lá se estava viva ou morta. E era culpa de Emily.

De repente, outra voz soou na cabeça de Emily, essa, em um tom mais baixo e estranhamente hipnótico. *Então deixe para lá*, dizia. *Fique na cama. Feche os olhos. Não adianta nada mesmo.*

Uma porta bateu lá fora, e Emily abriu os olhos mais uma vez. Embora tenha precisado de um grande esforço, conseguiu arrastar-se para fora da cama e atravessou o corredor até a janela da frente. Lá fora, o pai dela estava ajudando a mãe a saltar de um táxi. Carolyn segurava as sacolas da Sra. Fields, e os irmãos de Emily, Beth e Jake, agitavam-se em volta, tentando ajudar.

Observou a mãe mancar até a porta da frente. A Sra. Fields parecia grisalha e envelhecida, claramente doente. A porta rangeu quando abriu, e Emily ouviu vozes lá embaixo.

– Sente-se aqui – encorajou-a o Sr. Fields com suavidade. – Viu? Não está melhor assim?

– Posso trazer algo para você, mãe? – era a voz de Beth.

– Que tal um pouco de refrigerante? – perguntou Jake.

– Seria ótimo – disse a Sra. Fields. A voz dela estava rouca, como a de uma avó.

Ouviu-se um ruído de passos rápidos, e o som da geladeira abrindo e fechando. Emily hesitou no topo da escada, mais nervosa do que se sentira na largada da prova de natação para o campeonato estadual no ano anterior. Após respirar profundamente algumas vezes, ela se aprumou e desceu as escadas.

Beth e Carolyn estavam sentadas no sofá, com as mãos no colo e sorrisos nervosos. Jake voltara da cozinha com um copo grande de refrigerante. O Sr. Fields estava agachado perto da televisão, mexendo no receptor da TV a cabo, e a mãe de Emily estava sentada na poltrona, com o rosto vincado e pálido.

Quando Emily chegou ao pé das escadas, todos congelaram. Carolyn fez um bico. Jake pulou de pé. Beth olhou para longe, o que fez Emily sentir-se particularmente mal.

Ela foi até a mãe.

– Que bom ver você em casa – disse com voz trêmula. – Como está se sentindo?

A Sra. Fields olhou fixo para as próprias mãos. Imediatamente sua respiração ficou mais rápida.

– Cansada? – tentou Emily. – Alimentaram você direito no hospital?

A Sra. Fields estava realmente ofegante agora. Carolyn soltou um gemido.

– Pai, *faça* alguma coisa.

– Ela não devia estar aqui – disse Beth rápido, incisiva.

O Sr. Fields ergueu-se de perto da televisão. Havia desconectado o receptor da TV a cabo do aparelho de televisão. Será que eles estavam passando por tamanhas dificuldades financeiras que não podiam mais pagar pelos canais a cabo?

– Você precisa ir lá para cima – disse ele com firmeza a Emily, os olhos frios.

– Sinto muito, gente – disse ela com esforço. – Sinto muito, muito mesmo.

E correu para o andar de cima, segurando os soluços apenas até estar a salvo atrás da porta do quarto. O celular estava piscando na cama. ALERTA DO GOOGLE PARA A LADRA BONITINHA, dizia a tela. Emily olhou as manchetes.

A audiência de Jordan estava marcada para a semana seguinte. *Os especialistas dizem que a pena dela será algo entre vinte e cinquenta anos.*

Emily jogou o celular na parede. Jordan teria ficado bem, se não fosse por ela. Emily destruíra a vida dela também.

Na mesma hora, pensou em Derrick, seu amigo do verão passado. Quantas vezes ele tinha segurado a mão dela na sala de descanso, enquanto ela abria o coração sobre como estava assustada em ter o bebê? Quantas vezes ligara para ele no meio da noite porque não conseguia dormir? Tinham se visto há não muito tempo, quando A a atormentava a respeito de Gayle, por isso sabia que ele ainda estava por perto. Talvez ele a ouvisse. Talvez a entendesse.

Pegou o celular do carpete e ligou para ele, mas a chamada caiu na caixa postal. Emily desligou sem deixar recado. E se Derrick tivesse visto o número dela e tivesse apertado IGNORAR? Talvez ele pensasse que ela era uma assassina, como todo mundo. Talvez ele ainda estivesse chateado porque ela o tinha feito perder o emprego com Gayle, por não ter entregado o bebê a ela. Da última vez que o encontrara, ele mencionara isso. Emily também tivera um impacto negativo na vida de Derrick.

Ela era o oposto do rei Midas: tudo em que tocava apodrecia, e havia tão pouco agora que pudesse consertar. Subitamente, algo lhe ocorreu. Grande parte daquilo estava fora do seu controle, mas havia um jeito de fazer com que sua família ficasse feliz de novo, recuperando o dinheiro que tinham usado para pagar a fiança e ajudando sua mãe a se recuperar. Era só desaparecer completamente.

Mas será que tinha coragem de sequer pensar a respeito?

Emily apertou o travesseiro com força. Se ela não estivesse ali naquele momento, se não fosse uma fonte de estresse constante, a mãe iria se recuperar. Mas quando pensava em desaparecer, não queria dizer simplesmente ir embora da cidade. Era uma decisão maior, mais assustadora, mais definitiva.

Salvaria sua família. E quem iria sentir falta dela?

Uma risada explodiu lá embaixo. Alguém abriu a porta de um armário e fechou-a novamente. Emily levantou da cama e parou no meio do quarto, mexendo os dedos.

De repente, não conseguia tirar aquele pensamento da cabeça. Fazia tanto sentido. Não podia viver daquele jeito. Não conseguia ver a família sofrendo. Também não podia ir para a Jamaica. Talvez os boatos não estivessem rodando porque Ali os espalhara. Talvez todo mundo pensasse que era o próximo passo, a coisa lógica a se fazer.

Emily fechou os olhos e pensou por um instante. A ponte coberta de Rosewood veio à sua mente. A maior parte da ponte tinha um teto e paredes cobertas de pichações, mas havia uma passagem estreita que dava para a água lá embaixo. O rio estava profundo nessa época do ano, com toda a neve derretida. Estaria gelado também. Entorpecedor.

Com o coração batendo forte, ela vestiu jeans e uma camiseta. Depois, reunindo toda sua coragem, abriu a janela, esgueirou-se para o telhado, subiu no carvalho ao lado da casa e escorregou pelo tronco, como sempre fazia quando saía escondido. A caminhada até a ponte demorava uns vinte minutos. Na hora em que o pai fosse ver como ela estava, *se* ele fosse, ela já teria ido embora há muito tempo.

27

AMIGAS NÃO PERMITEM QUE AS OUTRAS PULEM

Na mesma manhã, Spencer e Melissa encontravam-se no pátio do colégio Rosewood Day. Todos os cento e seis colegas de Spencer, vestidos de becas brancas e pretas e usando capelos azuis, estavam sentados em cadeiras dobráveis na frente de um palco montado no pátio. Spencer, entretanto, usava um vestido de algodão básico e não estava de capelo.

Os rostos dos meninos e meninas com quem passara os últimos doze anos preenchiam as fileiras. Phi Templeton estava ao lado de Devon Arliss. A amiga de Spencer do hóquei, Kirsten Cullen, dava risadinhas junto com Maya St. Germain. Noel Kahn, parecendo ainda meio fraco, estava sentado junto com os amigos da equipe de lacrosse. Naomi Zeigler, Riley Wolfe e Klaudia Huusko cochichavam. Os atores das inúmeras peças em que Spencer tinha brilhado no papel principal brincavam com o cordão de suas becas. Seus companheiros do jornal do colégio e do Livro do Ano se abanavam com o programa da cerimônia de formatura. Nenhum deles retribuiu seu olhar. Não havia sequer quatro assentos vagos que indicassem onde Spencer, Aria, Emily e Hanna deveriam estar sentadas. Era como se Rosewood Day as tivesse apagado da memória.

Spencer olhou em volta, perguntando-se se alguma das outras meninas tinha vindo. Finalmente avistou Aria e a mãe do outro lado do campo. Hanna estava embaixo das arquibancadas. Emily não estava em lugar nenhum. Talvez ela é que estivesse certa.

O diretor Appleton, no palco, pigarreou.

– E agora, com vocês, nosso orador, Mason Byers.

Houve uma salva de palmas ruidosa quando Mason levantou de um assento na primeira fila e subiu ao palco. Spencer balançou a cabeça discretamente. Mason Byers? Claro, ele era inteligente, mas ela não tinha ideia de que ele estava cotado para ser orador em seu lugar. *Ela* é que deveria estar ali naquela hora. O discurso dela estava pronto desde o ano anterior. Pelo que conhecia de Mason, que nunca se afobava com nada, ele provavelmente tinha escrito o discurso na noite anterior.

Melissa inclinou-se e apertou a mão de Spencer.

– Vai ficar tudo bem.

Spencer sentiu um nó na garganta, e sentiu-se grata por ter alguém próximo que entendia o quanto era doloroso. Mas aquilo era demais.

– Vamos sair daqui – resmungou, caminhando em direção ao estacionamento.

Melissa seguiu-a. Quando passaram pela fonte grande em frente ao ginásio, Melissa tossiu.

– Escute, estamos tentando encontrar para você um advogado de primeira na Jamaica. Darren tem alguns contatos por lá, e papai também.

Spencer beliscou a ponta do nariz, odiando saber que os advogados não estavam mais sequer considerando a possibilidade de que o julgamento fosse acontecer nos Estados Unidos.

– Você sabe quanto tempo demora para um caso ir a julgamento na Jamaica?

– Recebi respostas conflitantes. – Os saltos de Melissa estalavam na calçada. – Uns disseram que levava apenas alguns meses. Outros disseram que demoraria anos.

Spencer deu um gemido baixo.

Um grito de alegria veio do campo. Melissa parou no meio do estacionamento lotado.

– Sinto muito – disse ela, com um ar de pena no rosto. Olhou em volta, depois aproximou-se. – Se você for mesmo mandada para a Jamaica, vou procurar por ela depois que você tiver ido. Não vou parar até que ela esteja morta.

Spencer fez que não com a cabeça.

– Não faça isso. É maravilhoso que você ofereça, mas ela é perigosa. Ela pode matar você, Melissa. Não posso viver com isso.

– Mas... – Melissa parou de falar e suspirou. – Não é *justo*.

Spencer também não achava que era justo. E era tão irônico: bem quando Melissa e ela começavam realmente a se entender, tornando-se as irmãs que sempre desejara que fossem, sua vida estava acabada.

O celular dela tocou alto. Spencer olhou quem era. EMILY. Enquanto Melissa abria o carro, ela atendeu. Não houve resposta, apenas o som do vento.

– Alô? – disse Spencer. – Em?

E então ela ouviu um choro. Os soluços começaram baixos, depois se intensificaram.

— Emily! — gritou Spencer no celular. — Em, você está aí? Por que não está na formatura?

Os soluços pararam. Houve um chiado, e Emily fungou.

— S-Spencer? — choramingou.

Spencer sentou-se ereta.

— Por que você não está na cerimônia de formatura?

— Só queria dizer adeus.

De novo, o som do vento. Do lado de Spencer, a banda tinha acabado de tocar os primeiros acordes de "Pompa e circunstância".

— O que está acontecendo? — De repente, pareceu que Emily estava chorando. Spencer apertou o celular com força.

— Em, o que houve?

— Não posso mais continuar — disse Emily. A voz dela não tinha entonação. — Sinto muito mesmo. Estou... no limite.

Spencer ficou arrepiada. Ela já ouvira Emily desesperar-se antes, principalmente quando tivera o bebê. Mas aquilo soava diferente, como se Emily estivesse em um lugar muito sombrio e não tivesse ideia de como se salvar.

— Onde você está? — perguntou, esmagando o celular. Melissa desistiu de entrar no carro e olhou, curiosa, para Spencer.

— Não importa. — Houve um zunido, talvez um carro passando. — Você nunca vai chegar aqui a tempo.

O coração de Spencer acelerou.

— O que você quer dizer? — perguntou, ainda que, para seu desespero, achasse que sabia. Spencer andou em círculos, sentindo-se desamparada. — Em, o que quer que esteja pensando em fazer, não faça. Sei que as coisas estão difíceis neste momento, mas você precisa continuar firme. Só me diga onde está, certo?

Emily riu amargamente.

— Provavelmente nem vou me afogar, sabe. Era o que eu estava pensando antes de ligar para você sem querer. Escolhi uma ponte. E sou uma *nadadora*.

— Uma ponte? — Os olhos de Spencer moviam-se de um lado para outro. Melissa agora estava em pé ao lado dela, os olhos muito abertos e cheios de dúvidas. — Que ponte? A ponte coberta?

— Não — disse Emily rapidamente, mas Spencer percebeu que ela estava mentindo. — Não venha, Spencer. Vou desligar agora.

— Em, não! — gritou Spencer. A ligação caiu. Spencer tentou ligar de volta para Emily, mas tocou sem parar, sem nem entrar na caixa postal.

— *Droga* — disse Spencer.

— O que está acontecendo? — perguntou Melissa.

A garganta de Spencer estava seca.

— É Emily. Ela está em uma ponte. Acho que ela vai... — Spencer foi parando de falar, mas pelo olhar de Melissa, era óbvio que a irmã tinha entendido o que ela queria dizer.

— Que ponte? — perguntou Melissa.

— A ponte coberta do outro lado da cidade — disse Spencer. Ela encarou Melissa. — Posso pegar seu carro?

Melissa apertou os lábios.

— Vou com você.

Spencer voltou-se para a irmã.

— Não quero envolvê-la nisso. — E se Ali tivesse levado Emily para lá? E se fosse perigoso?

Os olhos de Melissa mantiveram-se firmes.

— Pare com isso. Vamos.

No gramado, os alunos estavam indo até o palco e pegando seus diplomas sob aplausos incessantes. Spencer entrou no carro e bateu a porta. Melissa ligou a ignição e saiu em disparada do estacionamento em direção à rua que, por sorte, estava vazia.

— Não vamos demorar a chegar lá — disse ela, olhando fixamente para a frente.

Enquanto o diretor Appleton chamava o nome de Chassey Bledsoe, Spencer ligava para a emergência.

— Uma amiga minha vai pular da ponte coberta em Rosewood — gritou para a telefonista. — Mande uma ambulância, agora!

Melissa girou o volante, saindo da estrada principal do colégio. Spencer ligou então para Aria e Hanna; não quisera gastar tempo precioso procurando-as de novo na cerimônia. Hanna atendeu no segundo toque. Spencer podia ouvir os aplausos ao fundo.

— Precisamos ir para a ponte coberta — gritou. — Emily está com problemas.

— Como assim? — perguntou Hanna.

— Não sei. — O queixo de Spencer tremeu. — Mas acho que precisamos ir até ela. Chame Aria e encontre-me lá, certo?

— Pode deixar — disse Hanna com urgência, e desligou.

Melissa acelerou em outra curva. Deu um olhar de esguelha para Spencer.

— E se a gente chegar lá e for tarde demais?

Spencer roeu a unha do polegar com força.

— Não sei.

O carro disparou pela estrada rural que levava até a ponte, passando como uma flecha por uma fazenda de queijos, uma propriedade imensa rodeada por vários hectares de pasto, e por um restaurante caro escondido em um celeiro antigo. Quando Melissa estava a apenas uma colina de distância da ponte, Spencer olhou mais adiante na estrada, e depois para trás.

— Por que será que não estou ouvindo nenhuma ambulância? — perguntou em voz alta.

— Estava pensando a mesma coisa — murmurou Melissa. E afundou o pé no acelerador. — Vai ficar tudo bem — disse, quase com raiva. — Vamos chegar lá.

Fizeram a última curva. *Por favor, não pule*, repetia Spencer sem parar, sentindo uma sensação ruim no peito. *Por favor, por favor, por favor, Em, não pule.*

A ponte rústica e coberta de pichações surgiu na frente delas. Não havia polícia ou paramédicos em lugar algum. Assim que Melissa parou no acostamento, Spencer saltou do carro e correu até a estreita saliência na beira da ponte. Ela olhou para os dois lados.

Não havia ninguém ali.

— Emily? — Com o coração na boca, Spencer olhou para baixo, para a água corrente, na expectativa de avistar os cabelos vermelho-dourados de Emily brilhando na correnteza.

O carro de Aria fez-se ouvir logo depois. Ela e Hanna saíram correndo para fora e foram até a ponte.

— Ali está ela! — gritou Aria. Uma tábua projetava-se da ponte; Emily estava encolhida atrás dela. O vento levantava seus cabelos em torno do rosto. Lágrimas molhavam suas bochechas. Ela olhava para a água, e seu peito arfava.

— Emily! — berrou Spencer. — Não!

Emily olhou para elas, e seu rosto se contorceu.

— Deixem-me sozinha. Eu preciso fazer isso.

— Não, não precisa! — gritou Hanna, chorando também.

Emily encarava a correnteza com desesperança.

— Ninguém me quer. Minha família preferia que eu estivesse morta.

— Eles só estão chateados — retrucou Spencer. — Eles não sentem isso de verdade.

Emily apertou os olhos com as mãos.

— Como se vocês também não tivessem pensado nisso. Não faríamos a menor falta. É claro que queremos acabar com tudo.

Spencer trocou um olhar horrorizado com as outras.

— Não vê o que está acontecendo? — soluçou Hanna. — Foi Ali quem fez isso tudo. Ela enviou essas mensagens suicidas dos nossos celulares para nossos amigos e nossa família, fazendo parecer que queríamos nos matar. É tão óbvio, Em.

Emily deu de ombros.

— E daí? Isso não muda nada.

— É claro que muda! — Hanna bateu com o punho fechado na parede da ponte. — Por meses, por *anos*, deixamos Ali nos manipular. Deixamos que ela nos fizesse pensar que pessoas que amamos eram A. Aria perdeu Noel por causa disso. E Spencer suspeitou da *mãe* dela, lembra? Agora Ali está usando o seu poder de sugestão para nos fazer pensar que deveríamos cometer suicídio, e estamos permitindo que ela faça isso. Você vai realmente deixá-la dominar você desse jeito?

Emily olhou de relance para Hanna.

— Mas por que ela iria querer que cometêssemos suicídio? Ela já ganhou, fazendo com que sejamos enviadas para a Jamaica.

— Talvez tenha medo de que sejamos absolvidas — gritou Spencer na direção da ponte. — Ou talvez tenha medo de que continuemos a investigar mesmo da prisão, e que consigamos encontrá-la de verdade. Dessa forma, morremos por nossas próprias mãos. Ela não precisa levantar um dedo.

O queixo de Emily tremeu.

— Não sei se isso faz sentido. Como é que poderíamos investigá-la estando na Jamaica?

— Eu ajudo! — gritou Melissa, um pouco mais longe. — Vou fazer tudo o que puder!

Spencer olhou-a com gratidão. Depois voltou-se para Emily.

— Precisamos de você, Em. Precisamos permanecer juntas se quisermos vencer A.

Emily fechou os olhos com força, dominada pela emoção.

— Gente...

— Por favor — implorou Spencer.

De repente, *finalmente*, as sirenes soaram atrás delas. Uma ambulância parou no acostamento, e vários homens de jalecos de paramédicos saltaram.

— Onde está ela? — gritou o primeiro deles, um jovem com a barba por fazer.

— Lá! — Melissa apontou para a beira da ponte.

O paramédico assentiu, e conversou com os dois outros homens que haviam saltado do veículo. Um dos dois pediu reforços em um walkie-talkie. O segundo começou a tirar equipamentos médicos do carro.

O primeiro homem endireitou os ombros, enroscou uma corda de alpinismo em volta da cintura e enganchou uma das pontas na ponte para se sustentar. Depois subiu na saliência estreita.

— Venha aqui, querida — disse gentil, quase carinhosamente. — Você está segura.

Emily olhou para ele apavorada.

— Segure a minha mão — pediu o paramédico. — Por favor, não pule.

— Precisamos de você, Em — gritou Hanna.

— Amamos você! — bradou Spencer.

Os dois outros paramédicos estavam parados perto da água, prontos para mergulhar caso Emily pulasse. O homem na ponte aproximou-se de Emily lentamente, e a corda em torno de sua cintura se esticou. Emily não se moveu. Finalmente, ele chegou perto o suficiente para envolvê-la em seus braços.

Emily aconchegou-se a ele, o rosto contorcido pela angústia. Ele a ergueu e, lentamente, recuou para o início da ponte. Quando chegaram em solo firme, pousou-a cuidadosamente na grama. Ela soluçava.

Spencer correu até Emily e apertou-a com um abraço. Aria e Hanna fizeram o mesmo. Todas começaram a chorar.

— Ah, meu Deus — dizia Spencer, sem parar.

— Como você pensou em fazer isso? — soluçou Hanna.

— Podíamos ter perdido você — completou Aria.

Emily estava chorando tanto que não conseguia falar.

— Eu só... não consegui...

Spencer abraçou-a com força. Hanna pôs seu suéter sobre os ombros dela. Um dos paramédicos trouxe uma manta e colocou-a sobre os ombros de Emily também. O homem que salvara Emily avisou pelo rádio que não precisavam mais de reforço, que a menina estava salva. Depois, sentou-se ao lado delas e verificou as pupilas de Emily, para ter certeza de que ela não estava entrando em choque. Não falou sobre quem elas eram ou sobre o que elas estavam enfrentando. Talvez nem mesmo soubesse.

Os soluços de Emily dissolveram-se em fungadas. As outras meninas permaneciam bem perto dela, como se corressem o risco de perdê-la de novo. Até Melissa juntou-se ao abraço, alisando o cabelo de Emily e dizendo a ela que tudo ficaria bem. Spencer parou um minuto para imaginar o que teria acontecido caso não tivessem chegado até Emily a tempo. Então ficou sem fôlego. Até pensar naquilo era apavorante. Se alguma delas morresse, uma parte de Spencer morreria também. Havia um lado positivo nessa ida para a Jamaica: pelo menos estariam indo juntas. Não iriam enfrentar aquilo cada uma por si.

Seus pensamentos voltaram-se para Ali novamente. É claro que Ali tinha plantado o suicídio na mente delas. E olha o que quase causara. Olha quem tinha quase sido levada. Aquela vadia merecia ser *destruída* por tudo o que fizera. Agora mais do que nunca.

Melissa voltou para o carro, dando às meninas alguns minutos a sós. Uma minivan aproximou-se, reduzindo a velocidade ao ver a ambulância. Spencer não reconheceu o rosto da mulher ao volante, mas havia um adesivo no para-choque com os dizeres ROSEWOOD DAY LACROSSE. Spencer prendeu a respiração.

– O que foi? – perguntou Aria, olhando-a intrigada.

– Pensei em outra maneira de irmos atrás de Ali – disse Spencer. – Mas você não vai gostar.

Aria franziu a testa.

– Como assim?

Um calafrio desceu pelas costas de Spencer.

– Estou falando de Noel.

O rosto de Aria ficou tenso.

– O que *tem* Noel?

– Talvez ele saiba algo mais sobre Ali. Talvez ele não tenha contado tudo a você.

Aria parecia chocada.

— Você quer que eu fale com ele?

Spencer concordou. Aria fez que não com a cabeça.

— Sem chance.

— Acho que Spencer está certa — disse Hanna. — Talvez Noel nem se dê conta do que sabe. E se isso nos levar até ela?

— Posso fazer isso, se você não quiser — ofereceu Spencer. — Não me importo de dizer duas ou três coisinhas a esse idiota.

Aria baixou os olhos.

— Ele não é idiota — disse devagar, quase automaticamente. Ela suspirou. — Posso lidar com isso. Mas só se nem Emily, nem nenhuma de vocês subir na beira de uma ponte de novo. Perder vocês é bem pior do que ser presa.

— Não vou mais fazer isso — disse Emily baixinho.

— Nem eu — disse Hanna, e Spencer concordou. Aria estava certa. Não podiam abandonar umas às outras agora, não quando as coisas estavam tão críticas e perigosas.

Não quando tinham tanto a perder.

28

O CÓDIGO SECRETO

— Ah, meu Deus — gemeu a Sra. Kahn, quando abriu a porta da residência dos Kahn mais tarde, naquele mesmo dia. Seus cabelos louros estavam cuidadosamente escovados, sua maquiagem estava impecável, e ela usava um suéter de cashmere marfim de aspecto novo, jeans justo que ressaltava suas curvas e mocassins da Tod's. Mas seu rosto estava pálido e as veias saltavam em seu pescoço. Ela olhou para Aria com medo, e no mesmo instante Aria soube que a Sra. Kahn acreditava em tudo o que os noticiários diziam. Essa era a mulher que, uma vez, em um casamento de alguém da família a que Aria e Noel haviam comparecido, abraçara Aria e dissera: *Sabe, penso em você como minha filha.* É impressionante como uma ou duas notícias eram capazes de mudar a opinião de alguém.

Pela milionésima vez ao longo daquela hora, Aria desejou não ter concordado com aquilo. Mas estava ali agora. O estrago estava feito. Ela inspirou profundamente.

— Posso falar com Noel por alguns minutos?

A Sra. Kahn recuou.

– Acho melhor não.

Inacreditável. Aria segurou a porta antes que a mãe de Noel pudesse fechá-la.

– Minha mãe está bem ali. Está tudo bem. – Ela fez um gesto em direção à rua, onde Ella aguardava no Subaru. Aria ficara surpresa que Ella tivesse aceitado trazê-la até a casa de Noel, já que tinha desaparecido da formatura por quase meia hora. Mas talvez Ella imaginasse que não havia mesmo nada *pior* que os policiais pudessem fazer com a filha do que o que já estavam fazendo. A mãe de Aria passara um bom tempo chorando por causa do que ocorrera no mês anterior, mas agora parecia apenas um tanto esgotada e exausta.

– Vamos conversar aqui, e ela vai ficar olhando o tempo todo – acrescentou Aria para a mãe de Noel.

A Sra. Kahn apertou os olhos e olhou para o Subaru, mas não acenou: provavelmente pensava que Ella era culpada por conivência.

– Cinco minutos – disse, seca. – Depois precisamos ir à festa de formatura.

A Sra. Kahn entrou, fechando a porta até a metade. Quando esta se abriu novamente, Noel apareceu.

– Aria – disse ele. Sua voz saiu rouca. Ele segurava o capelo da formatura.

– Oi – disse Aria suavemente, sentindo o coração bater mais forte.

Parecia que havia anos que não falava com ele. De repente, estavam ali parados a centímetros um do outro na varanda da casa de Noel. Parte dela queria dar-lhe um enorme abraço. Outra parte tinha medo de que ele a afastasse: ela não tivera notícias dele desde a prisão. Outra parte ainda, uma parte furiosa, ansiava por fugir.

Quando o olhar de Noel encontrou o de Aria, os olhos dele estavam comovidos, preocupados e incertos. Os machucados no seu rosto tinham assumido um tom amarelado e os pontos no maxilar não estavam mais inflamados e parecendo os do monstro de Frankenstein. Ele também estava com o braço engessado, mas era basicamente o Noel de que se lembrava. Aria olhou para a camiseta de lacrosse da Nike dele, sentindo uma dor no peito. Ele a usara no dia em que ela voltara da Islândia, no primeiro dia em que eles tinham meio que conversado. Será que ele se lembrava disso? Será que estava usando a camisa naquele dia de propósito?

– Você está... – começou Noel.

– Você teve... – disse Aria ao mesmo tempo e então parou. – Você primeiro.

– Não. – Noel engoliu em seco. – Você.

Ela olhou para o padrão intrincado das lajotas no chão da varanda. De repente, ela não tinha ideia do que falar.

– Parabéns – finalmente conseguiu dizer, apontando para o capelo.

– Obrigado. – Noel enfiou as mãos nos bolsos da calça jeans. Um gavião gritou alto no céu. – Eu não acredito, sabe – disse ele com a voz mansa. – Não sei o que aconteceu, e você não precisa me contar, mas acho que sei quem está por trás disso. Estou certo?

Aria confirmou, sentindo um aperto no estômago.

– É por isso que preciso da sua ajuda.

Noel franziu as sobrancelhas.

– *Minha ajuda?*

— Você era amigo dela. Tem certeza de que não sabe onde ela poderia estar?

Noel balançou a cabeça em negativa com veemência.

— Não tenho ideia.

Aria suspirou. Acima deles, o sino dos ventos de bronze soou. O sol saiu de trás de uma nuvem, desenhando listras inclinadas no amplo gramado na frente da casa.

— Está bem, então — disse ela, dando meia-volta. — Acho que vou indo.

— Espere. — A voz de Noel era como um remo cortando a água. Aria se virou, e havia um olhar estranho e atormentado no rosto dele. — Não era permitido o uso de e-mail ou telefone na clínica psiquiátrica, então tínhamos um código secreto para quando ela precisava falar comigo.

Aria respirou fundo.

— Você usou esse código recentemente?

— Claro que não. Mesmo que eu soubesse que ela sobreviveu ao incêndio, eu teria feito o que estivesse ao meu alcance para *atingi-la*, não para ajudá-la.

Aria caminhou de volta para a varanda.

— Será que você podia usá-lo agora?

Noel olhou ao redor, como se pensasse que Ali podia estar observando-os no jardim.

— Não sei. Ela pode não cair nessa.

Aria segurou a grade que contornava a varanda.

— Estamos recebendo mensagens de A, *dela*. Mas ninguém acredita em nós. Estamos nos agarrando a qualquer esperança. Acredite em mim, não queria pedir isso a você, mas é nossa última alternativa. Não queremos ir para a Jamaica.

Noel largou-se em uma das cadeiras de madeira.

— *Eu* não quero que você vá para a Jamaica.

— Então *ajude-nos*.

A porta abriu atrás dele, e a Sra. Kahn botou a cabeça para fora.

— Noel? Precisamos ir.

Noel deu uma olhada para a mãe, aborrecido.

— Só mais um minuto, certo?

A Sra. Kahn fechou a porta de novo, com relutância, mas Aria conseguia perceber, pela luz que passava pela cortina, que ela continuava por ali. Noel pegou o celular, e entrou em um site de aparelhos eletrônicos. Aria observou-o encomendar uma única embalagem de pilhas AA. No formulário do pedido, ele preencheu o nome como Maxine Preptwill e o endereço como o da Biblioteca Pública de Rosewood. No espaço reservado a informações adicionais, ele escreveu: 21h *hoje*.

— Quem é Maxine Preptwill? — sussurrou Aria.

Noel deu de ombros.

— Não sei. Foi Ali quem sugeriu. — Ele indicou o celular. — É um site falso. De alguma forma, sempre chega a ela. — Noel deslizou o celular de novo para dentro do bolso. — Pronto. Vamos nos encontrar hoje, às nove da noite, na Biblioteca Pública de Rosewood.

O coração de Aria acelerou. Ela estaria na casa de Byron naquela noite. Seria mais fácil sair de fininho.

— Você vai conseguir sair da sua festa de formatura?

— Vou dar um jeito.

Aria concordou.

— Certo. Estaremos escondidas por perto, esperando.

Noel pareceu alarmado.

— Só vocês? Não seria melhor chamar a polícia também?

Aria sacudiu a cabeça.

— Ela nunca irá se tiver um monte de carros de polícia na área. Vamos encurralá-la. Pular em cima dela. Jogá-la no meu carro. E *então* vamos levá-la para a delegacia.

Um olhar de incerteza anuviou o rosto de Noel.

— Parece tão perigoso. *E* violento.

Aria fez força para engolir, detestando ter se transformado em alguém que considerava a ideia de jogar outra pessoa na parte traseira do seu carro.

— Eu sei — admitiu. — Mas não sei o que mais poderia fazer. Isso pode nos salvar.

— Certo. Estou dentro — Noel assentiu, depois se voltou para a porta. A mãe dele se movimentou lá dentro. — Vejo você esta noite.

Aria também assentiu, girando os calcanhares na direção do Subaru. Já estava saindo da varanda quando Noel perguntou:

— Por que você não contou à polícia o que eu sabia sobre Ali?

Aria deu meia-volta e olhou para ele. Os olhos dele estavam arregalados. Sua expressão era aberta e vulnerável. Seus lábios, lindos, beijáveis, rosados, estavam levemente entreabertos.

— Eu... eu não consegui — admitiu. — Não faria isso com você.

Noel foi em sua direção. Quando estava perto o suficiente para dar-lhe um abraço, estendeu a mão e tocou a ponta do queixo dela, erguendo-o.

— Sinto tanto a sua falta — sussurrou ele. — Se pudesse voltar atrás, eu voltaria. Espero que encontrem Ali. Espero que vocês a matem. E espero, quando isso tudo acabar, que possamos ficar juntos de novo.

Seus olhos verdes encontraram os de Aria, e o olhar trouxe de volta centenas de lembranças. Como haviam gargalhado juntos nas aulas de culinária. Como Aria tivera que segurar a mão de Noel na montanha-russa do Batman, no parque Great Adventure, porque ele disfarçava, mas estava apavorado. O olhar dele quando passara para buscá-la para o baile no início do ano. A primeira vez que ele dissera que a amava.

Aria fez um gesto em direção a Noel, mas hesitou antes de segurar a mão dele. Seus dedos permaneceram abertos no ar por alguns longos segundos, bem perto dos dele. Todos os sons ao redor desapareceram. Tudo o que Aria conseguia ver eram as sobrancelhas densas de Noel, seu queixo quadrado, seus ombros fortes.

– Também queria que ficássemos juntos – disse em um impulso. E correu para o carro da mãe tão rápido quanto conseguiu. Se ficasse naquela varanda por mais um instante, não conseguiria ir embora nunca mais.

29

TOCAIA

Mais tarde, naquele mesmo dia, quando o relógio digital no banco do outro lado da rua marcou 20h56, Emily, Aria, Spencer e Hanna encontravam-se atrás de uma fileira de arbustos perto da Biblioteca Pública de Rosewood, um edifício de pedra que fazia parte do mesmo conjunto do shopping King James. A luz de um poste iluminava o caminho diante da livraria. Outra luz brilhava sobre a portinhola reservada à devolução de livros, que fora decorada com uma faixa azul e branca onde se lia "PARABÉNS, FORMANDOS DE ROSEWOOD!". A biblioteca já encerrara o expediente. Os corredores estavam vazios, as mesas desocupadas e as cadeiras arrumadas. Não havia nenhum carro no estacionamento: Noel levara as meninas no seu Escalade e estacionara perto do shopping. Agora, alguns metros à frente delas, Noel esperava sentado em um banco no escuro, batendo de vez em quando com seu braço engessado no assento de madeira.

O estômago de Emily apertou só de olhar para ele. Não conseguia acreditar que estivessem fazendo aquilo. Só que, na verdade, *tudo* o que estava acontecendo era meio inacreditável, incluindo o que ela mesma quase fizera na ponte. Estava muito agradecida às amigas por terem ido socorrê-la, e sentia-se bem mais calma após ter ficado na casa de Aria nas duas noites anteriores. Mas o perigo a que se expunham naquela situação encontrava eco em seus sentimentos. E se Ali caísse na armadilha? Será que conseguiriam mesmo capturá-la? E se realmente a pegassem?

E se não conseguissem?

— Ele parece nervoso — sussurrou Hanna, encostando em um dos arbustos. As plantas tinham espinhos, mas elas queriam estar perto de Noel para o caso de ele precisar delas, *se* Ali de fato aparecesse.

— Eu também estaria, se fosse ficar frente a frente com a pessoa que me abandonou como se eu estivesse morta — murmurou Spencer. Aria estremeceu. Emily apertou a mão dela.
— Você está bem?

Aria deu de ombros. Ficara calada o tempo todo desta vez, e Emily notara que ela e Noel tinham trocado alguns olhares tímidos. Mas depois de cada olhar Aria parecia fechar-se bruscamente, como se estivesse envergonhada.

Aria fitou as outras.

— Vamos repassar o plano todo mais uma vez. Em alguns segundos, vamos nos espalhar. Quando Ali aparecer, Noel vai dar o sinal de que é ela. Então a confrontaremos.

— Aria e eu vamos partir para cima dela e arrastá-la para o carro — continuou Emily.

— Hanna e eu estaremos de tocaia à espera do cúmplice — disse Spencer. — E Noel está encarregado de ligar para a polícia.

— Se o cúmplice *realmente* aparecer, a gente corre — disse Aria.

— Mas não antes de conseguirmos tirar uma foto de Ali com nossos celulares — recitou Emily, como se fosse um texto decorado. — Uma prova de que ela está viva vai nos ajudar.

— E se pegarem uma de nós, chamamos imediatamente a polícia — disse Spencer.

Emily olhou para Noel de novo, com o coração batendo forte. Odiava a ideia de que Ali ou seu cúmplice pudesse machucar alguma delas. Mesmo assim, era uma possibilidade. Tinham de pensar em tudo.

O relógio do banco marcava 21h, e as meninas ocuparam seus lugares. Emily franziu o nariz com o cheiro de húmus fresco e de algum tipo de adubo. Ela perscrutou a área, mas ninguém apareceu na entrada da biblioteca. O fluxo de carros indo em direção ao shopping passava por elas. Um trem rangeu nos trilhos. Noel mudou de posição no banco e verificou o celular. Os minutos arrastavam-se. O relógio do banco mostrou 21h05, e depois 21h06. Uma onda de pânico brotou no estômago de Aria.

De repente, um vulto louro vestido com um suéter de capuz apareceu, caminhando na direção de Noel. Todas as quatro inclinaram-se para a frente. Era uma menina.

Emily sentiu um milhão de emoções invadirem-na ao mesmo tempo. Descrença. Medo. Ódio. Olhou para as outras. Hanna tapou a boca com a mão. Spencer arregalou os olhos. Emily olhou para Aria. Sem fazer nenhum som, seus lábios formaram as palavras *Vamos lá?*.

A pessoa parou na frente de Noel; não dava para ver a expressão dela. Ele também não fez o sinal combinado: três dedos levantados atrás das costas.

Mas... *tinha* de ser Ali. Certo? *Vamos!*, Aria comunicou silenciosamente para o grupo, apontando para Noel.

As quatro saltaram de trás dos arbustos. O coração de Emily batia cada vez mais rápido enquanto elas se aproximavam do vulto, que ainda estava falando com Noel. *Em alguns segundos, vou olhar diretamente para o rosto de Ali*, pensou.

Subitamente, o vulto se afastou de Noel e começou a correr. Emily ainda não conseguia ver quem era, apenas o capuz escuro que lhe cobria a cabeça.

— Ei! — gritou, enquanto a perseguia. As outras a seguiram. O vulto correu pela estrada de duas faixas que ligava a biblioteca ao shopping e mergulhou por baixo de uma fileira de arbustos. *Quase conseguimos pegá-la*, pensou Emily, empolgada. Para sair dos arbustos, ela teria de ir mais devagar.

Atravessaram a rua, e ouviu-se um horrível ranger de pneus. A luz dos faróis brilhou no rosto das meninas. Emily gritou quando o carro acelerou na direção delas.

— Meu Deus! — berrou ela, quando a luz iluminou a silhueta de Hanna à sua frente. Emily correu e empurrou Hanna para longe. O carro ziguezagueou por elas, não acertando Emily por apenas alguns centímetros. Ela cambaleou sobre a grama, arranhando o joelho no meio-fio. Spencer caiu de cara no chão, ao lado dela, e Aria deu um encontrão em uma placa de "Pare".

Hanna sentou no meio da rua, parecendo atordoada.

— Você está bem? — perguntou Emily, conseguindo ficar de pé e correndo até ela.

Hanna assentiu, trêmula, fixando os faróis traseiros do carro que se afastava.

— Veio direto para cima de nós. Podia ter nos *matado*.

Emily ajudou-a a se levantar, depois correu até os arbustos por onde o vulto desaparecera. Ela não estava mais ali. Também não havia ninguém no estacionamento.

Emily voltou-se para Noel, no banco em frente à biblioteca. Ele estava de pé, agora, e as encarava, assustado. Ela seguiu Aria e as outras até ele.

— Era ela? — perguntou Aria. — O que foi que ela disse?

Noel encarou as meninas, confuso.

— Não era ela. Era só uma garota loura que passou ali por acaso, perguntando se eu tinha fogo. Aí ela viu vocês e fugiu. *Vocês* estão bem?

Emily e Hanna entreolharam-se.

— Não sei se nada disso aconteceu por acaso — disse Hanna, ainda trêmula.

Noel concordou, com um olhar assustado.

— Você acha que tudo isso foi uma armação?

Olharam uns para os outros, e em seguida na direção em que o carro desaparecera. Ninguém tinha pensado em anotar o número da placa.

— Sim — sussurrou Aria. — Era Ali. — Talvez ela tenha pagado uma garota loura para ir até Noel e distraí-lo. Provavelmente intuíra o plano delas desde o começo.

Emily olhou para Noel, subitamente desesperada.

— Será que você não pode tentar entrar em contato com ela de novo? Talvez a gente possa marcar um encontro antes da nossa audiência.

Noel olhou para ela.

— Ela já sabe que é uma armadilha. Pode tentar machucá-las novamente.

— É verdade. Não acho uma boa ideia — concordou Spencer.

Aria olhou para Noel, desafiadora.

— Não, Emily está certa. Já fomos longe demais. Precisamos fazer *alguma coisa*. Por favor, entre em contato com ela novamente.

Os ombros de Noel se curvaram. Com uma expressão derrotada, digitou alguma coisa no celular. Depois de um momento, seu rosto murchou.

– Página não encontrada.

Virou a tela na direção das meninas. Aria balançou a cabeça.

– Tem de ser um engano.

– É esse o site. Garanto a você.

Emily observou enquanto Aria tirou o celular da mão dele e apertou o botão de busca novamente, mas os mesmos resultados apareceram. Seus lábios tremeram. O coração de Emily apertou.

– O site sumiu porque Ali o tirou do ar – disse Noel, impassível. – Não haverá outro encontro. Ela desapareceu.

Todas piscaram, tentando absorver o choque. Estava feito: aquela era sua última chance, e elas tinham sido derrotadas. A audiência estava marcada para o dia seguinte, e elas iriam para a Jamaica – para a *prisão* – de qualquer maneira.

30

A VIDA DELAS ACABA AQUI

Sexta-feira pela manhã. Dia da audiência. Hanna, em pé no meio do seu quarto silencioso, olhava para todos os itens nas estantes. Talvez não fosse ver nada daquilo novamente. Começou a dizer adeus a todas as coisas, como costumava dizer boa noite aos bichos de pelúcia quando era pequena. *Adeus, perfume Dior. Adeus, sapatos Louboutin. Adeus, edredom fofo e árvore de brincos. Adeus, foto de Ali.*

Hanna franziu a testa e arrancou a foto que tinha esquecido-se de tirar do canto do espelho. Olhou fixo para o sorriso gozador de Ali e para seus olhos zombeteiros. Claro que era Courtney, *sua* amiga, mas se não fosse por ela, se não fosse por aquela Cápsula do Tempo idiota e pela troca e por Hanna se importar tanto, *tanto* em ser popular, nada daquilo teria acontecido.

— Hanna? — A mãe dela chamou do andar de baixo. — Está na hora.

Havia um nó na garganta de Hanna quando ela desceu para o térreo. Observou a própria expressão no espelho grande do vestíbulo. Seria aquela a última vez que usaria um vestido Diane von Furstenberg, brincos de ouro e botas de couro? Seus olhos encheram-se de lágrimas quando ela inclinou-se e deu um abraço em Dot.

— Vou sentir sua falta, grandão — cochichou ela, quase incapaz de pronunciar as palavras. Depois foi em direção ao carro, onde sua mãe a esperava.

— Está pronta? — perguntou ela, com os olhos marejados.

Hanna sacudiu a cabeça. Claro que não estava.

A Sra. Marin dirigia sem dizer uma palavra, e felizmente manteve o rádio desligado durante todo o trajeto até o fórum. Este ficava a apenas alguns quilômetros de distância, bem no topo do monte Kale, logo depois de um cemitério e do Jardim Botânico. Hanna olhou na direção do penhasco, de onde dava para ver Rosewood e Hollis, sentindo-se nostálgica e solitária. Lá estava Rosewood Day, com suas quadras de esportes, e ela nunca mais assistiria a um jogo de lacrosse. Lá estava o Hollis Spire e os prédios em volta, e ela nunca mais iria a um bar. Até a casa antiga de Ali estava visível através das árvores. Certo, desse lugar ela não sentiria muita falta. Tudo o que continha eram memórias amargas.

Um arrepio percorreu sua coluna quando lembrou-se da última vez em que estivera no fórum. Tinha sido na audiência de Ian, quase um ano antes. Ao deixarem o prédio, Emily as detivera, jurando que vira o rosto de Ali no banco traseiro de uma limusine. Claro que ninguém acreditara nela. Deveriam ter acreditado.

O carro chegou à entrada do fórum. Como sempre, manifestantes davam voltas na calçada. A mesma fila de vans de emissoras de TV estava estacionada na entrada. Imediatamente, um enxame de repórteres fervilhou em torno delas, observando Hanna pela janela.

— Srta. Marin! — gritavam, batendo na janela. — Srta. Marin! Srta. Marin, pode responder a umas perguntas?

— Ignore-os — disse a mãe de Hanna.

Não foi surpresa quando os repórteres se amontoaram em volta de Hanna assim que ela saltou do carro. Empurravam seus microfones na direção dela e puxavam as mangas de sua roupa. As perguntas ainda eram as mesmas, coisas sobre Hanna ser uma assassina, sobre a campanha do Sr. Marin e previsões sobre a ida para a Jamaica. A mãe de Hanna passou o braço em torno dos ombros dela e conduziu-a para a entrada. Hanna torceu o tornozelo quando subiu o primeiro degrau, mas mal sentiu a dor e continuou andando. Ela mal sentia qualquer coisa.

À frente dela, Aria, Spencer e Emily apressaram-se em entrar. Após as portas se fecharem, os gritos, os urros e o barulho da multidão desapareceram quase que completamente. Hanna piscou ao ver o saguão de mármore. Estátuas de pedra dos fundadores de Rosewood cercavam-nas. Uma bandeira da Pensilvânia e outra dos Estados Unidos pendiam do balcão. Os pais de Aria e a mãe de Spencer entraram na fila para passar no detector de metais, tirando objetos dos bolsos. Adiante deles, estavam os advogados, inclusive o pai de Spencer e o Sr. Goddard. Hanna surpreendeu-se ao ver Kate depois do aparelho, usando um blazer azul e calça risca de giz. O pai de Hanna estava ostensivamente ausente. Hanna esperou pela pontada familiar de tristeza, mas ela não veio. Talvez porque não estivesse mesmo surpresa.

Quando Hanna entrou na fila para o detector de metais, a mão de alguém tomou a dela. Os olhos azul-cobalto de Mike estavam cheios de lágrimas.

— Sei que você estava tentando encontrá-la — sussurrou ele. — Você devia ter me deixado ajudar.

Hanna balançou a cabeça.

— Eu não podia.

— Conseguiram algo?

Hanna quase soltou uma risada.

— O você que acha?

Mike respondeu apertando a mão dela ainda mais forte.

Depois dos detectores, os advogados juntaram-se às meninas, e todos caminharam até a sala de audiências. Assim que o Sr. Goddard abriu as portas duplas, uma centena de cabeças voltou-se para elas. Hanna reconhecia cada rosto: estavam lá Naomi Zeigler e Riley Wolfe. Meninos do time de lacrosse de Mike e meninas do grupo de líderes de torcida de Hanna. Uma menina chamada Dinah, que conhecera acampando no Natal anterior. Sean Ackard, o pai de Sean, Kelly da clínica de queimados. Phi Templeton, Chassey Bledsoe e também — e isso era horrível — os pais de Mona Vanderwaal, ambos parecendo mais velhos e muito mais desnorteados desde a morte de Mona, um ano e meio antes.

Todos olharam para Hanna como se ela já tivesse sido condenada. Hanna nunca se sentira tão vulnerável desde que Mona-fingindo-ser-A divulgara aquele vídeo do seu vestido de gala abrindo na costura, na festa de dezessete anos de Mona. Hanna encostou-se em Mike.

— Você não precisa ficar junto de mim. Poupe-se. Vá sentar perto dos seus amigos.

Mike beliscou a palma da mão dela.

— Pare com *isso*, Hanna.

Mike continuou segurando a mão dela enquanto percorriam a sala toda até os bancos da frente. Hanna sentou-se ao lado de seu advogado, sentindo o frio da madeira através do vestido fino. Mike sentou-se no banco bem atrás dela. Emily, Spencer e Aria também se acomodaram no banco da frente. Trocaram olhares, mas ninguém quis dizer nada. A derrota estava clara no rosto de cada uma. Haviam tentado todos os caminhos para encontrar Ali, e haviam falhado em todas as tentativas.

As pesadas portas fecharam-se, e um oficial de justiça ordenou que todos ficassem de pé. Um juiz rotundo e careca, com a toga esvoaçando, fez sua entrada e acomodou-se em seu assento, olhando com desânimo para as meninas. Após algumas observações preliminares, o promotor se levantou.

– Há indícios razoáveis de que as Srtas. Hastings, Marin, Montgomery e Fields mataram Tabitha Clark em um hotel na Jamaica, em abril do ano passado.

O juiz assentiu.

– O julgamento terá lugar na Jamaica, bem como a sentença. A extradição para o país será realizada imediatamente.

Os advogados e o juiz disseram bem mais, mas isso foi tudo o que Hanna ouviu antes que o som das batidas do seu coração abafasse a voz deles. Hanna fechou os olhos, vendo somente a escuridão. Quando os abriu novamente, o Sr. Goddard estava de pé.

– Apresento uma moção para autorizar minhas clientes a mais uma noite em Rosewood com as famílias.

– Moção concedida – decidiu o juiz. – Todas as meninas devem deixar o país amanhã. Os voos para a Jamaica serão reservados e pagos pelas famílias. Oficiais de justiça dos Estados Unidos acompanharão cada uma das presas.

E então foi batido o martelo, e todo mundo ficou de pé de novo, e depois o Sr. Goddard as fez sair depressa da sala de audiências para entrar em uma sala de reuniões onde pudessem conversar. Os mesmos repórteres haviam tomado os corredores; tentavam enfiar suas garras em Hanna enquanto ela passava.

Hanna olhou por cima do ombro, procurando Mike. Queria passar com ele todos os segundos que lhe restavam antes que tivesse que sair do país. Mas só viu rostos raivosos.

Emily apareceu ao seu lado. Spencer chegou depois e, por fim, Aria. O Sr. Goddard protegeu-as com os braços, defendendo-as dos repórteres e, quando as meninas se entreolharam, caíram no choro. Spencer abraçou Hanna com força. Aria e Emily envolveram-nas com os braços também. Soluçavam em uníssono, as respirações ofegantes e entrecortadas. Flashes dispararam. Os repórteres não pararam de fazer perguntas por um segundo. Mas por alguns instantes, Hanna não se importou com o que as fotos mostrariam. Quem é que *não* choraria na frente de todo mundo, estando prestes a ser extraditada para uma prisão estrangeira por um crime que não havia cometido?

— Não acredito que chegamos a esse ponto — murmurou no ouvido das amigas.

— Precisamos ser fortes — disse Spencer, com a voz falhando.

Hanna olhou de volta para as portas da sala de audiências, surpresa pela quantidade de pessoas que continuava saindo dali. Os pais de Mona apressaram-se em descer as escadas, provavelmente preocupados em não serem perseguidos pelos repórteres. Naomi e Riley flertavam com alguns jogadores de lacrosse, encarando aquilo como um evento social. Kate parecia meio perdida e andava na direção da janela. Hanna teve vontade de chamá-la e abraçá-la com força.

O Sr. Goddard encaminhou-as para a sala de reuniões e fechou as portas.

— Já volto — disse. — Estamos entrando com um recurso imediatamente. E estamos tentando conseguir para vocês os melhores advogados da Jamaica. — Com isso, saiu, fechando a porta e deixando as meninas sozinhas.

Por alguns instantes, Hanna permaneceu sentada, anestesiada, esfregando as unhas na madeira da mesa.

Subitamente, algo na janela chamou sua atenção. A vista era do estacionamento vazio, mas ouviam-se vozes vindas de algum lugar lá embaixo.

— *Chega* — disse alguém em um amplificador.

— Chega — ecoaram as vozes.

— Chega de assassinatos em Rosewood! — disse a primeira voz. Ela inclinou a cabeça. Se não prestasse atenção, não era possível entender o que estava ouvindo. A primeira parte soava como *Che, Che*.

— Chega! — disse a primeira voz no amplificador.

— Chega de assassinatos em Rosewood! — ecoaram os manifestantes, levantando seus cartazes.

Hanna tampou a boca com a mão.

— Gente. — Ela se virou e fez sinal para que Spencer, Emily e Aria fossem até a janela. Aproximaram-se dela, franzindo as sobrancelhas.

— *Os manifestantes* — disse Hanna. Ela olhou para longe, à esquerda, e lá estavam eles, andando em um círculo grande no gramado da frente. *Chega de assassinatos em Rosewood*, entoavam.

— É o recado da caixa postal deixado por Ali — disse Hanna.

Emily piscou com força.

— É mesmo?

Hanna assentiu, e subitamente teve certeza daquilo como não tinha de mais nada na vida.

— É a mesma voz. A mesma mensagem de protesto. Só conseguimos ouvir um pedaço antes que Ali desligasse. Mas é isso.

Spencer fez uma careta.

— Ali estava no meio de uma manifestação de protesto... contra os assassinatos cometidos por *ela*?

— Talvez estivesse *perto* de uma manifestação — disse Hanna.

Spencer andava de um lado para outro.

— Houve manifestações por todo canto em Rosewood na última semana. Quando foi que você recebeu a mensagem, Emily?

— Na sexta-feira passada.

Aria olhou para Spencer.

— Será que tem um jeito de descobrirmos onde os manifestantes estavam nesse dia?

Hanna, subitamente, se deu conta.

— Eu sei onde estavam. — Da última vez que tinha ido ao escritório do pai, ele se mostrara mais preocupado com a possibilidade de os manifestantes terem visto Hanna entrar do que com o fato de que ela precisava da sua ajuda.

Quando explicou isso às amigas, Spencer engasgou.

— Tem certeza?

— Tenho. — O coração de Hanna batia cada vez mais rápido. — Ela estava ligando de algum lugar perto do escritório de campanha do meu pai.

Olhou para as amigas, com uma pequena chama de esperança queimando dentro dela. Tinham mais um dia antes de irem para a Jamaica. Uma noite ainda para esclarecer aquela história. Seria quase impossível sair de casa, mas elas precisavam fazê-lo, de qualquer jeito que fosse. Quando viu as expressões determinadas no rosto das amigas, soube que estavam pensando exatamente a mesma coisa.

O olhar de Spencer passeou pelas árvores.

– Uma da manhã?

Hanna concordou. Estava marcado.

31

EM BUSCA DE ALI

Era meia-noite e vinte quando o alarme do celular de Spencer tocou na mesinha de cabeceira. Seus olhos se abriram de repente, e seu corpo ficou imediatamente em estado de alerta. Apesar de o quarto estar às escuras e ela estar embaixo das cobertas, estava completamente vestida, com um agasalho preto com capuz, calça preta justa e até tênis de corrida New Balance pretos, que encontrara no armário do antigo quarto de Melissa. Estava pronta.

Jogou as cobertas de lado e andou pé ante pé até a porta. A casa estava silenciosa. A mãe e o Sr. Pennythistle deviam estar dormindo, provavelmente nocauteados por um calmante. Spencer foi bem devagar até a janela que dava para a parte da frente da casa. Não havia nenhum carro de polícia estacionado.

Amontoou os travesseiros na cama, para que parecesse que ainda estava dormindo. Depois, desceu as escadas, abriu a caixa do alarme no térreo e desligou-o para uma das saídas, silenciando-o antes que algum aviso soasse no resto da casa. Finalmente, esgueirou-se no único aposento inacabado do porão, que continha caixas de vinho e uma geladeira extra que os Hastings usavam para festas grandes. Normalmente, Spencer não gostava de entrar ali: cheirava a mofo, era cheio de aranhas e era para onde Melissa a "bania" quando brincavam de rainha má e prisioneira quando crianças. Porém escondida em um canto, havia uma escada estreita, que levava para uma portinha disfarçada com saída para o quintal. Ninguém devia estar vigiando aquela saída. Os policiais provavelmente nem sabiam que existia.

O coração dela batia forte quando subiu as escadas escuras da adega em direção à porta. Ela não ousava respirar quando empurrou a porta para cima e abriu-a. Um aspersor chiava alegremente. A banheira de hidromassagem borbulhava à esquerda de Spencer. Ela saiu de fininho, mantendo-se próxima ao chão e fora dos holofotes enquanto corria até o bosque. A partir dali, estava livre.

Eram quase cinco quilômetros até o escritório da campanha do pai de Hanna, que ficava em um prédio na Avenida Lancaster, perto da estação de trem. Spencer tinha pensado em pegar a bicicleta, mas não tivera tempo para escondê-la no bosque atrás da casa, então teria de ir a pé. Entrou na quadra seguinte e correu pelas ruas por um tempo, escondendo-se em algum jardim a cada vez que aparecia um carro na estrada. Cada passo era como um mantra: *Preciso pegar Ali. Preciso pegar Ali.*

Correr pela Lancaster era bem mais difícil, apesar de ser tarde: ainda havia algum trânsito, e Spencer tinha de permanecer atrás da barreira de proteção o tempo todo. Todas as vezes que via faróis, escondia-se atrás de uma árvore ou de uma placa. Houve um momento em que viu um carro de polícia em um cruzamento e escondeu-se em uma vala. Mesmo assim, chegou ao prédio pouco antes da uma da manhã. Uma fina camada de suor cobria seu corpo. Sua calça e seus sapatos estavam cobertos de poeira. Estava quase certa de ter torcido o tornozelo ao abaixar-se na vala. Mas não importava. Tinha chegado.

Spencer examinou seu reflexo nos vidros do prédio. Sinais luminosos indicando a saída brilhavam sobre as portas, mas fora isso, o saguão estava vazio. Espiou o estacionamento subterrâneo, em seguida o bosque nos fundos e depois a placa de neon da loja de consignados Jessica ao lado, onde o departamento de teatro de Rosewood Day às vezes comprava fantasias para peças do colégio. Era mesmo possível que Ali estivesse por ali? Como é que ela poderia ter se escondido em um lugar tão público por tanto tempo?

— Aposto que você está pensando o mesmo que eu.

Hanna parou atrás dela, vestida de forma similar, com roupas pretas, e resfolegando como se tivesse corrido até ali também.

— Ali não está aí, certo? Ela não se esconderia perto de um prédio de escritórios bem no centro de Rosewood.

Spencer ergueu um ombro.

— Não parece muito provável.

Hanna sentou-se na jardineira perto da porta principal.

— Foi aqui que aconteceram os protestos de sexta-feira. Foi daqui que ela ligou para Emily.

Depois de alguns minutos, Aria e Emily chegaram de bicicleta. Spencer deixou-as a par da conversa.

— Achei que pudesse ser um engano também — admitiu Aria, escondendo cuidadosamente sua bicicleta em um arbusto. — Quer dizer, se estivermos erradas, o que os policiais vão fazer quando nos encontrarem?

— Não é como se pudessem nos punir ainda mais — disse Spencer, desconsolada.

Emily olhou para Hanna.

— E se Ali só esteve aqui por pouco tempo? Talvez ela tenha imaginado que você ia descobrir, Hanna, e tenha ligado daqui só para nos enviar em uma busca sem sentido.

— Mas e se não foi isso? — perguntou Hanna. — Vale a pena correr o risco.

Spencer puxou a barra da porta principal, mas estava bem trancada.

— E então, para onde vamos agora? Não é como se pudéssemos entrar e verificar se Ali está em algum dos escritórios.

— Ela não estaria — disse Hanna, pensativa. — Vim aqui tantas vezes que conheço todo mundo em todos os escritórios do prédio. Ninguém está escondendo Ali no quartinho dos fundos, tenho certeza.

— E o porão? — sugeriu Emily.

Hanna balançou a cabeça em negativa.

— Tem vigias no lugar durante o dia. Duvido que ela tenha se escondido ali.

Spencer colocou as mãos na cintura e olhou ao redor, observando novamente o prédio, o estacionamento e a rua.

O olhar de Hanna fixou-se na edificação seguinte.

— E quanto a esta construção?

Todas voltaram-se e olharam.

— A loja de consignados Jessica? — perguntou Emily.

— Não, aquela *antes* da Jessica. — Hanna apontava para um grupo de árvores que faziam uma barreira entre o prédio comercial e o estacionamento da loja. E, de repente, Spencer viu: afastado da estrada, aparecendo por cima das amoreiras, havia algo que parecia um telhado.

— Meu Deus — ofegou Aria.

— Reparei nele quando vim aqui outro dia para falar com meu pai — sussurrou Hanna. — Mas não sei o que *é*.

Aproximaram-se por um caminho escondido na grama alta. Uns cem metros adiante, quase escondido entre árvores não podadas, aparecia uma construção. Um galpão meio demolido, talvez, ou uma casa abandonada. Spencer ligou o aplicativo de lanterna do iPhone e apontou-o para as paredes revestidas de ripas de madeira gastas, para a janela quebrada e para uma calha de onde pingava água. O chão estava cheio de ervas daninhas, como se ninguém o tivesse tocado em anos.

Hanna olhou feio.

— Nojento.

Um silêncio abateu-se sobre o grupo. Todas olhavam para a casa escondida. Um arrepio subiu pela coluna de Spencer. De repente, parecia que tinham acertado.

— Venham — sussurrou. — Vamos.

32

O GAROTO

Uma por uma, Hanna e as outras pularam as cercas vivas. De perto, o lugar era ainda mais repelente do que parecera quando visto do estacionamento. As janelas estavam vedadas com tábuas apodrecidas, e a área da frente estava coberta por teias de aranha e por sujeira. Uma rosa dos ventos enferrujada girava devagar no telhado, rangendo sem parar. Hera e ervas daninhas cresciam nas paredes como se estivessem tentando engolir a casa por completo. O fedor de uma carcaça de animal decomposta pairava no ar, vindo de algum lugar lá dentro.

Hanna cobriu o nariz com a manga.

— Como é que ela pode viver em um lugar assim?

— Do mesmo jeito que pôde matar cinco pessoas — disse Aria. — Ela é louca.

Spencer subiu por um caminho abandonado até a porta da frente. As dobradiças eram tão velhas que cederam com facilidade, soltando um rangido alto quando a porta abriu. Hanna estremeceu e cobriu a cabeça, como se uma bomba estivesse prestes a explodir. Após alguns instantes, teve coragem de abrir os olhos. A porta estava entreaberta. Não havia ninguém lá. Spencer estava parada na soleira, com uma expressão de pavor no rosto.

Emily disparou pelo caminho logo depois de Spencer. Hanna seguiu-a, e todas espiaram para dentro. Estava muito escuro. O fedor de animal morto ficou mais forte, porém, tornando-se quase insustentável.

— *Eca* – disse Hanna, virando-se de lado.

— Está muito ruim mesmo – engasgou Spencer. Emily puxou a gola da camisa para cima do nariz.

Aria pegou o celular e iluminou o aposento. O piso estava coberto de poeira, reboco, pedaços de madeira e terra. Quando ela iluminou um dos cantos, algo fugiu correndo e guinchando. As meninas gritaram e pularam para trás.

— É só um camundongo – sibilou Spencer.

Tentando não respirar, Hanna deu um passo hesitante para dentro do ambiente. O chão pareceu sustentar seu peso, e ela aventurou-se a dar mais alguns passos, atravessando um arco. O próximo aposento continha uma pia velha de metal e um fogão preto de três pés que parecia ter saído da história de "João e Maria". Um jornal velho estava largado ao lado de um buraco enorme na parede, que no passado devia ter sido uma porta dos fundos. Ela o pegou e tentou decifrar as manchetes, mas a página estava tão desbotada que não conseguiu ler o que estava escrito.

Passou a cabeça pela porta de um banheiro para observar. Uma banheira enferrujada encontrava-se no canto, e havia um vaso sanitário sem assento encostado na parede. Havia buracos onde deveria haver uma pia, e muitos dos azulejos estavam quebrados. Hanna recuou. O ar tinha um odor de sujeira e contaminação.

As outras meninas andavam pelos aposentos, espiando dentro de armários. Teriam subido a escada para o segundo andar, mas metade dos degraus estava faltando.

— Não tem ninguém aqui — cochichou Spencer. — Está totalmente vazia.

— Será que tem um porão? — sugeriu Emily.

Spencer deu de ombros.

— Não vi nenhuma escada que levasse para baixo.

Aria deu um pulo, os olhos arregalados.

— Vocês ouviram isso?

— O quê? — perguntou Hanna com voz trêmula, totalmente imóvel.

Ninguém disse nada. Hanna esforçou-se para escutar algo. Não ouviu nada. Olhou em volta, pelo ambiente escuro, vazio e amedrontador.

— Talvez não seja aqui — disse ela. — Não vejo nenhuma evidência de nada. Não acho que Ali esteja aqui.

Spencer também soltou um suspiro.

— Talvez estivéssemos enganadas.

Ouviu-se outro rangido acima delas. Pareciam galhos arranhando o telhado. — Talvez seja melhor irmos embora — disse Emily, indo na ponta dos pés até a porta. — Esse lugar está me assustando.

Todas concordaram e dirigiram-se para a saída. Mas então passos soaram atrás delas, dessa vez de verdade. Hanna virou rapidamente de costas, retesando os músculos. Subitamente, alguém estava parado na sombra, no fundo da sala.

As outras voltaram-se também. Spencer abafou um grito. Aria emitiu um "Ei" fraco. Emily encolheu-se na parede.

— O-olá? — Hanna cumprimentou, trêmula, tentando identificar quem o vulto poderia ser.

Uma lanterna acendeu. Uma luz amarela difusa espalhou-se pelo ambiente. O camundongo guinchou e fugiu. A casa rangia e gemia com o vento.

Finalmente, o vulto que segurava a lanterna virou-a para cima, iluminando a si mesmo.

— Olá, meninas — disse uma voz masculina.

Hanna piscou ao ver o rosto iluminado. Ele tinha olhos castanhos, um nariz curvo e um queixo pontudo e liso. Havia uma arma na sua mão direita, apontada para elas.

Quando ele ficou ereto, mostrando sua altura, Hanna percebeu, com um sobressalto, que o conhecia. Madison acabara de mostrar-lhe o retrato dele.

— *Jackson?* — exclamou. O barman. Aquele que dera bebida demais a Madison e que tinha achado graça da sugestão de Hanna para que chamassem um táxi para ela.

Só que... o que *ele* estava fazendo ali?

— Derrick? — disse Emily devagar, ao seu lado.

Hanna franziu a testa e observou a expressão de espanto no rosto de Emily. Quem era Derrick?

Spencer também sobressaltou-se.

— Phineas — disse, atordoada, fixando os olhos no rapaz. — Phineas, que me vendia Easy A no curso de verão.

— *Olaf* — disse Aria na mesma hora.

Hanna recuou, um excesso de neurônios disparando ao mesmo tempo no cérebro.

— Espere. O Olaf da *Islândia*?

— É — disse Aria lentamente, com a mão sobre os lábios. — É ele.

Hanna sacudiu a cabeça com veemência.

— Não é Olaf. Eu *conheci* Olaf. — A noite que passara naquele bar local na Filadélfia acontecera antes da Islândia: ela teria se dado conta se o mesmo cara que lhe servira bebidas na noite do acidente de Madison também estivesse cantando Aria do outro lado do planeta.

Ou... *será* que teria? Olhou para as sobrancelhas escuras de Jackson e para seus lábios finos. Agora que parava para analisar, ele meio que parecia com Olaf mesmo. Mas ela nunca teria pensado em conectar o cara estranho da Islândia a um estudante que trabalhava como barman nos Estados Unidos.

— Não... não estou entendendo — grunhiu Spencer.

— O que diabos está acontecendo? — perguntou Hanna ao mesmo tempo.

O rapaz chegou mais perto.

— Meu nome é Jackson — disse. — *E* Derrick. *E* Phineas, e, sim, até Olaf. Mas meu nome verdadeiro é Nick. Ou Tripp para os amigos. Tripp Maxwell.

Emily piscou com força.

— Tripp — murmurou. — Ah, meu Deus.

Spencer olhou para ela.

— Quem é Tripp?

O queixo de Emily tremeu.

— Iris gostava de um garoto chamado Tripp Maxwell. Ele era paciente na clínica psiquiátrica.

— Ah, Iris. — Nick revirou os olhos. — Ela sempre teve uma queda por mim.

A cabeça de Hanna girava. Ele era paciente da clínica. O nome dele começava com *N*. Era o namorado de Ali. Era a pessoa de quem Graham falara. Ele machucara Noel também. Matara Gayle. Assassinara Kyla.

Ele era o cúmplice de A.

O pânico cresceu no peito de Hanna. Ela deu uma olhada por sobre o ombro. Apenas alguns passos separavam-nas da porta: talvez pudessem chegar lá sem que Nick pegasse nenhuma delas. Agarrou o braço de Spencer e puxou-a. Emily e Aria tentaram correr também. Hanna deu um passo na direção da porta, depois outro, os braços estendidos para pegar a maçaneta quase solta.

Mas então, como se viesse de lugar nenhum, um corpo moveu-se para a frente e ficou diante da porta, barrando a saída delas.

— Não tão rápido — disse uma voz gélida.

Hanna *reconheceu* aquela voz instantaneamente. Ao mesmo tempo, um cheiro de perfume flutuou no ar. O sangue de Hanna congelou. Perfume de *baunilha*.

Lentamente, dramaticamente, Nick dirigiu o facho de luz para ela. Cicatrizes cobriam seu pescoço e seus braços. Ela ainda tinha os enormes olhos azuis e o rosto em forma de coração, mas havia algo duro e malvado em sua expressão. Estava mais magra, como um caniço, seca, e parecia doente. Seus olhos eram frios e sarcásticos, sem nenhuma ponta de alegria. Hanna prendeu a respiração.

— Bem-vindas, vadias — sussurrou Ali, apontando também uma arma para elas. — Vocês vêm conosco.

33

O DOCE AROMA DA MORTE

Emily tremeu ao sentir o olhar duro e assassino de Ali. Ela estava lá, finalmente. Real. Viva. Parecendo doente e magra demais, o jeans pendendo dos quadris, os braços parecendo palitos, nervos e veias saltando em seu pescoço. Havia sujeira em todo o seu rosto, seus cabelos estavam emaranhados e um de seus dentes da frente havia apodrecido, estragando seu sorriso. Era como se alguém tivesse rabiscado o rosto da *Mona Lisa*. Uma linda garota, *a mais* linda garota, invejada por todos, adorada pela própria Emily. Agora ela era apenas uma ruína manchada. Uma aberração distorcida.

Ela se virou novamente e olhou para Nick. *Derrick*. Não fazia sentido. Emily não conseguia acreditar que aquele era seu doce confidente, o garoto que a havia ajudado durante um verão sombrio. Ele havia se oferecido para resgatá-la do dormitório de Carolyn. Mas seu olhar era gelado agora, um sorriso apavorante e estranho em seu rosto. E mais uma coisa lhe ocorreu: Derrick *conhecia* Gayle. Ele havia trabalhado no jardim dela naquele mesmo verão. Era por isso que Gayle havia falado com Derrick com certa familiaridade na noite em que ele a matara. Ela provavelmente havia se perguntado o que Derrick, entre todas as pessoas do mundo, estaria fazendo na entrada de sua casa.

Ali acenou com a arma, seu corpo ainda plantado firmemente contra a porta da frente, a única saída.

— Tem um alçapão no canto. Vão para lá. *Agora.*

Eles fizeram as garotas irem até um alçapão escondido no chão. Nick puxou uma dobradiça enferrujada e o abriu com um tranco. Um lance de escadas descia até o porão. Um feixe de luz fraca iluminou um tapete. Um cheiro estranho e doce emanou do porão, fazendo Emily tossir.

— Que cheiro *é* esse? — balbuciou ela.

— Sem perguntas. Desça — ordenou Ali, pressionando a coronha da arma contra as costas de Aria.

Tremendo, Emily foi cambaleando escadas abaixo, quase caindo duas vezes. Spencer, Aria e Hanna a seguiram. Os pés de Emily tocaram o chão, e ela olhou ao redor. Elas estavam em um corredor estreito. Não havia nada ali exceto as quatro paredes. O cheiro doce estava mais forte, açucarado e quase sufocante, e havia um *silvo* preocupante no ar, talvez sinalizando que havia mais veneno adocicado saturando o espaço fechado. Emily tossiu mais algumas vezes, mas isso não pareceu ajudar. Spencer respirava com dificuldade. Aria estava pálida.

As sombras de Ali e Nick dançaram na frente delas enquanto eles desciam as escadas por último e fechavam a porta do alçapão.

— Então, garotas — disse Nick, sorrindo feito um crocodilo —, vocês ainda estão confusas?

Ninguém ousou falar, mas Emily estava certa de que elas estavam tão confusas quanto ela própria.

— Você me seguiu até a Islândia — afirmou Aria.

Nick deu de ombros.

— Parece que sim.

— Você estava lá também? — perguntou Aria a Ali, olhando para ela na pouca luz que havia.

Ali apenas deu uma risadinha, sem responder. Talvez imaginando que não *precisava* responder.

— Você colocou Noel naquele galpão? — sussurrou Aria, com lágrimas nos olhos.

Nick cruzou os braços. Novamente com aquele sorriso dissimulado.

Emily limpou a garganta.

— Você roubou aquele dinheiro de Gayle. E a matou. E estava no cruzeiro conosco. Você contou ao FBI sobre Jordan.

— *E* você pôs uma bomba no navio — acrescentou Aria. — Você quase me matou.

— Você matou *mesmo* Graham — disse Hanna.

Nick e Ali trocaram um olhar, parecendo orgulhosos, quase eufóricos.

Emily pegou a mão de Aria. A enormidade de tudo que ele havia feito a atravessou como uma faca, quente e afiada. Era ruim o suficiente o que Nick e Ali haviam feito a Noel. Mas os dois tinham matado Ian também. E Jenna. Ele havia ajudado a tacar fogo no celeiro da família de Spencer. Ele provavelmente estivera na casa de Poconos quando Ali tentara matá-las. Tinha ajudado Ali a fugir.

Mesmo que fizesse sentido, mesmo que fosse *loucura*, de alguma forma aquele cara tinha sido quatro pessoas ao mesmo tempo, pessoas diferentes para cada uma delas.

— Eu confiei em você — sussurrou Emily, olhando fixamente para Nick. — E por sua causa, eu quase dei meu bebê para uma pessoa louca.

Os olhos de Nick ficaram mais duros.

— Eu não a *obriguei* a fazer aquilo, Emily. Você fez por conta própria. Esta é a beleza disso tudo, garotas: coloquei vocês todas em apuros, mas foram vocês, afinal, que selaram seus destinos.

Elas se entreolharam, se sentindo condenadas. Ele tinha razão. Elas eram culpadas... e, afinal, responsáveis. De alguma forma Nick havia descoberto a maior fraqueza de cada uma e a explorara.

— Você matou Tabitha também, não matou? — balbuciou Emily.

Nick olhou para Ali e ela deu uma risadinha abafada.

— Nós só fizemos o que tínhamos que fazer — disse Nick.

— E Iris? — sussurrou Emily.

Nick deu de ombros.

— Chega de perguntas. Acabou.

Ele passou por elas e encontrou uma pequena saliência na parede. Ele a girou uma vez, com um grunhido, e a parede inteira se moveu, revelando um cômodo secreto. A luz vinha de uma lâmpada num dos cantos.

— Vão — ordenou ele, empurrando Emily e as outras para dentro.

Emily caminhou sem firmeza para dentro do espaço. Era um porão pequeno e úmido, que cheirava a mofo e àquela doçura horrenda que ela não conseguia identificar. Havia um velho sofá de tecido rústico encostado na parede de concreto, com uma mesa ao lado. E nas paredes, cobrindo cada centímetro delas, havia fotos de Ali.

Velhas fotos do sétimo ano. Fotos do anuário do colégio no quarto e quinto anos; fotos tiradas de surpresa quando ela voltou a Rosewood depois que Ian foi denunciado; retratos de família que Emily se lembrava de ter visto no vestíbulo da casa dos DiLaurentis, com apenas uma das gêmeas DiLaurentis sorrindo, com um dos dentes de leite faltando. As fotos cobriam cada milímetro do lugar. Artigos de jornal sobre o retorno de Alison a Rosewood, Alison desaparecida depois do incêndio em Poconos e vislumbres de Alison por todo o país estavam pregados nas paredes também, com partes dos textos destacadas com marca-texto, outras circuladas com caneta vermelha. NÓS AMAMOS VOCÊ, ALI, estava escrito em letras cintilantes ao longo do topo de uma das paredes. SENTIMOS SUA FALTA, ALI, estava escrito na parede oposta.

Emily deu um passo para trás.

— O que é isso?

— Gostaram? — perguntou Ali atrás delas, a arma ainda apontada para suas costas. — Pois deviam. Foram *vocês* que fizeram.

Emily piscou, sua cabeça girando. Ela não conseguia sentir as próprias pernas direito.

— O que você quer dizer com isso?

— Quando eles encontrarem vocês — explicou Ali, com voz simpática —, vão imaginar que é um santuário que vocês fizeram em meu louvor.

Os olhos de Spencer faiscaram.

— Nós *nunca* faríamos um santuário para você.

— Ah, por favor — disse Ali, revirando os olhos. — Vocês me amam. Vocês *sempre* me amaram. Vocês só pensaram em mim nos últimos anos. É isso que os policiais vão pensar quando encontrarem todas vocês mortas aqui. Seu próprio pactozinho de suicídio, um tributo final a *moi*.

Custou muito para Emily conseguir se virar e olhar apavorada para suas melhores amigas. Seu cérebro estava funcionando lentamente, mas as peças se encaixavam. *A polícia. Um santuário para Ali. Um pacto suicida.* Quando os policiais as encontrassem — *se* eles as encontrassem — iria parecer que elas haviam se matado por causa de Ali — ou em sua honra. Porque estavam assombradas e encantadas por ela.

Emily segurou a cabeça, que agora latejava.

— O que você fez? — perguntou ela a Nick. — Você encheu o lugar com algum tipo de gás, não foi? Algo venenoso que vai nos matar.

— Talvez sim, talvez não — provocou Nick.

— Não consigo respirar — gaguejou Spencer. — Faça isso parar.

Nick fez que não com a cabeça, e então pegou um objeto atrás de si e o colocou sobre o rosto. Parecia uma máscara contra gás. Ele estendeu uma outra para Ali, e ela também a colocou sobre o rosto. Seus corpos relaxaram enquanto eles respiravam fundo, inspirando o ar limpo. Condensação surgiu no plástico. Ele respirou mais algumas vezes, zombando delas.

Enquanto isso, cada vez que Emily respirava, ela sentia dor. Podia sentir suas células fritando, cuspindo, desistindo. Suas amigas se contorciam, também sofrendo. Os olhos de

Emily se encheram de lágrimas. Era o fim. Ela conseguia sentir. *Mas eu preciso de mais tempo*, seu cérebro gritava. Ela não podia morrer agora. Ela não podia deixar Ali vencer.

Mas era o fim. Spencer deixou escapar um gemido desamparado. Aria caiu no chão, semiconsciente, os olhos se revirando nas órbitas. Nick e Ali se deram as mãos e pularam feito crianças. Eles estavam *adorando* aquilo.

Emily os olhou fixamente. Eles eram selvagens. Desumanos. Subitamente, uma energia vinda de algum lugar profundo dentro dela a preencheu, e ela pulou em cima de Nick, com os braços estendidos. Ele gritou ao cair de costas. Ela arrancou a máscara de Nick e a jogou do outro lado do cômodo, e então agarrou a arma e a arremessou para longe também. Quando olhou para ele novamente, seu pescoço estava torto, os olhos fechados, os lábios abertos. Ele respirava tranquilamente. Ela o havia nocauteado.

A arma brilhou do outro lado do cômodo. Emily não sabia de onde tirara forças, mas se lançou sobre a arma e a agarrou com as duas mãos. Era mais pesada do que esperara, o metal frio ao toque.

– Ora, ora, ora. Vejam quem é durona.

Emily olhou para cima. Ali olhava para ela, a máscara ainda no lugar.

– Vá embora – disse Emily, apontando a arma de Nick para ela.

Ali deu de ombros e apontou sua própria arma para Emily.

– Vamos lá, Em – disse ela, gentilmente, sua voz abafada. Então tirou a máscara e sorriu, mostrando aquela falha horrível nos dentes. Ela se ajoelhou ao lado de Emily.

— Isso não precisa acabar assim. Podemos ser amigas de novo, não podemos?

Seu hálito era quente e azedo contra o rosto de Emily. Ela se encolheu, não querendo que Ali a tocasse. Olhou de relance para Nick, no chão. Ele estava desacordado, sua máscara pendurada frouxamente em torno do pescoço. Então olhou disfarçadamente para as amigas do outro lado do cômodo. Elas estavam olhando para ela, com medo, mas também tontas e fracas demais para se mover.

— Eu vou machucá-la — avisou Emily a Ali.

Ali pôs a máscara de volta no lugar e revirou os olhos.

— Não vai, não, Em. Eu sei o que você sente por mim. Sei que não estou tão bonita quanto costumava ser, mas ainda sou a mesma Ali. Sei que você ainda tem pensado em mim. Eu também tenho pensado em você. Especialmente na última vez que nos vimos. Quando você me deixou sair daquela casa antes que ela explodisse. Eu nunca lhe agradeci adequadamente por aquilo.

Emily sentiu um nó na garganta.

Ela segurou a arma de Nick com força e empurrou Ali para longe.

— Fique longe de mim.

Ali se sentou, parecendo se divertir.

— A coitadinha da Emilyzinha não me ama mais? — disse ela com uma vozinha birrenta de bebê, parcialmente abafada pela máscara sobre sua boca.

Emily a olhou nos olhos.

— Eu *nunca* amei você — sibilou ela.

Ali levou a mão para trás e deu um tapa no rosto de Emily, com foça. Emily viu tudo vermelho, seu rosto queimou e ela recuou. A arma saltou de suas mãos e deslizou mais uma vez pelo chão. Emily tentou recuperá-la, mas Ali a alcançou e a puxou de volta com força surpreendente.

— Diga que você nunca parou de pensar em mim — rosnou Ali, sua arma agora encostada na têmpora de Emily. Sua máscara se afrouxou e ficou pendurada no pescoço, balançando. Ela a segurou contra a boca, as narinas dilatadas. — Diga que você teria traído até suas melhores amigas se isso significasse ter a mim de volta.

O rosto de Emily ardia. Não conseguia emitir uma resposta. Olhou novamente para Spencer, Aria e Hanna. Elas mal estavam conscientes, seus rostos cinzentos, sua respiração entrecortada. Cada uma delas tinha uma expressão desesperada no rosto — estava claro que elas queriam ajudar Emily, mas simplesmente não conseguiam. A arma continuava no canto, fora do alcance delas.

— *Diga* — exigiu Ali. — Diga às suas amigas o quanto você queria que eu sobrevivesse. Diga a elas que você as traiu. Veremos o quanto elas a amam então.

— Ela já nos contou, Alison — disse Aria, com voz fraca. — Nós não nos importamos. Emily ainda é nossa amiga.

Ali pressionou a arma contra o rosto de Emily.

— Diga assim mesmo.

— Deixe-me em paz. — Os lábios de Emily estremeceram. Mesmo sabendo que era o fim, ainda que fosse morrer em poucos minutos e Ali fosse escapar *de novo*, ela não queria que essas fossem suas últimas palavras. Não amava Ali. De jeito nenhum.

A arma fez um clique quando Ali soltou a trava de segurança.

— *Diga* — rosnou ela. — Diga o quanto você ficou empolgada quando vocês estavam procurando por mim. Diga o quanto você queria me achar, para poder me beijar outra vez.

— Pare! — gritou Emily, enroscando-se em posição fetal.

Ali levou a arma até a têmpora de Emily.

— Bem, então diga adeus.

Emily começou a soluçar. Todos os músculos em seu corpo tremiam. Ela olhou em volta, primeiro para as amigas, depois para o corpo inerte de Nick, para todas aquelas fotos horríveis de Ali nas paredes e, por fim, para a própria Ali.

— Eu odeio você — sussurrou ela.

— O que foi que você disse? — rosnou Ali, parecendo um E.T. com sua máscara contra gás.

Emily estava a ponto de repetir o que dissera, mas de repente um som tênue veio do andar de cima. Ali inclinou a cabeça na direção do teto. Emily fez o mesmo. O som ficou mais alto. E parecia... *uma sirene de polícia.*

Ali prendeu a respiração. Ela fuzilou Emily com os olhos.

— Você chamou a polícia?

Emily olhou para as outras. Será que a polícia estaria vindo por causa delas? Será que eles sabiam? E será que chegariam a tempo?

Mas as sirenes ainda estavam muito longe. Mesmo que a polícia *chegasse* a casa, eles nunca encontrariam o porão. Lágrimas correram pelo rosto de Emily. O socorro estava tão próximo... e ao mesmo tempo longe demais. Ali ia vencer desta vez... de verdade.

— Agora é tarde demais — disse Ali em uma voz calmante, empurrando a arma contra a cabeça de Emily.

— Diga adeus, Emily, querida.

Emily fechou os olhos e tentou pensar em algo bom e puro. E então, *bum*. O som reverberou pelas paredes. Emily se encolheu no chão, aterrorizada.

E, então, tudo que ela viu foi escuridão.

34

EM ALGUM LUGAR LÁ FORA

Aria nadava em um lindo mar azul. Peixes coloridos nadavam a seu lado. Plantas aquáticas oscilavam na corrente marítima. Um vulto flutuava na água, a distância, e ela se apressou em direção a ele. Quando emergiu, viu que era Noel. O sol dançava nas maçãs de seu rosto. Seus olhos cintilavam. Mas seu sorriso era triste e solitário. Havia lágrimas em seus olhos.

– Aria – disse ele, sua voz cheia de dor.

– Noel! – Aria foi em sua direção. – Senti sua falta. Achei que nunca o veria de novo.

Noel piscou e comprimiu os lábios.

– Aí é que está, Aria. Você não vai. Esta é a última vez.

– Mas... como assim? – perguntou Aria. Por que ele parecia tão infeliz?

E então ela se lembrou. O porão cheio de fotos de Ali. O gás venenoso. Ali e Nick com aquelas armas. Aquele *bum*.

Tudo aquilo inundou sua memória de uma vez, fazendo-a se contorcer. Ela olhou horrorizada para Noel, pequenas ondas se agitando em torno deles.

— Eu estou... *morta*?

O queixo de Noel tremeu. Lágrimas correram por seu rosto.

— Não! — exclamou Aria, agitando os braços, subitamente hiperventilando. — Eu... eu *não posso* estar morta. Eu me sinto tão viva. E não estou pronta.

Olhou fixamente para o ex-namorado, cheia de energia. Ela *não estava* pronta. Queria viver; ela o queria de volta. Não ligava mais para toda aquela confusão de Ali. Todo mundo mentia. Todo mundo cometia erros. Eles iriam superar aquilo, como haviam superado todo o resto.

Ela estendeu a mão para ele, mas Noel mergulhou.

— Noel! — gritou Aria. Ele não emergiu. — Noel! — Ela mergulhou também, mas só viu escuridão. Nada de peixes. Mais *nada*.

— Aria? Querida?

Aria piscou com força. Quando abriu os olhos novamente, estava deitada em uma cama, em um quarto iluminado. Um lençol cobria seu corpo, e um monitor fazia bipes a seu lado. Um rosto borrado apareceu acima dela. Quando seus olhos se ajustaram, ela viu que era a agente Fuji.

Aria umedeceu os lábios secos. Era outra alucinação? Estaria ela em algum tipo de limbo pós-morte?

— O q... o que está acontecendo? — ela se ouviu dizer.

A agente Fuji olhou por cima do ombro. Mais dois vultos borrados chegaram mais perto. Um deles era Byron e o outro, Ella.

— Ah, meu Deus — gritaram os dois, pegando as mãos de Aria.

— Ah, querida, nós estávamos tão preocupados.

Mike também apareceu.

– Ei – disse ele, encabulado –, é bom ter você de volta.

Aria engoliu em seco. Quando ela se movia, sua cabeça latejava. Gente morta tinha dor de cabeça?

– Eu estou... viva? – perguntou, hesitante.

– É claro que você está viva – disse uma voz perto dela. Aria olhou em sua direção. Emily estava encostada em um travesseiro, de olhos abertos e com um sorriso fraco no rosto. Sua irmã Carolyn estava a seu lado, com lágrimas nos olhos. Hanna estava deitada a seu lado, com a mãe segurando uma de suas mãos e Kate segurando a outra. Spencer tinha um curativo na testa e parecia fora do ar, mas quando viu que Aria a estava olhando, acenou debilmente.

Elas estavam *todas* vivas. Elas tinham conseguido, de alguma forma.

– Quanto tempo eu fiquei inconsciente? – disse Aria, com a voz trêmula.

– Dois dias – disse Mike. – Mas pareceram dois *anos*.

Fuji surgiu de repente ao pé da cama de Aria.

– Tiramos vocês de lá bem na hora. A quantidade de cianureto no ar era assombrosa. Se tivéssemos chegado alguns minutos mais tarde, vocês não teriam sobrevivido. Foi bom estarmos monitorando vocês naquela noite. Alguém as seguiu até a casa. Quando vocês não saíram, nosso agente pediu reforço. – Ela deu palmadinhas na perna de Aria. – Mas nós o pegamos, querida. Ele está detido. Acabou tudo.

– Ele – disse Aria, com a voz pastosa. *Nick*. Ela pensou em seu sorriso lupino, assustador. Na arma em suas mãos. O corpo dele caindo no chão, uma vaga recordação de Emily o nocauteando.

– Ele quase matou vocês – disse Fuji. – Acho que ele percebeu que vocês estavam chegando muito perto. Alguns membros da minha equipe descobriram a ligação de Nick com os crimes mais ou menos na mesma hora em que ele capturou vocês. Eles trouxeram o fato à nossa atenção enquanto ele prendia vocês naquela casa.

— Como vocês descobriram que era ele? — perguntou Aria.

Fuji alisou as finas rugas em torno de seus olhos.

— Um grupo de especialistas forenses estava analisando os computadores, e eles conseguiram rastrear tudo até o celular de Nick... todas as mensagens de texto de A, e também o reenvio das mensagens de A para os celulares de *vocês*. — Ela olhou de relance para Spencer. — Nós ouvimos vocês *mesmo*... fizemos referência cruzada dos pacientes da clínica para ver se alguém de dentro do hospital poderia ser suspeito. Nick estava em nossa lista. Tínhamos outros especialistas analisando DNA, e o de Nick também era compatível. O DNA dele estava registrado devido a um delito que ele cometeu antes de ir para a clínica. Finalmente identificamos o terceiro rosto no porão do cruzeiro onde aquela bomba explodiu. E noite passada encontramos Iris Taylor amarrada no bosque, quase morta. Ela confessou que ele a machucou. Foi Nick. Foi Nick quem fez *tudo*.

— Iris? — gritou Emily. — Então ela está... bem?

— Vai ficar bem — disse Fuji —, mas foi por pouco.

— Espere. — Havia uma lacuna no cérebro de Aria. — E quanto a... Ali? Vocês a encontraram?

Byron e Ella se entreolharam. Os lábios de Fuji se comprimiram.

— Ali não estava lá, Aria.

Aria lutou para se erguer mais nos travesseiros. Sua cabeça latejava.

— Estava, sim. Todas nós a vimos. Vocês disseram que havia gente nos observando na casa. Eles devem ter ouvido a voz dela.

— Querida — disse Ella, delicadamente —, você só está confusa.

— Não, é verdade — grasnou Spencer. — Ela tentou nos matar junto com Nick. Eles fizeram tudo juntos.

— Ela atirou em mim — disse Emily. Aria a viu tocar a própria cabeça. Não havia ferimento algum. — Ou pelo menos eu *achei* que ela tivesse atirado — disse Emily, após um instante.

Fuji suspirou.

— Meninas, Nick drogou vocês com uma perigosa mistura de toxinas. Vocês viram Alison porque era quem vocês temiam ver, *e* porque a foto dela estava em todas as paredes. Nick fez um santuário para ela. Ele estava obcecado pela morte dela e queria se vingar.

— Nick e Alison eram namorados — disse Melissa Hastings, que estava sentada ao lado de Spencer. — Ele foi atrás de vocês porque a namorada dele morreu. Ele conhecia Tabitha Clark, eram amigos do hospital também. E obviamente fez com que ela imitasse Alison para assustar vocês. E foi aí que tudo começou.

— Mas Iris disse que ela não via Tripp, ou Nick, havia anos — protestou Emily. — Ela me fez embarcar em uma busca para encontrar a casa dele.

— As pessoas mentem — disse Fuji. — E Iris não é exatamente uma garota saudável.

Aria olhou para ela fixamente, piscando com força.

— E quanto ao vídeo da Jamaica? Aquele da Tabitha?

Fuji mudou de posição.

— Um segundo vídeo chegou na mesma noite em que vocês fugiram, provando sua inocência. Era mais um trecho da filmagem da noite em que Tabitha foi assassinada, e mostra uma pessoa agindo sozinha, espancando a garota até a morte. Nick. Nossos especialistas forenses e de informática têm certeza de que é o vídeo real. O outro *é* falso.

Um choque percorreu o corpo de Aria.

— Quem mandou esse vídeo?

Fuji balançou a cabeça.

— Eu não sei.

Aria olhou para as outras, e elas pareciam tão atônitas quanto ela.

— E se *Ali* o enviou? — gritou Emily. — Você não percebe? Ela estava com ele o tempo todo. Ela enviou o vídeo para culpar Nick quando soube que eles tinham sido pegos!

— E quanto à sua teoria de duas pessoas terem amarrado Noel? — perguntou Aria. — Se não foi Ali quem ajudou Nick, então quem foi?

— Pode ter sido qualquer pessoa — disse Fuji. — Nick tinha outros amigos. É possível que ele tenha mentido para alguém e dito que Noel o irritou, ou que ele estava fazendo uma pegadinha.

Aria fechou os olhos e pensou na noite em que ela, Noel e as meninas tinham tentado fazer uma armadilha para Ali na biblioteca. Uma garota loura havia servido de isca, claramente uma ajudante de Nick. E se quem o estivesse ajudando nessa cruzada maluca não fosse Ali?

Mas não. Elas a tinham *visto*. Tinham *falado* com ela. Aria tinha certeza.

Fuji enfiou as mãos nos bolsos.

— Esqueçam isso, garotas. Sei que vocês queriam um encerramento, mas vocês realmente não viram Alison lá. Nossos especialistas estão passando um pente-fino no porão para ter certeza, mas estou convicta de que não vamos achar vestígio algum dela. Ela está morta e já faz muito, muito tempo. É sério. É melhor aceitar logo isso e seguir em frente. — Ela olhou em volta, para todas elas. — Apenas descansem, está bem? Vocês vão ter de responder um monte de perguntas de repórteres dentro de pouco tempo.

E então ela saiu do quarto e fechou a porta. Aria olhou para suas velhas e melhores amigas. Todas a olharam de volta, sem expressão. Mas elas não podiam falar sobre nada disso naquele momento, não com suas famílias por perto. É claro que todo mundo também acharia que elas tiveram alucinações com Ali. Talvez elas devessem *mesmo* deixar para lá, pensou Aria. Talvez esse fosse *realmente* o fim.

A porta se abriu novamente, e Aria virou a cabeça, preocupada, pensando que pudesse ser um repórter abelhudo querendo fazer perguntas. Mas quem entrou foi Noel. Assim que ele viu Aria, seu rosto desabou. Ele correu para o lado dela. Byron e Ella se afastaram para que ele pudesse chegar mais perto.

— O-oi — disse ele, trêmulo.

— Oi — disse Aria. De repente, o sonho voltou à sua lembrança. Ela afundando na água sem encontrar Noel. Nunca mais podendo tocar nele outra vez. Ela estendeu a mão e apertou a dele, e ele apertou de volta. E se inclinou para a frente, até que seu rosto estava bem perto do dela. A princípio, Aria achou que ele fosse beijá-la. Ela queria que ele o fizesse.

Mas em vez disso, ele aproximou os lábios de seu ouvido.

— Você a viu, não foi? — sussurrou ele.

Os olhos de Aria se arregalaram. Ela assentiu e olhou na direção da porta por onde Fuji tinha saído.

— Mas ninguém acredita em nós.

— Eu acredito. Eu *sempre* acreditarei em você.

Ele se afastou, e Aria o encarou fixamente, meio em choque, meio grata.

Obrigada, disse ela, sem som, com os olhos cheios de lágrimas.

Mas ela queria dizer a Noel para esquecer Ali. Ela queria que *todos* a esquecessem. Sua mente foi para um lugar escuro e terrível. *Nós não vamos encontrar vestígios dela*, dissera Fuji. De repente, Aria soube que não iriam mesmo. Nada de impressões digitais na arma que ela segurara. Nada de sangue no chão. Nada de longos fios louros no tapete. Não porque Ali não tivesse estado ali.

Mas porque Ali era mais esperta do que todos eles.

Uma enfermeira enfiou a cabeça pela fresta da porta e franziu o rosto ao ver tantas visitas.

— Certo, visitantes, todo mundo para fora — ordenou ela em uma voz que não admitia discussão. — Essas garotas precisam descansar.

Noel deu palmadinhas na mão de Aria.

— Eu estarei lá fora — disse ele.

Aria assentiu e ficou observando enquanto todos os outros saíam também. A enfermeira diminuiu as luzes e por um instante o quarto ficou em silêncio. Então, Hanna pegou o controle remoto para ligar a televisão. *Assassino em série detido pela polícia*, mostrava uma manchete da CNN. É claro que isso estava em todos os noticiários.

A câmera mostrou o exterior da velha casa de fazenda. Um policial enfiava Nick no banco de trás do carro, com as mãos algemadas às costas. Ambulâncias passavam ao fundo. Aria se perguntou se ela estava dentro de alguma daquelas, inconsciente.

— Eu o odeio — disse Spencer, baixinho, quando uma foto de Nick apareceu.

Aria concordou com a cabeça, sem dizer nada. Ele merecia tudo aquilo. Mas ele era apenas metade do problema. Se pelo menos os policiais tivessem pegado Ali também...

O carro da polícia saiu de quadro, mas as câmeras permaneceram gravando a atividade policial na casa por um instante. O local estava cheio de policiais, equipes forenses e cães farejadores. Aria apurou o ouvido para tentar distinguir aquela risadinha aguda reveladora por baixo dos sons de sirenes, ou qualquer coisa que pudesse provar que Ali ainda estava lá. Mas não havia nada. É claro que não havia.

— E agora? — perguntou ela, quando entraram os comerciais.

Spencer suspirou.

— É difícil dizer. Nós perdemos tudo. Mas talvez agora possamos fazer qualquer coisa.

Qualquer coisa. Elas se entreolharam, absorvendo as possibilidades.

Hanna olhou para o celular, que ainda estava enfiado em seu bolso.

— Continuo achando que isso vai tocar a qualquer momento.

— Com uma mensagem de texto — sussurrou Spencer.

Aria também olhou para seu celular, mas nenhuma mensagem chegou. E nem chegaria, é claro. Ali não era burra de mandar algo agora.

Aria olhou para as amigas, nervosa.

— Vocês acham que vamos ouvir falar dela de novo?

Hanna balançou a cabeça, com uma expressão determinada no rosto.

— Não. Acabou.

— Definitivamente — concordou Spencer.

Mas Aria sabia que elas não acreditavam inteiramente nisso. Elas poderiam não ouvir falar de Ali por algum tempo. Talvez por muito tempo. Mas ela não tinha saído de suas vidas para sempre. Ela ainda estava à solta... e elas ainda estavam vivas... Isso significava que seu trabalho ainda não estava terminado. Conhecendo Ali, sabiam que ela só iria parar quando conseguisse o que desejava. Ela só iria parar quando elas estivessem mortas.

Era só uma questão de saber *quando*.

ALI, INTERROMPIDA

Alison correu sem parar até seus músculos doerem e seus pulmões queimarem. Quanto mais corria, menos pensava, e quanto menos ela pensava, menos se importava. E no momento em que chegou ao lugar onde precisava estar, estava segura de sua decisão. Era a única solução. Salvara a si mesma.

Ali caminhou até o lugar que tinha deixado preparado semanas antes, sem que Nick soubesse. O lugar que era só dela. Tirou as chaves do bolso secreto costurado em seu jeans e abriu a porta, seguindo pelo corredor escuro e desabando na cama recém-feita, sem dar sequer uma olhada na pilha de correspondências que tinha deixado da última vez que estivera ali, todas endereçadas a Maxine Preptwill, seu novo nome falso. Achou esse nome engraçado, uma espécie de anagrama de Nick Maxwell, e também o nome que usava nas mensagens secretas com Noel. Durante muito tempo, pensou sobre que tipo de pessoa seria Maxine. A menina quieta que vivia uma vida discreta. Um rosto amigável na vizinhança, aluna exemplar na faculdade comunitária, onde ela acabaria se inscrevendo com o que restasse do dinheiro do fundo de investimento de Nick – Ali tinha pegado pequenas quantias cada vez que ia ali, fazendo uma poupança. Ela arrumaria seus dentes. Cortaria o cabelo. Faria uma cirurgia plástica para esconder as cicatrizes das queimaduras. Ela se tornaria linda e irresistível novamente. Iria precisar de alguém enfeitiçado por ela, mais uma vez.

Ali ficou ali por um longo tempo, olhando para o teto, sua mente processando os acontecimentos do dia. Pensou sobre Nick também, mas não sentiu nada. Bom. Era melhor não sentir nada. Sem arrependimentos. Sem complicações. Estava livre.

Ali pensou em ligar a televisão – tinha encapado a antena com papel alumínio para conseguir ver pelo menos o noticiário. Mas não tinha certeza se estava pronta para ver a carnificina ainda. *Homem é preso pelo assassinato de Tabitha Clark. As pequenas mentirosas finalmente contam toda a verdade.* E haveria também a foto de Nick sendo fichado, os olhos vazios, a expressão atordoada. Ele era o cara mais esperto que Ali conhecia e, ainda assim, não fazia ideia do que tinha acontecido.

Tudo bem, se Ali tivesse de ser realmente franca, confessaria que não era nada daquilo que ela queria. Odiava saber que as vadias ainda estavam livres. E detestava que justo *ela* tivesse sido obrigada a entregar Nick. Mas Ali sabia o que aconteceria se não fizesse o que fez. Assim que ouviu aquelas sirenes, começou a entrar em pânico. Imaginou a polícia encontrando Nick... e depois *ela*.

Bem, ela não poderia passar por aquilo.

E, por isso, tinha fugido. Quando os policiais encontraram Nick no chão, ainda inconsciente, Ali já tinha ido embora há muito tempo. Ele provavelmente tinha dito que tudo aquilo era armação de Ali — e era verdade. E se Ali não tivesse alguma prova convincente para fazê-los parar de procurar por aí, a polícia iria atrás dela. Por sorte, tinha a coisa certa para poder seguir sua vida sem ser perturbada.

Aquele vídeo. Nick não soube que Ali estava com a gravação. Mas para sobreviver, você precisa fazer coisas assim. É preciso ter truques na manga. É necessário guardar segredos e revelá-los no momento certo.

Ainda assim, quando Ali fechou os olhos, Nick apareceu em seus pensamentos. A primeira vez que se encontraram na terapia em grupo da clínica psiquiátrica, Nick jogando uma bolinha de papel para chamar a atenção de Ali. A primeira vez que ele a levou até o sótão secreto na clínica, que apenas os pacientes mais descolados conheciam — tinha escrito na parede o nome pelo qual todos a conheciam, menos Nick — *Courtney* — em letra arredondada. A forma como ele a ouvira quando ela explicou a história horrível sobre a troca com sua irmã gêmea. Como ele prometeu ajudá-la a se vingar.

Ali pensou no vulto de Nick aparecendo acima do buraco no quintal de seus pais na noite em que Courtney morreu. Depois que tudo acabou, ele tomou Ali nos braços com força, repetindo várias vezes que a amava muito e que estava *muito* orgulhoso dela. Aquilo era amor verdadeiro, ela se deu conta: alguém que poderia matar por você, diversas vezes. Alguém que iria até o fim do mundo para resolver seus problemas.

Mas, então, alguma coisa dentro dela acabara endurecendo. *Só os fortes sobrevivem*, disse a si mesma. Ainda que Nick, no julgamento, afirmasse mais de uma vez que Ali estava viva, não havia nenhum sinal dela: ela sempre se certificara de que fosse assim. Além disso, ele tinha assassinado Tabitha sozinho. O vídeo mostrava a verdade.

Ela se ajeitou na cama, enfiando a língua no espaço onde faltava o dente.

— Dane-se, Nick — disse ela em voz alta, testando sua voz. — É hora de seguir em frente. Eu sou Alison. E eu sou fabulosa.

E ela soube, subitamente e sem sombra de dúvida, que tudo o que fizesse a seguir, faria direito. E que, algum dia, quando aquelas vadias menos esperassem, ela iria para cima delas novamente. E, para falar a verdade, Ali não via a hora. Tinha a sensação de que isso aconteceria antes do que imaginava.

Ela mal podia esperar.

AGRADECIMENTOS

Mais uma vez, eu não poderia ter escrito este livro sem a ajuda da equipe da Alloy Entertainment, incluindo Lanie Davis, Sara Shandler, Josh Bank e Les Morgenstein. Kristin Marang e sua equipe de livros digitais foram incríveis também – não sei o que faria sem vocês. Meus sinceros agradecimentos a Kari Sutherland, da Harper, por suas ideias perspicazes. Muito amor para minha família, incluindo Mindy, Shep, Ali e Kristian, que agora sabe o que um cavalo diz e, provavelmente, não tem mais medo de mugidos. Também um abraço para Michael, que é mais do que engraçado e paciente, e que tem muitas ideias para novos projetos de livros e outras coisas – sua criatividade que vai a todas as direções é muito valorizada por aqui. Além disso, grandes abraços a todos os leitores desta série, que estão aqui há tanto tempo – adoro encontrar vocês nos lançamentos dos livros e ler a correspondência que mandam para mim. Vocês são a razão de eu continuar a escrever!

Por fim, um enorme agradecimento às adoráveis atrizes que interpretam Aria, Emily, Spencer e Hanna na série *Pretty Little Liars*, no canal ABC Family: Lucy Hale, Shay Mitchell, Troian Bellisario e Ashley Benson. Desde o começo, achei vocês perfeitas para os papéis e tem sido incrível observá-las crescendo e mudando ao longo da série. Devo demais a todas, e sou sua maior fã.

Este livro foi impresso na Gráfica JPA Ltda., Rio de Janeiro – RJ.